讲给孩子的

世界文學五千年

下

侯会 著

生活 · 讀書 · 新知 三联书店

图书在版编目（CIP）数据

阅读的礼物. 讲给孩子的世界文学五千年. 下 / 侯
会著. -- 北京：生活·读书·新知三联书店，2025.
1. -- ISBN 978-7-108-07908-4

Ⅰ. I109-49

中国国家版本馆CIP数据核字第20240Y4S27号

责任编辑　王海燕　王　丹
装帧设计　赵　欣
责任校对　张国荣
责任印制　卢　岳
出版发行　生活·讀書·新知三联书店
　　　　　（北京市东城区美术馆东街 22 号 100010）
网　　址　www.sdxjpc.com
经　　销　新华书店
印　　刷　河北鹏润印刷有限公司
版　　次　2025 年 1 月北京第 1 版
　　　　　2025 年 1 月北京第 1 次印刷
开　　本　635 毫米 × 965 毫米　1/16　印张 20.5
字　　数　190 千字　图 146 幅
印　　数　0,001－5,000 册
定　　价　468.00 元（全十册）
（印装查询：01064002715；邮购查询：01084010542）

目　录

第 **37** 天

小说巨匠托尔斯泰

俄国·19——
20世纪

贵族"鞋匠"托尔斯泰

爷爷翻开一本画册，那是一幅风格朴素的油画：在一望无际的黑土地上，一位头戴白帽、长髯飘拂的老人，正在驾马犁田呢。

爷爷说："这是俄国大画家列宾的油画。你们知道画儿上这位老农夫是谁吗？他就是大名鼎鼎的俄国文学巨匠列夫·托尔斯泰（1828—1910）！

"他下地犁田并不是摆摆样子。中年以后，他坚持自己担水劈柴、干农活，还学会了做靴子呢。他缝制的牛皮靴，连老靴匠

托尔斯泰在耕田

看了也赞叹不止。

"这事儿放在别人身上，也许并不新鲜。可托尔斯泰却是小说巨著《战争与和平》的作者。他本人出身贵族，是世袭伯爵，家里有的是奴仆。——他干吗要自讨苦吃呢？咱们还要从托尔斯泰的童年说起。

"1828年9月9日，托尔斯泰出生在离莫斯科二百公里的亚斯纳亚·波里亚纳庄园。他家是名门贵族，父亲尼古拉伯爵是个退役中校，母亲是位公爵家的千金。

"然而托尔斯泰一岁半时母亲就去世了，九岁时父亲也死了。几个孩子成了富有的孤儿。他的姑母——一位远在喀山的贵妇人，成了他们的监护人。他们也因此搬到喀山去住。

"托尔斯泰从小上学起功课就很糟。十六岁时，他勉强考进喀山大学，先是学语言，因考试不及格，又改学法律。——这倒不是因为他脑子笨，而是他心不在焉的缘故。

"像一般的富家子弟一样，他对上流社会的生活很感兴趣，今天去赴宴，明天去跳舞，哪儿还有心思念书呢。最终他退了学，回到了亚斯纳亚庄园。

青年时代的托尔斯泰

"在庄园待了四年，他依然没有固定的生活目标。渐渐地，平静的生活让他厌倦了。二十三岁那年，他跟着大哥尼古拉上了高加索前线，当了一名炮兵军官。他先后参加了讨伐高加索山民以及抵抗英、法、土耳其军队的战斗，打起仗来十分勇敢。

"然而不打仗的日子似乎更多。于是他便埋头读书，也练着写一点儿作品。他回想起自己的童年，便打算写几部小说。先写了《童年》，主人公是个貌不出众的贵族儿童，却有一颗敏感的心，喜欢思考，常常用心灵去观察、分析周围的一切……

"稿子寄给了《现代人》杂志。由于没有把握，托尔斯泰连名字也没署。《现代人》杂志的主编涅克拉索夫读了小说，立刻感觉到：这又是个大手笔！他马上写信给托尔斯泰，主张他用真名发表。

"托尔斯泰受到鼓舞，此后又接连写了《少年》《塞瓦斯托波尔故事》等作品。——这位用心不专、朝秦暮楚的贵族青年，终于在高加索的战火里，骑着战马走上了文坛。"

《哥萨克》里有自己

高加索的雄浑自然风光和淳朴民风给托尔斯泰留下了深刻印象，他的中篇小说《哥萨克》，便是以高加索的哥萨克村庄为背景的。

贵族青年奥列宁厌倦了彼得堡上流社会的荒唐生活，带了仆人到高加索去从军。在哥萨克村庄里，他爱上了俏丽矫健、带着野性的哥萨克姑娘玛丽亚娜。——姑娘其实已经有了未婚夫，小伙儿叫卢卡什卡，是哥萨克中的人尖儿，勇猛剽悍，还因打仗勇敢得过奖章呢。

接触多了，姑娘也喜欢上了奥列宁。奥列宁爱高加索的一切，打算加入哥萨克籍，就在这儿安家落户了……可突然发生了意外，卢卡什卡作战受了伤，危在旦夕。

姑娘悲痛欲绝，她见奥列宁去找她，便哭喊着："一个哥萨克被打死了……

《哥萨克》插图

走开，讨厌的东西！"——奥列宁终于明白了：他永远是外人，没法子融入到当地的民族中去。他伤感地离开了村子，没人给他送行……

看得出来，奥列宁便是托尔斯泰自己。这个贵族青年厌倦了贵族生活，喜欢大自然的朴素与宁静。小说中描写了高加索终年积雪的群山，时缓时急的河流，苍茫的原野林莽和令人陶醉的民俗民风……自然和谐、返璞归真，日后成了托尔斯泰全力追求的崇高境界。

《哥萨克》是作者离开高加索七年之后发表的。这七年里，他回到彼得堡，结识了一大批文学家。大家对他的才气大加赞赏，有人还半开玩笑地预言：这个小小军官会把我们大家都挤掉的！

然而有一阵子，托尔斯泰对文学不那么热心了。他觉得有更重要的事要做，那就是改善农民的悲惨生活。

要达到这个目的，第一步是要办教育。他动手在自己的庄园里开办了一所农民子弟学校。以后又在周围村庄开办了几所，还请来一些大学生当教师。他自己还亲自出国考察教育。——托尔斯泰对教育的兴趣一辈子都没改变。他甚至说过："跟写作相比，我更喜欢办教育。"

三十四岁那年，托尔斯泰结婚了，妻子是一位医生的女儿，名叫索菲亚。托尔斯泰的写作兴趣此时又高涨起来。《战争与和平》这部大书，就是在婚后动笔的。

《战争与和平》：炮声惊动四大家族

19世纪初的十几年里，欧洲战火不断。开头是俄、英、奥、普结成反法联盟，跟拿破仑作战。而拿破仑没被打倒，反法联盟反倒土崩瓦解。这以后，俄国跟法国订立了合约，赢得了一段和平岁月。

到了1812年，拿破仑亲提六十万大军入侵俄国，先后在斯摩棱斯克和博罗季诺展开大会战。俄军则主动放弃莫斯科，让拿破仑得到一座空城。

时值冬天，天寒地冻，又没有粮草，法军只好狼狈撤退。拿破仑逃出俄国时，只剩下两万残兵败将。——《战争与和平》就是以1805年到1820年这段历史为背景写成的。

小说集中刻画了俄国上层社会四大家族的一系列人物活动。

先说说包尔康斯基公爵这一家吧。老包尔康斯基是一位正直刚强的勋臣，如今退休在家。

他的儿子安德烈公爵年轻英俊，才智过人，性格坚强孤傲，可谓"有其父必有其子"。——如今他的妻子丽莎怀着身孕，可大战在即，他要到俄军统帅库图佐夫帐下去当传令官，只好把临产的妻子送到乡下，托老父亲和没出嫁的妹妹玛丽照顾。

另一个家族是罗斯托夫伯爵一家。老伯爵人很好，对待庄园里的农民也很和善，不过他不善理财，经济走的是下坡路。他儿子尼古拉是个军官，还没成家，女儿娜塔莎天真纯洁，年纪还小。一家人倒也和和睦睦。

别祖霍夫伯爵则是个大富翁，家里有四万名农奴、几百万财富。不过小说开头时，他已经病危。由于他没有正式继承人，所以听到消息，凡是沾亲带故的，全都涌到他的客厅里，想从遗产

《战争与和平》插图之一

里分点儿好处。

然而老头儿一死，遗嘱公布，大伙全都傻了眼：老伯爵早已把私生子彼尔立为嫡子，让他继承了全部家业！

彼尔是个又高又胖的青年，从小在国外受教育，如今刚刚回国。他笨嘴拙舌，不善应酬，说话行事也不合时宜；加之意志薄弱，整天跟一伙公子哥儿混在一块儿，虚掷光阴。安德烈跟他不错，常常劝他，因为安德烈知道彼尔有一颗金子般的心。

还有库尔根公爵一家。这位公爵跟别祖霍夫是远亲。别祖霍夫临终时，他的小算盘打得最响，结果失望也最厉害。——不过他很快就有了新目标。他把彼尔请到自己家里去住，还为他在宫廷里谋了个差使。

库尔根有个女儿爱伦，长得挺美，可为人轻浮；彼尔对她并没好感。后来老库尔根硬是把彼尔和爱伦捏合到了一块儿——他是看上彼尔的百万家私啦。

爱伦的哥哥阿纳托尔是个浪荡公子，最会挥霍胡闹，自己有了妻室，还到处追逐女人。这家子，没一个好人！

战火中的爱恨情仇

这是1805年，俄法战争打响了。安德烈和尼古拉都上了前线。在奥斯特里茨战役里，法军发起猛攻，俄军兵败如山倒，眼看着军旗也倒下去了。身为传令官的安德烈跳下战马，举起军旗，高喊着"乌拉"，冲向敌军。俄军这才停止溃退，转而进攻。可是，冲在最前头的安德烈却倒在了田野上……

《战争与和平》插图之二

家里头，安德烈的妻子丽莎正难产，已经昏死过去了。在这以前，谁也不敢把安德烈的死讯告诉她。——可是突然间，一辆马车却把安德烈送了回来：原来他竟没有死！一家人的激动劲儿就别提了。

然而孩子生下来，丽莎却死了。——仗打败了，自个儿差点儿送了命，妻子又去了，安德烈一下子变得消沉了。

心里厌倦战争，可战争偏偏又来了。安德烈不愿再上战场，便胡乱在后方谋了个差使，把多半心思放在经营庄园上。

彼尔这会儿也在自己的庄园里搞改良试验呢。他已经跟爱伦分了手。原来风流的爱伦婚后又跟彼尔的酒肉朋友朵罗豪夫拉拉扯扯，彼尔忍无可忍，提出决斗。彼尔在决斗中打伤了朵罗豪夫，报了仇。他把财产分一半给爱伦，自己就回到乡下，埋头搞起社会试验，打算改善农奴的生活。然而效果并不怎么好。

以后安德烈结识了罗斯托夫伯爵的女儿娜塔莎，两人渐渐有了好感。安德烈已经盘算着向姑娘求婚了，他的爹爹包尔康斯基公爵却反对这门亲事：一个穷贵族的女儿能有多少陪嫁？没法子，安德烈只好推迟了婚期。——可这样一来，却让阿纳托尔钻了空子。

阿纳托尔就是爱伦的那个风流哥哥。有一回他在戏院里看见美丽的娜塔莎，便缠上了她。天真幼稚的娜塔莎相信了他的甜言蜜语，于是写信给安德烈的妹妹玛丽，要跟安德烈解除婚约。

这会儿安德烈刚好不在国内。就在娜塔莎准备跟阿纳托尔私奔的时候，彼尔及时揭穿了这个浪荡公子的真面目。——娜塔莎自知受了骗，又干了对不起安德烈的事，愧悔交加，差点儿自杀。

安德烈从国外回来，听到这事，咬牙切齿要找阿纳托尔报仇。他一路追踪这个坏家伙，却总是被他甩掉。

以后安德烈再次加入老上司库图佐夫的幕府，准备迎击入侵的法军。这一回，他终于找到了阿纳托尔，是在战地医院里。安德烈因再度负伤被送到这里来包扎，阿纳托尔就躺在旁边一张病床上，因受伤被锯掉一条腿。

这种时刻，还有什么恩怨不能了结呢？

"空前的最伟大的小说"

法军进逼莫斯科，娜塔莎随着家人一道撤退。不久她听说，有辆篷车跟在她家车队里，车里躺着的，正是生命垂危的安德烈。到了夜里，娜塔莎鼓起勇气去看安德烈。——安德烈一点儿也不恨她，还说更爱她了。娜塔莎泪如雨下。从这时起，她再也没离开安德烈，直到安德烈最终闭上眼睛。

彼尔此刻又在哪儿呢？他仍在莫斯科，换了一身农民的装束，怀揣着尖刀，准备去刺杀拿破仑。

拿破仑没找到，他却给法国兵抓了起来。法国人从莫斯科撤退时，把他编在俘虏营里。半道儿上，他又被俄国的游击队解救出来。没想到游击队的指挥官，就是当年跟他决斗的朵罗豪夫……

法国人失败了，卫国战争结束了。此时爱伦已死，彼尔跟娜塔莎结了婚——他早就爱着她呢。娜塔莎的哥哥尼古拉则娶了安德烈的妹妹玛丽。经受了战争的洗礼，和平的生活显得格外和谐、安宁……

《战争与和平》如果只写这四个家族，也便显示不出怎样伟大。可贵的是作者围绕这四个家族的人物活动，展开了一幅宏伟的历史画卷。全书有名有姓的人物有五六百位。其中既有沙皇、拿破仑、库图佐夫这样的历史真人，也有大量虚构人物。

不过，虚构人物也

《战争与和平》插图之三

总是以真人做模特的。罗斯托夫伯爵，就很像托尔斯泰的爷爷。包尔康斯基公爵，又像他的外公。尼古拉的原型是他父亲，安德烈像他的二哥，娜塔莎的原型则是他的妻妹；而彼尔的形象里，更多有着作者自己的影子。——有这么多亲人做模特，难怪他笔下的人物都那么有血有肉、真实可亲。

这么多的人物和事件组织到一块儿，可不是件容易事。小说采取多线索齐头并进又主次分明的写法，沿着时间的脉络，把十几年间发生的历史大事和个人际遇有条不紊地娓娓道来。

读者随着作家的笔，一会儿走进豪华热闹的贵族客厅，一会儿来到宁静的乡间田庄，一会儿又走上硝烟弥漫的大战场……这真是一部前所未有的史诗，整整写出了一个时代！

托尔斯泰写这部书，是站在贵族的立场上的。他肯定了贵族优秀人物在历史上的重要作用，同时也看到了人民的力量。——最终是谁决定了战争的胜负呢？是老百姓！托尔斯泰在描述历史时，越来越看清了这一点。

《战争与和平》这四卷大书一出来，立刻引起巨大轰动。一时之间，俄国甚至全欧洲的作家们交口称誉。有人说，它可以跟《荷马史诗》相媲美。屠格涅夫读这小说时，"高兴得冷一阵热一阵"，读着读着，竟兴奋得喊了起来。法国的福楼拜、英国的高尔斯华绥，都称它是"第一流的作品""空前的最伟大的小说"。

《安娜·卡列尼娜》：爱情无从逃匿

写《战争与和平》，用去了托尔斯泰六年的时光。书写完了，

安娜·卡列尼娜

应该好好休息休息吧？托尔斯泰却一刻也闲不住。

他如饥似渴地读书，学希腊文，继续办教育，还替闹灾荒的地区募捐……就这么过了两三年，他脑子里又有了一个新题目：写一个上流社会的已婚妇女爱上了别的男人，然而她并非"坏女人"。——这就产生了那部著名长篇《安娜·卡列尼娜》。

安娜是大官僚卡列宁的年轻妻子，比丈夫小二十岁。她的面孔美得惊人，眼光和笑容里有着一种压抑不住的青春气息。小说一开头，她从彼得堡来到莫斯科的哥哥家，为的是替哥哥、嫂子调解家庭纠纷。

哥哥、嫂子之间的疙瘩倒是解开了，嫂子的妹妹吉蒂却对安娜产生了妒意。原来吉蒂爱着英俊潇洒的年轻军官渥伦斯基。可自从安娜来后，渥伦斯基在舞会上就总是围着安娜转，把吉蒂冷落在一旁。

安娜一察觉，就提前离开了莫斯科，但在火车上，她意外地发现：渥伦斯基也跟来了。安娜又是惊喜，又是不安。——她也暗暗喜欢上这个年轻军官了。可她是结了婚的人，还有个可爱的儿子，又怎么能再爱别人呢？

《安娜·卡列尼娜》插图之一

渥伦斯基不管这些。在彼得堡，他到各种社交场合追踪安娜，向她表白爱意。安娜也总盼着能见到他。关于他们的流言，很快在彼得堡上流社会传开了。丈夫卡列宁也曾旁敲侧击地问过，安娜当然只能否认啦！

不过真情是最不容易掩饰的。有一回，安娜跟丈夫看赛马，亲眼看着渥伦斯基从马背上跌下来。安娜一下子站了起来，竟忍不住当众哭出声来！

在回家的路上，卡列宁冷冷地逼问安娜，安娜哭着说："我爱他，我是他的情妇……我看见你就受不了，我恨你……"这下子，算是摊牌啦。

卡列宁怎么办呢？决斗吧，怕不是渥伦斯基的对手；离婚呢，手续麻烦不说，家丑可就传扬出去了。——最后他一跺脚，干脆就这么忍了。自个儿不幸福，也不能让安娜舒心、自在。

是谁杀死了安娜

安娜有心跟渥伦斯基私奔，却又舍不得孩子。渥伦斯基由于生活挥霍，正为经济问题头痛呢，因而也没有带她离开的意思。安娜陷入了深深的痛苦之中，她一天也不愿跟卡列宁过下去，可渥伦斯基待她似乎已不如从前了。

最可怕的是安娜临产了，孩子是她跟渥伦斯基的。孩子难产，安娜昏迷了三天三夜，发高烧、说胡话……卡列宁忽然可怜起妻子来。他宽恕了安娜，还向渥伦斯基表示和解。渥伦斯基感到屈辱，回家后开枪自杀，却没有死。

安娜也终于捡回一条命，家里算是暂时平静了几个月。不过卡列宁越是做出宽宏大量的姿态，安娜就越难受。渥伦斯基身体复原后，本打算远走高飞，可是忽然传来消息，说是卡列宁同意离婚了。渥伦斯基喜出望外，没等法院判决，就带着安娜去了国外。

然而三个月过去了，离婚的最后判决还没下来。安娜想念儿子，跑回家看他，却像干了什么见不得人的事，慌慌张张的，连给儿子买的生日礼物也忘记留下。

更让安娜痛苦的是上流社会的态度。有一回，她不听渥伦斯基劝

《安娜·卡列尼娜》插图之二

告，独自去剧院看戏。相邻包厢的一位贵妇人，竟像是受了天大的侮辱，戏也不看就拂袖而去。——这一切太可怕了，安娜的精神已经受不了啦。为了爱情，她失掉得太多了，只怕这爱情最终也将失掉。

她的脾气变得越来越坏，弄得渥伦斯基也烦起来，整天往外跑。有一次两人拌了嘴，渥伦斯基拔腿就走。安娜派人捎信儿、打电报，渥伦斯基却迟迟不肯回来。安娜彻底绝望了。她要报复，要让她所爱的人抱憾终生！

此时她正在一个火车站里。当年她第一次见到渥伦斯基时，也是在火车站。那一回，有个扳道工给火车压死了，渥伦斯基还慷慨大度地把钱袋赏给了死者的家人。——这么想着的时候，火车开动了，安娜向车轮下猛扑了过去……

美丽的安娜死了！是谁杀死了她呀？

是传统的规矩和虚伪的道德！这个势力是太强大了，压迫也太沉重了。安娜勇敢地向它挑战，然而她一个人势单力薄，根本没有取胜的希望。

渥伦斯基是个贵族公子哥儿，本来境界不高，完全不能理解安娜那热烈的感情和丰富的内心。这个悲剧式的结局，是从一开始就注定了的。

安娜临死时恨恨地说："这全是虚伪，全是谎话，全是欺骗，全是罪恶！"这正是作家本人对社会的宣判啊。

不过安娜还是胜利了。她做了别人不敢做的事，她又用生命表达了自己最强烈的反抗。——有几个男儿能跟她相比？

《复活》：贵族少爷遇上旧"情人"

写完《安娜·卡列尼娜》，托尔斯泰已年近五十。他的思想，在这以后产生了深刻的变化。他觉得有一件重要的事等着他去做，那就是"拯救灵魂"！

他对宗教和道德产生了极大兴趣，觉得官方教会的所作所为离基督教真义相差太远。他整天读啊，想啊，找农民和神父们谈话，还到处做善事。他最终总结出两条准则：一是要在道德上自我完善，二是不以暴力抗恶。

他厌倦贵族生活，决心像平民一样自食其力地活着。于是出现了开头咱们讲到的那种场景。

不过没人能理解他，连妻子儿女也觉得他发了疯。官府也千方百计限制他发表文章、演说，宣传他那套跟官府、教会格格不入的观点。

就在托尔斯泰忙着寻求真理、赈济灾民的空当儿里，他又写了一部长篇小说《复活》。这书前后写了十年，从他六十岁一直写到七十岁。

跟前两部巨著相比，这一部的线索比较简单，主要人物只有两个：三十几岁的贵族地主聂赫留朵夫公爵和妓女卡秋莎。——后者被人诬告毒死了嫖客，此刻正面临审判呢。而审判她时，聂赫留朵夫恰好是陪审团成员。

聂公爵在法庭上一见卡秋莎，不觉大吃一惊。这姑娘他认识，跟他本人还有过瓜葛呢。——卡秋莎本是个女农奴的私生女，三岁时死了娘，女东家收留了她。这女东家正是聂公爵的姑妈。

《复活》插图之一

那年夏天，正在念大学的聂公爵到姑妈家去度假，那是他头一回见到卡秋莎。两人相互爱慕，分手时都挺伤感。

几年以后，聂公爵已经步入官场，他再次到姑妈家去做客，姑娘出落得更漂亮了。而聂公爵也不再是当年的纯朴少年，心里多了一份卑污。他想方设法占有了姑娘，事后塞给她一百卢布，算是她的身价。

从那以后，他再也没去过姑妈家——不想这姑娘今天竟沦落到这步田地。聂公爵觉着心里有愧，休庭后就到狱里去探监。

聂公爵对姑娘说，自己是来求她宽恕的，希望能帮助她，也好赎赎罪。可姑娘也早已不再是当年那个纯情少女了。当年她怀上身孕，被女东家赶出了门，无奈当上了妓女。这么多年，她只觉得世上全是坏蛋！

她整天借酒浇愁，并学会了对付男人的法子：占他们的便宜。现在她弄明白聂公爵的来意，便先朝他要了十卢布。聂公爵看得出：这女人在风尘中陷得太深啦！

宽恕仁爱，赎己救人

不过聂公爵还是请律师替姑娘写了状子，拿到狱里让她签字。

聂公爵向姑娘提出："在上帝面前，我有责任跟你结婚。"不想姑娘听了发起火来，她说："上帝，什么上帝？当初你记着上帝就好了！……我是个犯人，您是公爵老爷，你上这儿干吗来啦？……你今世利用我寻欢作乐，来世还想利用我拯救你的灵魂；走开吧，你这个讨厌的家伙……"说着人哭起来。

姑娘的话，使聂公爵更加看清了自己的罪过。他拿着状子去了彼得堡，利用自己的贵族身份，四处奔走求助，希望能对姑娘的冤案进行复审，可是收效不大。

在那个社会里，有几个官僚是真心替百姓办事的？——就说初审的那几位法官吧，有一位因为到妓院去寻欢作乐，审案前连案卷都没看。另一位刚跟妻子吵了架，只琢磨着回家能不能吃上

《复活》插图之二

晚饭。还有一位是病包儿，一心只想着自个儿的胃病。庭长则一心盼着审讯快点儿结束，好去会情妇……卡秋莎的罪名，就这么稀里糊涂地判定了。

一切努力都没有结果，聂公爵决定实践诺言。他回乡处理了产业，就陪卡秋莎踏上了流放的路程。

经过聂公爵通融，卡秋莎被调到政治犯的队伍里，干一点儿轻活儿。政治犯里有个叫西蒙松的青年真心爱上了卡秋莎。人的尊严又从卡秋莎的内心深处萌生出来。她不愿这么拖累公爵，又爱慕西蒙松的为人，便决定跟西蒙松在一起。

聂公爵呢，他祝卡秋莎幸福，自己也终于在《福音书》里找到了人生真谛。他醒悟了："人们在上帝面前都是有罪的。任何人都无权惩罚别人。只有相互宽恕、互怜互爱，才是人类的唯一出路。"

聂公爵的认识，其实就是托尔斯泰的认识。不过小说的意义，却不止于此。人们印象更深的，是沙皇统治下官僚的卑劣、司法界的腐败、下层社会的贫困与无望……据说作者为了写得更真实，还亲自去访问过狱吏呢。

沙皇政府的书报检查官们，可不能让小说就这么跟读者见面。他们把小说底稿一气删了五百多处，其中一章被删得只剩一句话。——沙皇政府对托尔斯泰怕得要命，可碍于他的崇高声望，也不敢轻易动他。

哲人挥手去，绿杖何处寻

为了打击这位大作家，东正教会开除了他的教籍。消息传开，成千上万的人上街游行抗议。外国文学家也纷纷发宣言、打电报，指斥俄国政府和教会。

托尔斯泰八十寿辰那天，世界各地的贺信、贺电潮水似的涌来，鲜花和礼品堆得像座小山。托尔斯泰成了举世公认的文学泰斗啦。

不过托尔斯泰却常常陷于苦恼之中。亲人不理解他，埋怨他，不愿跟他一起过平民化的生活。当他穿着布衣、吃着青菜的时候，身后总有个穿燕尾服的仆人伺候着，这一切都让他受不了。

1910年10月底的一个夜晚，八十二岁的托尔斯泰决定出走。他带了简单的行李，跟一位老友登上了南下的火车。可就在半路，他着了凉，又转成肺炎，不得不在一个小站下了车。

报纸把这个消息传向俄国、传向世界。无数人向这个小站涌来。然而，托尔斯泰毕竟年纪大了，无法抵御疾病的打击，于11月7日清晨离开了人世。——一颗照耀世界文坛长达半个世纪的明星，就这样陨落了。

成千上万人为他送葬。他的遗体安葬在亚斯纳亚·波里亚纳庄园的林间空地上，既没有墓碑，也没有十字架。小时候，托尔斯泰

托尔斯泰夫妇

常在这里做游戏。据说林中藏着一根绿杖，上面写着能给人们带来幸福的秘诀——然而绿杖始终没有找到。

当人们到林间凭吊这位伟人的坟墓时，一定会想到：在这里长眠的，是一位毕生为了人类幸福而探索不止的人；他的几十卷大作，不正阐述着绿杖上的真理吗？

托尔斯泰与中国

见爷爷端起茶杯，沛沛才回过神来。他问："托尔斯泰一生写了多少小说？"

爷爷回答："长篇的就是咱们上边介绍的这三部，中短篇的可就多了，此外还有各种戏剧、故事、随笔、评论、寓言……他的俄文版全集，总共有九十卷呢。

"这样一位大作家，我们很难用三言两语对他做出全面、准确的评价。有位美国文学家说得好：'托尔斯泰的作品就像是湖泊那样大的一面镜子，反映了整个人类的生活面貌。'俄国作家契诃夫说得更妙：'托尔斯泰不是人，他是天神朱庇特！'

"统治者也不得不对托翁给以足够的尊敬。据高尔基回忆，有一次他陪托翁散步，迎面来了大公爵的马车。托翁昂然而立，马车反而绕道而行，车上人还向托翁行礼。托翁说：'原来他们也认得托尔斯泰！'

"不过托翁在平民面前却毫无傲气。一次他去车站送人，有位刚下车的太太因孩子跑远了，叫道：'老头儿，帮我把孩子叫回来，我给你小费。'等托翁把孩子领回来，太太真的'赏'了他五戈比。这时有人认出托翁，高喊起来。这位太太又是惊喜又是窘迫，求托翁把五戈比还她。托翁把硬币攥在手里摇头说：'这可是我挣来的！'"沛沛和源源不约而同笑了起来。

"托翁是伟大的天才，"爷爷继续说，"不过他的勤奋也是别人比不了的。他对自己的作品要求很严格，总是反复修改。例如《复活》开头对卡秋莎相貌的描写，就先后改了二十遍！开头这样写：'她是一个瘦削而丑陋的黑发女人，她所以丑陋，是因为她那个扁塌的鼻子。'可这么丑的女人，又怎么会引起年轻公爵的兴趣呢？几经修改，改成：'美丽的前额，卷曲的黑发，匀正的鼻子，在两条平直的眉毛下面，有一双秀丽的黑眼睛。'——这个又太漂亮啦。

"直到第二十稿，才改成现在的样子：'一个小小的年轻女人，外面套着一件灰色的大衣。她头上扎着头巾，明明故意地让一两绺头发从头巾里面溜出来，披在额头。这女人的面色显出长久受着监禁的人那种苍白，叫人联想到地窖储藏着的番薯所发的芽。两只眼睛又黑又亮，虽然浮肿，却仍旧放光，其中有一只眼睛稍稍有点儿斜睨。'——只这一小段，已经让读者联想到这女人不同寻常的身份、性格及悲惨命运啦。

"托尔斯泰能成为享誉世界的大文豪，还因为他吸取了世界文化的营养。他精通十几种文字，读过大量世界各国的文学作品。他对中国文化的兴趣也十分浓厚，不但读过德文版的《老子》，对《大学》《中庸》《孟子》《墨子》也都感兴趣。他还写过不少研究中国哲学的论文。——其实他的'不以暴力抗恶'和'在道德上自我完善'的主张，就是受了中国哲学的启迪呢。

　　"八国联军入侵中国时，托尔斯泰写了那篇有名的文章《不准杀害！》，痛斥侵略者。以后还写了《致中国人民书》，只是没能发表。托尔斯泰曾说过：'假如我还年轻，一定要去中国。'可惜说这话才半年，他就与世长辞了。

　　"不过早在大文豪活着的时候，中国人就已经知道这位伟大作家了。1907年，他的作品第一次被介绍到中国来。时至今日，他的作品差不多全都摆上中国的书架啦！——一个人去世了，他的思想仍能给人以启迪，他的艺术仍能被人喜爱，这就叫死而不朽吧！"

第 38 天

契诃夫的小说与戏剧

俄国·19—
20世纪

契诃夫：曾是托翁"一字师"

"托尔斯泰虽然是举世公认的大作家，可他为人谦和，最喜欢提携后进。有两位作家都曾得到他的赏识，一位是比他小三十二岁的契诃夫，另一位是比他小四十岁的高尔基。

"托尔斯泰认为契诃夫不但才学好，人品也好。他称契诃夫是'散文中的普希金'——这可是文坛泰斗的评价呀！"爷爷吹开杯子里的茶叶，呷了一口，接着说道，"据说托尔斯泰写成《复活》后，把底稿拿给契诃夫看。契诃夫指出，像卡秋莎这样的犯人，判刑还要重得多，托尔斯泰便照他的意见修改了。因为他知道，契诃夫在这方面是行家。这么一看，契诃夫算是托翁的'一字师'啦。"

"我猜契诃夫一定当过律师或法官吧？"沛沛说。

"你猜错了，契诃夫的职业是医生。他熟悉罪犯和刑法，是因为他三十岁时，曾到萨哈林岛（库页岛）去做过调查，那地方是沙俄帝国的罪犯流放地。

"契诃夫在那儿访问了监狱、矿井和移民屯，翻看了大量档案材料。他跟流放犯和移民谈话，还做了详细的记录。三个月

契诃夫与托尔斯泰在一起

中，他用卡片登记了一万个流放犯和移民的生活情况。

"在萨哈林岛（库页岛）了解到的俄国，可跟在彼得堡涅瓦大街上了解的全然不同！有了这番经历，契诃夫对沙皇统治的本质了解得更深了——一座萨哈林岛（库页岛），就是整个沙皇统治的缩影啊。"

早期小说《小公务员之死》

契诃夫（1860—1904）生于俄国南方的港口城市塔甘罗格。他的祖父是个赎了身的农奴，父亲开着个杂货铺。契诃夫哥儿几个从小就是在柜台内外长大的。

契诃夫上中学时成绩平平，唯独对演戏挺感兴趣。不久，父亲的杂货铺关了张。为了躲债，父亲带着一家人搬到莫斯科去住，只留下契诃夫继续在这儿上学。

为了吃饭，契诃夫一边读书，一边给人家当家庭教师。还没成年，他已经饱尝了生活的艰辛。

以后契诃夫考进莫斯科大学学习医科。上学有上学的开销，家里人也要吃饭。契诃夫只好靠给报社投稿，挣一点儿稿费贴补家用。这样一来，他算是跟文学结下了不解之缘。

契诃夫的早期小说，以幽默逗笑的居多，可也有意义深刻的。像那篇《小公务员之死》，就写了个可怜可悲的小人物，让人读了哭也不是，笑也不是。

小公务员叫切尔维亚科夫，一次在剧院里看戏时打了个喷嚏，把唾沫星儿喷到前排一位将军的秃脑瓜儿上。将军擦了擦，嘟囔了一句。这可把小公务员吓坏了，急忙凑过去道歉。将军说："这算不了什么，看戏好了。"

可小公务员心里越来越不踏实，到幕间休息时，又去赔不是。将军有点儿不耐烦，这让切尔维亚科夫心里就更害怕了。随后两天，他又接连跑到将军办公室去解释、赔罪。将军发了火，大吼一声："滚出去！"——这一声大喊，断送了小公务员的

《小公务员之死》插图

性命。他一路磨磨蹭蹭走到家，倒在沙发上，再也没起来。

在俄语中，"切尔维亚科夫"这个姓是由"小虫"变来的。这个小人物的可悲之处，正在于太自卑自贱啦。

契诃夫在给弟弟的一封信里，曾批评过自卑的情绪，说人只有在"神、美丽和智慧"面前，才会感到自己渺小；至于在人的面前，只要你心地诚实、问心无愧，就应该挺起腰杆来。——这话仿佛就是冲着切尔维亚科夫这类人说的。

讽刺杰作《变色龙》

契诃夫的另一个短篇小说《变色龙》，是一篇讽刺杰作。变色龙本是一种蜥蜴，它可以随着环境改变颜色。可小说里的变色龙，却是指沙俄警官奥楚蔑洛夫。

这位警官在镇上值勤时，正赶上首饰匠赫留金的手指头被一条狗咬破了。警官于是摆起官架子来，说是要给那狗主人一点儿颜色看看。

不过一听说狗是将军家的，他的态度立刻变了，反过来责问首饰

《变色龙》插图

匠："你这么魁梧，怎么会让一条小狗咬着了呢？"这时又有人说：狗不是将军家的。警官便又改了腔调，说这狗的毛色不好，模样也不中看，完全是下贱坏子……

众人议论纷纷，有的说是将军家的，有的说不是；奥楚蔑洛夫就在大庭广众之下变来变去，脸也不红一下……

最终将军家的厨师证明，狗是将军的哥哥的。警官马上堆起满脸笑容，谄媚地说："这小狗真不赖，怪伶俐的，一口就咬破了这家伙的手指头！"又回过头来恐吓首饰匠："我早晚要收拾你！"

奥楚蔑洛夫是统治者的爪牙，他的本质就是媚上和欺下。契诃夫把他放到广场上，让他的两副脸孔在短时间里交替变换，这简直是拿沙皇的走狗示众呢。

《凡卡》与《苦恼》：替微末人物传声

契诃夫是从社会底层走出来的，对那些贫苦的人，有一种发自内心的同情。就说那篇《凡卡》吧，写的是个可怜的乡下孩子，才九岁，就被送到城里的鞋匠铺当学徒。他得干各种杂活儿，可每天吃不饱不说，还要挨打挨骂。

圣诞夜，他给远在乡下的爷爷写信说："带我离开这儿吧，可怜我这个苦命的孤儿吧……我的日子苦极了，连狗都不如……"信写完了，他在信封上写上"寄交乡下爷爷收"，然后把它投进信筒。

这一夜他睡得格外香甜。他梦见乡下的爷爷和那条听话的狗，然而爷爷是不会收到这封没有地址的信的，因而凡卡的梦至多也只是个梦罢了。

《苦恼》的主人公则是个马车夫。小说开始时，天正下着大雪。车夫弯着腰坐在停着的马车上，整个下午一动不动，身上落满了雪。——他这是怎么啦？原来他的独生儿子死了，此时他陷入深深的痛苦中。

《凡卡》插图

街灯亮了的时候，有个军官坐上他的车。车夫漫不经心地驾着车，好几回差点儿撞上行人。他想找个人诉说自个儿的苦恼，谈谈儿子是怎么死的。可军官吩咐他快点儿赶车，然后就闭上眼，分明不愿听。

车到了地方。车夫弯下腰，又不动了。几个钟头后，三个酒足饭饱的年轻人来雇他的车。车夫试着向他们说起儿子的死，可一个青年却说："大伙都是要死的……"并催他快点儿赶车，还打了他一个脖儿拐。

他们下了车，车夫又陷入孤独中。他感到失望；街上的人川流不息，为什么他的无边无沿的苦恼，竟没人理会呢？

看门人不愿听他诉说，别的车夫也不愿听……终于，车夫在马棚里找到了知音。他向那匹眼睛亮晶晶的马诉说着一切，马静静地听着，闻着主人的手。这个世界上，仿佛只有它还有同情心。

小说的情节再简单不过了，可它留给人的感慨却是深长的。在茫茫人海中，孤独不幸的人只有从动物身上才能找到一点儿同情和安慰，这是对这个冷漠世界的最冷峻的批判啊。——大文豪托尔斯泰读了这篇小说，也连称"深刻"呢。

契诃夫二十八岁时，已经出版了五部集子，大约四百个短篇小说。这一年，他获得了俄罗斯科学院颁发的普希金奖。不到三十岁的契诃夫，已经成为名副其实的俄罗斯短篇小说之王了。

这以后，契诃夫又创作了几个中篇小说。像《草原》，写的是九岁的小男孩叶果鲁希卡在一次长途旅行中的所见所感。小说家把俄罗斯的大自然描写得那么优美动人，不用说，只有深深爱着俄罗斯的人，才能写出这样优美的文字来。

《第六病室》：谁是病人

契诃夫的中篇小说中，《第六病室》是最有名的一篇，那是他从萨哈林岛（库页岛）回来后创作的。

小说里的这间"第六病室"，是小城医院中很特别的一间病房。它立在丛生的野草中，被一道墙围着，铁皮屋顶生了锈，烟囱也半歪半倒的。看着围墙上的钉子，你会想到监狱。

不错，这就是座监狱。又脏又臭的屋子里，关着五个疯子。五个疯子中，伊凡是个挺好的青年。他读过大学，很有头脑，喜欢看书。因为爹爹破了产，他不得不在法院中谋了个执达吏的差使。

可能常常看到好人无辜被害吧，他害了疑心病，总怀疑人家要来抓他。终于，他被送进第六病室，跟疯子、傻子关在一块儿——其实他们也全是些心地善良的人。

看守病室的是凶狠而愚蠢的退伍老兵尼基达，打起人来，他才不管是脸是背呢！

医院的主任医生安德烈为人和气，从不大声说话，最喜欢埋头读书。初来医院时，他很想干一番事业。可后来看到周围那么

契诃夫

污浊，他的心也冷了，常把工作推给助手，自己回到舒适的家中喝点儿酒，看看书，自得其乐。在这个偏僻的小城里，他只有邮政局长一个朋友。

一个偶然的机会，安德烈医生来到了六号病室。他跟伊凡交谈了一阵子，发现这个年轻人的疯话里，竟含着几分道理。

安德烈像是遇上了知音，两人越谈越投机：从现实谈到生死，从陀思妥耶夫斯基谈到古希腊的哲人。他们甚至说到"监狱和疯人院结束"的那一天，真理大获全胜的"新生活的黎明"。——就这样，安德烈在第六病室里找到全城唯一一个有头脑、有趣味的人。

这以后，安德烈成了第六病室的常客，他跟伊凡一聊就是一整天，有时连吃饭、喝茶都耽误了。——可城里此时却流言四起，说安德烈医生行为反常，八成脑子出了毛病。

接着上头派来一个委员会，借口讨论公务，来考查他的精神状态。不久他被撤了职，也被送进第六病室，成了第六名"病友"。

他敲窗户打门，喊着要出去。平时对他毕恭毕敬的看守人尼基达没头没脑地打了他一顿。就在第二天，安德烈中了风，死在第六病室里。

看得出来，这是篇象征意味很浓的政治小说。在这座庸俗、污浊的小城里，两个最清醒的人，反被关进了疯人病室，这个是非颠倒的社会多么可怕！

正像伊凡说的，在这个社会里，"讨饭袋和监牢，是谁也不能保证沾不上的两样东西"。而社会秩序则是由尼基达那样脸上带着牧羊犬神情的愚蠢家伙维持着——如果说萨哈林岛（库页岛）是沙俄黑暗统治的缩影，那么第六病室恐怕就是萨哈林岛（库页岛）的象征了。

把生活被装进"套子"里

岛上的流放犯和病室里的"疯子"就不必说了，社会上一般人的生活就好过吗？沙皇统治的触角无所不在，人们的生活沉闷得像是装进了套子里。著名短篇讽刺小说《套中人》，就写了这样一种生活。

有个姓别里科夫的希腊语教师，是个性情孤僻的怪人。他即使在晴朗的日子里也要穿上雨鞋、带上雨伞、穿着暖和的棉大衣。他的雨伞总是用套子包好，表也用一个皮套子装好……他的脸也像蒙着套子似的，总是藏在高高竖起的领子里，戴上墨镜，还用棉花堵上耳朵眼儿……

更让人受不了的是，他把思想也极力藏在一个套子里。凡是官府禁止的事，他都记得清清楚楚。如果有什么新事物出现，例如经过官方批准，城里成立了戏剧小组、阅览室或茶馆，他总是摇摇头，低声说："好倒是好，可千万别闹出什么乱子

《套中人》插图

来啊！"这话简直成了他的口头禅啦。

有他在，人们总感到不舒服。全学校的老师仿佛全受着他的辖制似的，连全城人也受着他的影响哩：太太们不敢举办家庭晚会，教士们到了斋期不敢吃荤腥、不敢打牌，全城的人都不敢大声说话、不敢写信、不敢交朋友、不敢看书……

这样一个老古板儿，后来居然也谈起恋爱来。学校新来了一位史地教师柯瓦连科，还带着个妹妹瓦连卡。瓦连卡是个热情奔放的姑娘，连别里科夫也被她迷住了，常常跟她一块儿去散步。只是他下不了求婚的决心，生怕结婚会招来麻烦。

怕什么就来了什么。有个促狭鬼存心跟他开玩笑，给他画了张漫画。画上的这位老夫子打着雨伞、穿着雨鞋，臂弯里挎着瓦

连卡。别里科夫瞅见漫画，脸都青了。

可巧这时他又看见柯瓦连科兄妹骑着自行车去郊游，这可把他吓坏了：一个当教师的居然跟妹妹一块儿骑着自行车到处转悠，这做的是什么榜样？学生们以后走路还不得拿大顶吗？

他忧心忡忡地去规劝柯瓦连科。柯瓦连科早就讨厌这个畏畏缩缩的家伙，他大声说："谁要来管我的私事，我就叫谁滚他的蛋！"并抓住他的领子使劲一搡，别里科夫连同他的雨鞋乒乒乓乓滚下楼去。

别里科夫的狼狈相，偏巧让刚刚回家的瓦连卡看见了。瓦连卡认出他来，不禁扬声大笑。——这笑声彻底断送了别里科夫！他什么也听不见，什么也看不见，回到家就躺下来，再也没起来。

一个月后，他死了。人们为他送葬，可心里并不难过，反而有着一种大人不在家、小孩子可以到处乱跑的快活心情。

小说中的讽刺明显带着夸张。一个别里科夫，怎么会让全城人都战战兢兢呢？其实让人战战兢兢的，是一种弥漫全社会的因循守旧的空气。而这种空气又是沙皇的高压统治造成的。

小说末尾不是提到吗，"套中人"死了不到一星期，城里的生活又恢复了老样子。看来，人们要想打破思想的套子，过上自由的生活，埋掉个把别里科夫是远远不够的。

《万尼亚舅舅》：为谁辛苦为谁甜

契诃夫终生追求"更伟大更合理的东西"。他后来搬到乡下去住，生活在农民中间，一点儿也没有作家和医生的架子。农民找他来看病，不管刮风下雪，他都亲自出诊。

有一年地方上流行霍乱，他亲自组织医疗站，一夏天看了一千多位病人。他还自己出钱修了一条公路，盖了三所学校。当地的农民都非常敬重他。

契诃夫的后期创作，剧本占了很大比重。有一出《万尼亚舅舅》，写了一群知识分子的生活，虽然没有大起大落的剧情，却从平凡生活里塑造出好几个典型人物来。

有个又老又病的退休教授亚历山大，带着他二十七岁的漂亮妻子叶琳娜到乡下庄园里闲住。——这庄园本是教授前妻的陪嫁，一直由前妻的弟弟万尼亚和前妻所生的女儿索菲雅辛勤管理着。

万尼亚过去一直崇拜姐夫，如饥似渴地读着他写的书，替他抄抄写写，为他操持这份产业，把自己的青春都搭了过去。四十七岁了，还没成家呢。

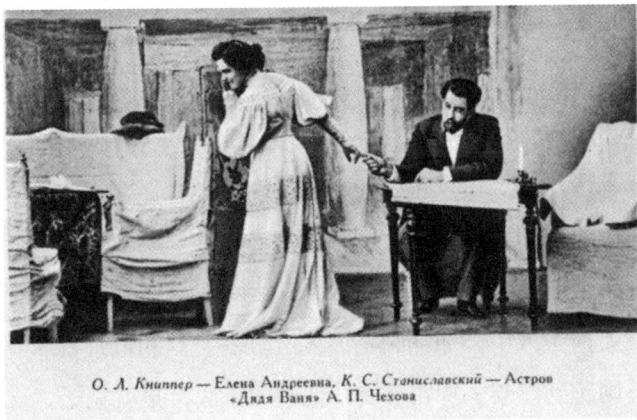

О. Л. Книппер — Елена Андреевна. К. С. Станиславский — Астров
«Дядя Ваня» А. П. Чехова

《万尼亚舅舅》剧照，叶琳娜由契诃夫的夫人克尼碧尔饰演如今他终于看清楚了：教授其实是个平庸而自私的人。二十五年来，他一直在写艺术论文，可他根本不懂什么艺术，只是在重复别人的见解罢了。他所教、所写的东西，是读书人老早就知道、不读书的人又毫无兴趣的废话！——可他却装腔作势地讲了一辈子，还自以为了不起。

到头来，他像个主人似的回到田庄，一张嘴就说要把这产业卖掉，好在别处另买一所别墅。——他根本不想：万尼亚和索菲雅以后怎么办？

万尼亚忍无可忍，一时失去理智，拿了枪去跟教授拼命，幸亏被众人拦住。结果教授带着年轻的太太灰溜溜离开了田庄。索菲雅和万尼亚舅舅又开始了繁忙琐细的日常工作。——他们到底是在踏踏实实干着事情，比徒有虚名、自高自大的教授强得多。

只是万尼亚没有更远大的目标和理想，他的才能全被浪费了，这正是他的可悲之处。

辞旧迎新《樱桃园》

《樱桃园》是契诃夫的最后一个剧本。剧中这座大樱桃园，是女地主柳鲍芙和他哥哥加耶夫的祖传产业。

园子里栽满樱桃树，一到了5月，花全开了，美得如同仙境，连《百科全书》上也都记载了这座大花园呢。——可是这座花园马上就要换主人了。加耶夫整天无所事事，只知道打台球。妹妹柳鲍芙则跑到巴黎去挥霍享受。他们的家底，早就完了。

商人罗巴辛给柳鲍芙出主意说，不如把樱桃树全砍了，老房子也推掉，然后把地皮分段租出去让人盖别墅，准能赚大钱。可柳鲍芙哪舍得把这么美的花园毁掉呢。

不过她也没有更好的法子来挽救花园，只能干等着花园被拍卖的一天。她依旧改不了挥霍无度的习气，请了乐队来花园里开晚会，赏乞丐时，出手就是一个金卢布。

《樱桃园》剧照

很快，拍卖的日子到了。樱桃园终于被卖掉了。买主正是商人罗巴辛。——罗巴辛小时候是个庄稼小子，他的爷爷、爸爸都给柳鲍芙家当过农奴。可如今他经商成功，穿着白背心、黄皮鞋，成了樱桃园的新主人。他大笑着说："主啊，樱桃园居然是我的啦，这不是做梦吧？从前我爹和我爷爷在这儿当奴隶，是连厨房也不准进啊……"

旧主人还在收拾行李，新主人已在吩咐砍樱桃树了。柳鲍芙跟哥哥是最后离开的。他们拥抱在一起，低声呜咽着，又最后看了看这祖传的老屋和花园。

不过柳鲍芙的女儿安尼雅和她的朋友大学生特罗费莫夫却并不感伤。他们有的是勇气和希望，正准备去开辟一处更美丽的新花园。——在离开这座旧园时，他们呼应着："永别了，我的旧生活！""万岁，新生活！"

旧贵族的好日子，一去不复返了。商人罗巴辛喊着要为子孙后代建设新生活，可他的新生活，不过是用金钱堆砌的罢了。真正的新生活要靠安尼雅她们来创造，她们要把整个俄罗斯变成一座樱桃花盛开的大花园。——这也正是契诃夫的理想吧。

辛勤笔耕，英年早逝

契诃夫一生写了七八百篇中短篇小说，剧本除了刚刚讲过的这两部，还有《海鸥》《三姊妹》等十几部。

他的小说和剧本有个共同特点：总是写平凡的人、普通的事。这些事每时每刻都在人们身边发生，可经过作者选择提炼，写成文字，短短的一篇，就能让人琢磨出很深刻的道理来。这又是不平凡、不普通的。

契诃夫作品的另一个大优点是简练。他自己就说过："简练是才能的亲姊妹。"无论写人、描景还是叙事，只是那么三言两语，看上去随随便便的。可读者已经把人物景致看得真真切切。

戏剧里的人物对话也非常洗练，有时干脆一个字不说，只是片刻的沉默、停顿，却能收到"此时无声胜有声"

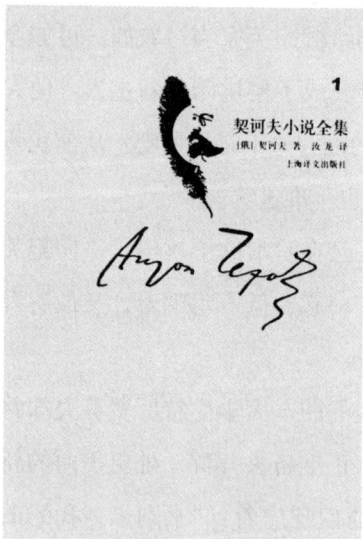

《契诃夫小说全集》中译本封面

的效果，这真是一桩大本领。——正因为这样，他的小说篇幅虽短，却并不单薄。一个短篇，往往抵得上一部中篇乃至长篇。

勤苦的写作，毁坏了契诃夫的身体。他二十八岁时就患了肺病，以后心脏也出了毛病。他长年在疗养地养病，不过仍未停下手中的笔。四十岁以前，他连成家的事也没顾得上。

四十岁头上，他跟一位演员结了婚。可就在《樱桃园》公演的那一年，他的病加重了。6月他出国求医，一个月后，死在了法国。那是1904年，他才四十四岁。

总的说来，契诃夫的思想趋于悲观，他笔下的环境总是灰暗的。虽然他也抬头看看远方的光明，可那光明却显得遥不可及。他作品中的人物，也很少有坚强有力、英勇果敢的那一类。

绥拉菲莫维奇：红色小说《铁流》

"其实在契诃夫生活的时代，俄国的文坛已经亮起革命的火把，"说罢契诃夫，爷爷补充道，"高尔基、绥拉菲莫维奇等一批向往光明、高歌猛进的革命文学家也已出现。

"就说这位绥拉菲莫维奇（1863—1949）吧，他比契诃夫小三岁，出生在顿河一个哥萨克军人之家。他在彼得堡大学学的是数理学科，后来兴趣却转向文学。

"二十四岁时，他认识了列宁的哥哥。他因参加革命活动，被学校开除，还遭到流放。后来他在莫斯科结识了高尔基，并为高尔基主编的《知识》丛刊写稿。'十月革命'成功以后，他担任过《真理报》和《消息报》的记者——他的文学创作，也再没离开过革命主题。

"绥拉菲莫维奇最著名的一部长篇小说是《铁流》。作品写的，正是他所熟悉的哥萨克的故事。那是1918年的夏天，白军包围了顿河地区一支哥萨克军队。说是军队，其实就是一群乌合之众。那里面大部分是本地老百姓，以农民居多，拖儿带女的；此外就是一些旧军官和散兵游勇。

"就在大家群龙无首、惊慌失措的当口，有个叫郭如鹤的汉子站了出来。他是庄稼汉出身，在沙皇军队里当过机枪手，因为作战勇敢，当上准尉。如今他提出来：留在这儿只有等死，不如边打边走，去寻找红军主力。他的意见得到众人支持。这支几千人的杂乱队伍，就在他的率领下出发了。

20世纪50年代初《铁流》中译缩写本

"找红军可不是件容易事。前有阻击，后有追兵；所过之处，净是高山险谷，道路难行。队伍里旧军官闹分裂，老婆婆们舍不得丢下破盆烂罐，年轻妇女又要照料孩子，很快粮食又成了问题……

"可郭如鹤凭着对革命的一颗赤心，靠着大伙的信任和支持，用铁一般的纪律把众人拧成一股绳，指挥着这支独特的队伍克敌制胜、翻山越岭，终于找到了红军主力。

"队伍得救了，千百只臂膀把郭如鹤举过了头顶，草原上腾起一片欢呼声：'郭如鹤，我们的父亲，乌啦！''苏维埃政权万岁！'

"小说中的人物刻画得简洁生动，很有阳刚之气。大场面的描写也很有气势。尤其是一路上的自然环境描写，一会儿是高山大海，一会儿是沙漠莽原，时而雷电交加，时而又骄阳似火……雄伟的山川、恶劣的气候，衬托着这支铁血军队的悲壮行程，这不愧是一派铁的洪流呀。

"咱们寒假时说过，《铁流》在20世纪初即被译成中文，译者是曹靖华。鲁迅先生亲自为小说中译本作序，称它是一朵'鲜艳的铁一般的花朵'！"

革命文学家高尔基

俄苏·19—20世纪

高尔基：让暴风雨来得更猛烈些吧

"您昨天提到高尔基，他跟契诃夫应该是同一时代吧？"沛沛问爷爷。

爷爷说："岂止是同一时代，两人还是好朋友呢。他们虽然气质不同，写作风格也完全两样，但他俩却很谈得来。1902年，他们还一同被俄罗斯文学院推举为名誉院士呢。只是没过几天，高尔基的院士称号又被撤销了。

"温文尔雅的契诃夫马上站出来说：不让高尔基当，我也不当！——他就这么毫不吝惜地把这个崇高荣誉放弃了。这可不是一般的朋友义气，在为正义而斗争的事业里，他们是志同道合的战友。

"政府为什么要撤销高尔

高尔基

基的院士称号呢？原来高尔基倾向革命。沙皇从报纸上看到高尔基当选的消息，大发雷霆，说在这动乱年头，怎么能选这种人当院士呢？——看来，他的思想和作品让最高统治者怕得要命呢！"

源源说："我最喜欢高尔基的《海燕之歌》，我和沛沛还背过呢！"

爷爷笑了："《海燕之歌》很能代表高尔基的精神气质。就在高尔基被推荐为名誉院士的前一年，彼得堡的大学生们举行示威游行，遭到当局镇压。高尔基就在《生活》杂志上发表了这篇散文诗。"

爷爷停了一下，然后低声朗诵道：

　　在苍茫的大海上，狂风卷集着乌云。在乌云和大海之间，海燕像黑色的闪电高傲地飞翔……

沛沛和源源也加入进来：

　　一会儿翅膀碰着波浪，一会儿箭一般地直冲云霄，它叫喊着——在这鸟儿勇敢的叫喊声里，乌云听到了欢乐……

　　看吧，它飞舞着，像个精灵——高傲的、黑色的暴风雨的精灵，——它在大笑，又在高叫……它笑那些乌云，它因为欢乐而号叫！

　　这敏感的精灵，早就听出震怒的雷声已经困乏。它深信乌云遮不住太阳，——是的，遮不住的！……

——让暴风雨来得更猛烈些吧！"

自传三部曲：《童年》《在人间》《我的大学》

高尔基（1868—1936）出生在伏尔加河边的下诺夫戈罗德城。他原名叫阿列克塞·马克西莫维奇·彼什科夫——"高尔基"是后来取的笔名，意为"苦孩子"。

高尔基也确实是个苦孩子。他父亲是个木匠，在他四岁那年就死了。母亲改了嫁，小高尔基只好跟着外公外婆生活。

外公是个凶狠又贪财的老头儿，开着一座染坊。两个舅舅也自私自利，整天为争夺家产鸡争鹅斗的。只有外婆，是个善良的老奶奶。一有空儿，她就给小外孙讲童话、说民谣，还护着外孙免遭外公毒打。她的爱，给了高尔基光明和勇气，使他后来有力量去对付生活中的苦难。

以后，外公的染坊破了产，一家子靠外婆织花边换饭吃。高尔基也不得不一边念书，一边捡垃圾，帮衬家用。同学们都笑话他，可他却挺争气，学习在班上总是最拔尖儿的。

不久他母亲也死了。他只读到二年级，就被迫离开学校，到一家鞋店里当学徒。就这样，只有十一岁的高尔基告别了童年，独自一人走向"人间"。

高尔基写了三部自传体小说：《童年》《在人间》和《我的大学》。其中第一部《童年》，讲述苦孩子阿辽沙的童年生活，其实那就是高尔基幼年生活的真实记录。

《在人间》则记录了他十一岁到十六岁时的生活经历。阿辽沙先在鞋店和绘图师家里当学徒，以后又跑到伏尔加河一艘轮船上去打杂儿。

船上有个叫史穆莱的厨师待他特别好。厨师有一大箱子书，没事就把阿辽沙叫到卧室里，让阿辽沙读给他听。这位轮船上的大师傅，成了阿辽沙的启蒙老师啦。

《童年》插图

以后阿辽沙又回到绘图师家里。每天干完繁重的活计，总要偷偷读书。因为点灯熬油，没少挨主人打。他只好借着圣像前的长明灯或是拿铜锅映着月光看书。

有一回他看书入了神，茶炊烧坏了都不知道。主家婆拿木棒把他毒打了一顿，医生从他后背里足足挑出四十二根木刺儿——主人吓坏了，可阿辽沙却因此争得了看书的权利。

这以后，阿辽沙又到一家圣像作坊当学徒。他走到哪儿，就把书带到哪儿。"书籍是人类进步的阶梯。""热爱书籍吧，它是知识的源泉。只有知识才能解救人类，才能使我们变成精神上坚强、正直、有理性的人。"——这都是高尔基从读书当中得来的真切体会。他甚至说过："只要允许我读书学习，哪怕每星期把我拉到广场上打一顿，我也心甘情愿！"

《我的大学》写的是作者十六岁到二十岁的生活经历。高尔基不是没读过大学吗？"我的大学"指的又是什么呢？原来作者读的，是社会这所没有围墙的"大学"啊。

不过开始时，他却是抱着上真正大学的念头到喀山去的，可大学拒不接收连小学也没读完的学生。于是，高尔基——在书中是阿辽沙，就跑到码头上去找活干，以后又到面包作坊里做工。他结识了一些革命者，从他们那儿借了不少禁书看，还读过马克思的《资本论》呢。

他在作坊里给面包师傅们读书，启发他们的觉悟。还借着给大学生送面包的机会，暗中传递革命书籍、散发传单。

在喀山一待四年，虽然没有读成大学，他却在社会这所大学里毕业，获得了宝贵的精神财富——不妥协地探求真理的精神。这所"大学"的"讲师"和"教授"，就是码头、作坊、贫民窟里的工人、农民和革命者啊。

剖取丹心照夜途

高尔基的自传体三部曲只写到他二十岁为止。这以后，他离开喀山，开始漫游俄罗斯。他一路走一路打工，当过船夫、渔夫、火车站的守夜人。后来又徒步千里，回到家乡。

两年以后，高尔基又起了漫游的兴致。这一回，他走的路程更长，沿着伏尔加河往南走到敖德萨，又经过克里米亚到了高加索，足迹踏遍了大半个俄罗斯。经过这两番漫游，高尔基看够了底层社会的苦难生活。

在高加索时，有个朋友见他挺会讲故事，就劝他试着写写小说。高尔基就写了个短篇《马卡尔·楚德拉》，这故事是他从一位吉普赛老人那儿听来的。

高尔基（右）与托尔斯泰在一起

小说还真的在《高加索报》上发表出来，这应该说是高尔基的处女作了。以后他回到家乡，又不断在报纸上发表小说，内容大都是描写流浪汉生活的。

比如有个短篇《切尔卡什》，写的就是流浪汉的故事。切尔卡什是个小偷儿，他喜欢大海，人也挺爽气。

他的同伙加弗里拉是个从乡下来的小伙子，开头还认为偷窃可耻，可后来一看见钱，就红了眼，跟切尔卡什在海滩上打作一团。最终切尔卡什把钱都扔给了对方——他看不起这种贪婪下作的家伙。即便是个贼，也要有点儿骨气呢！

《伊则吉尔老婆子》则是带着浪漫色彩的寓言小说。小说由三个故事组成，其中第三个故事"丹柯的心"最有名。

传说在古代，有一族人被异族赶进了大森林。有个叫丹柯的小伙子自告奋勇，要带领大家走出这片黑压压的大森林。走啊，走啊，突然来了大雷雨。林子里漆黑一片，人们都万分恐惧，有人甚至责怪起丹柯来。

丹柯有口难辩，只见他忽地撕开胸膛，掏出了自己的心来，高高举过头顶！那颗心燃烧着，放出比太阳还亮的光来，把整个森林都给照亮了。人们跟着丹柯走出了大森林。

就在人们欢呼雀跃庆幸得救的当口，丹柯默默地倒下了。——有人见那颗心还没燃尽，生怕引起大火，就小心翼翼地把它踩灭了……

高尔基大概就向往着做一个丹柯式的英雄吧？为了免除人类的苦难，他甘愿掏出自己的心来，哪怕被人误解、牺牲性命，也在所不惜！

《鹰之歌》同样带着寓言的味道。蛇不明白：鹰为什么那么向往天空呢？鹰受了重伤，却依然费力地爬上高高的断崖，然后扑向天空，最后体验一次飞翔的欢乐，即使葬身大海也在所不惜。

蛇呢，它也爬上一块岩石，向下一跃，跌在了尘埃。它笑了。在它看来，还是这又暖和又潮湿的峡谷里好。飞又怎么样，爬又怎么样，不都免不了一死吗？

一种雄鹰般的英雄气概，一直在高尔基胸中激荡。六年以后，他又写下那篇著名的散文诗《海燕之歌》，歌唱的依然是这种冲决一切的英雄豪气。——高尔基看不起那些贪图安逸、毫无理想的庸俗之辈！

福玛：黑老鸹中的白老鸹

在19世纪末，高尔基还写了长篇小说《福玛·高尔杰耶夫》。福玛是个商人的儿子。爹爹老高尔杰耶夫本是个船夫头儿，由于手段精明，居然拥有十几条轮船，成了大商人。他老年得子，生下福玛，可紧接着妻子就死了，不得不把福玛寄养在他的教父马耶金家里——那也是个商人。

福玛从小爱听童话故事，喜欢幻想。可慢慢长大了，他却发现周围的世界竟是那么丑恶。他亲眼看见爹爹把一个水手打得满脸是血，只因那水手抱怨他的剥削手段太毒辣。

教父也总跟他说："你继承了你爹的产业，就成了战场上的统帅。你的士兵就是卢布，要不停地作战呀！"他还得知另一商人造假钞，又把造假钞的工匠毒死……

福玛恨周围这些商人。以后爹死了，他自己成了大船商，便开始放纵自己：喝酒、胡闹、寻欢作乐……他挺羡慕那些无牵无挂的流浪汉们。在他看来，要想获得自由，就得把家产败光！

教父和商人们早就对他不满啦。有一回，在一条新船下水的庆祝宴会上，教父大谈俄国商人的贡献和荣耀。福玛听不下去了，站起来大骂商人全是恶棍，还指名道姓地数落他们的种种罪恶。教父跟商人们把他捆起来送进了疯人院——其实教父早就惦着他的那份产业呢。

《福玛·高尔杰耶夫》是高尔基的头一部长篇小说。小说让人们看到了资本家的唯利是图和心地狠毒。在高尔基之前，还没有一个作家能把资本主义揭露得这么淋漓尽致。

至于小说的主人公福玛，则是资本家中间的叛逆者，因而作者称他是"黑老鸹群中的白老鸹"。——由于这本书刺到了资本家的痛处，当时有个大商人就扬言：高尔基是个有害的作家，得把他放逐到比西伯利亚还远的地方去！

轰动欧洲的戏剧《底层》

高尔基也写剧本。有一出戏叫《底层》，最能打动人。

故事发生在一间地下室里，那儿是一处夜店，挤着一大群无路可走的人：锁匠和他那快要病死的妻子，小偷贝贝儿，妓女娜思佳，酒鬼戏子，落魄的男爵……这一群人各有各的经历，各有各的性格。可眼下都有着共同的难处：缺吃少穿、前途无望。

锁匠本来还有点儿希望：他有手艺。只要妻子病一好，他就能出去挣钱，离开这鬼地方。可不久妻子却死了。为了埋葬妻子，他连修锁的工具也卖了，眼见生活是没指望啦。

介绍高尔基的书籍

小偷贝贝儿呢，他其实也不是自暴自弃的人。他喜欢店主的妻妹娜达莎，盼着有一天能带上她远走高飞，过上"自个儿能看重自个儿"的日子。

可店主的老婆瓦西里沙却死缠着贝贝儿，她想借刀杀人，干掉自己的老头子，同时又嫉妒妹妹跟贝贝儿的关系，拼命折磨妹妹。

在一场由醋意挑起来的殴

斗中，贝贝儿打死了店主。他本想去西伯利亚淘金，如今却只好去那里服刑了。

就在这乱糟糟的夜店里，来了个游方僧人鲁卡。他外貌和善，能言善辩，他的话给人们带来了安慰。他替死者唱安魂曲儿，又给贝贝儿描绘了去远方淘金的光明前景。他还对戏子说，有一处不要钱的医院，专治酒痨……然而他的话只能给人宽宽心，却于事无补。

最终人们看穿了鲁卡的底细，他只好偷偷溜走了事。戏子失掉了生活的勇气，终于上吊自杀了。夜店里借酒浇愁的一群人，仿佛陷进了更深一层的黑暗……

这出戏在排演时，高尔基告诉导演：戏里的主角应该是太阳。——是啊，生活在地窖子里的人，谁不盼着太阳呢？——鲁卡那条逆来顺受、自我安慰的道儿是走不通了，唯一的出路，便是拿出做人的尊严来，拆毁这地窖子，去迎接太阳！

剧本首演空前成功，高尔基出场谢幕十五次，观众还一个劲儿鼓掌、欢呼。以后这戏传到西欧，单是在柏林一地，两年的工夫就上演了五百场。有人甚至把它跟博马舍的《费加罗的婚礼》、莫里哀的《伪君子》相提并论呢！

革命文学典范《母亲》

高尔基最著名的长篇小说是《母亲》，1906年在美国写成。——原来，高尔基因从事革命活动，几次遭沙皇政府逮捕。平时他家的窗子底下，也总有特务在"站岗"。为了高尔基的安全，1906年初，革命组织安排他出国。他先后到过美国、英国、意大利，直到七年后沙皇颁布大赦令才回国。

小说《母亲》里的这位母亲，是个普通工人的妻子。她的丈夫技术好、力气大，可脾气暴躁，爱喝酒打人。他受了一辈子穷，最后潦倒死去，撇下妻子跟儿子巴威尔相依为命。

有一阵子，巴威尔也差点儿走上爹爹的老路，他抽烟、喝酒、耍脾气……有什么办法呢，工人的生活苦啊！

可不知怎么的，巴威尔变了。酒也戒了，说话也温和了，在家还帮母亲干这干那，并不时把一些书带到家里来读。家里还不时有年轻人来聚会。这些年轻人有男有女，都挺正派。他们聚在一块儿读书、争论，有些字眼儿母亲听都没听过。

从儿子那儿，母亲得知，他们在探求真理！巴威尔讲得头头是道：穷人为什么受苦，爸爸为什么总是发脾气……母亲听得不住点头。对这群年轻人，她也打心眼儿里喜欢，只是又替他们捏

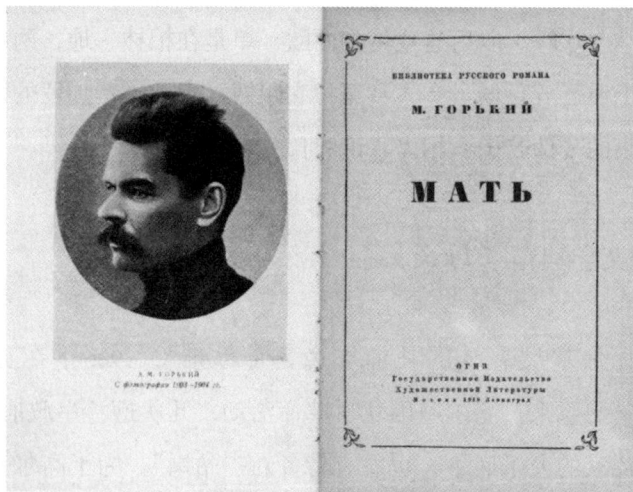

俄文版《母亲》书影

着把汗。

终于有一天，宪兵来搜查她的家。巴威尔的朋友霍霍尔住在他家，母亲把他当亲儿子看待；这回却叫宪兵抓走了！

以前工人们不理解这伙年轻人，如今却对他们产生了敬意。不久，由于组织罢工，巴威尔也被捕了。为了营救他，组织上预备继续在厂子里散发传单，好迷惑敌人：巴威尔不在，不是照样有人鼓动工人吗？——母亲得知这事，就自告奋勇去送传单。

母亲装扮成到厂区卖饭的小贩，把传单送到工人手里。看门的怎么也不会想到，一个老太太会跟革命党有什么关联。厂主和宪兵见厂里又出现传单，一时摸不着头脑，就把巴威尔放了。

她是所有工人的妈妈

五一劳动节到了，工人组织了盛大的示威游行。巴威尔打着大旗，走在队伍最前头。母亲虽然替儿子担心，却已不像开头那么害怕了，她也参加了游行。

工人们唱着《国际歌》，高喊口号，浩浩荡荡往前走。突然，沙皇的军警挡在前头，刺刀在阳光下闪着寒光……巴威尔高举大旗冲了上去，一阵搏斗之后，他又一次被捕了。母亲只听见儿子在喊："再见了，妈妈！"

法院开庭审讯被捕的工人，母亲也去旁听。巴威尔他们一个个器宇轩昂、慷慨陈词，法官们倒像是被审的罪犯……巴威尔的法庭演讲说得多好啊，怎么才能让更多的人听到他的声音呢？

第二天，母亲带了一箱子的传单，去了火车站。突然，她发

《母亲》电影海报

觉自己被密探盯上了。有个警察逼近她，恶狠狠地说："箱子里装的什么，快打开看看！你这个小偷，一把年纪还干这个！"

母亲知道走不脱了，一不做二不休，她索性打开箱子，抓起一把传单举过头顶："大家都来看啊，昨天审判了一批政治犯，那里有我的儿子巴威尔。他发表了法庭演说，这就是他的演说词，大家看看，想想真理……"

传单撒向空中，雪片儿似的，一把又一把……人们簇拥在这位白发老妇人的周围，听着她那朴素真挚的话语。宪兵挤过来了，抓住母亲，打她。"大家要齐心协力，抱成团儿啊……真理是用血海也扑不灭的……"这是母亲的最后呼喊……

多么坚强、可敬的母亲！她不仅是巴威尔的母亲，也是霍霍尔的、乃至所有工人的母亲！她的母爱，是那么宽宏、广博，孕育着无限的力量。

小说发表后，俄国的工人们争相阅读。在欧洲，小说被登在报纸上，广为散发，前后印了好几百万份！列宁高度称赞这部小说，说它是一本"非常及时的书"，并称高尔基是"无产阶级艺术的最杰出的代表"！

高尔基"属于整个世界"

由于长期紧张地写作，高尔基的身体越来越糟。加上"十月革命"后，生活条件艰苦，工作十分繁重，他的肺病到了不能不治的地步。

1921年，他再次出国，到德国和意大利去休养。《我的大学》就是在这时完成的。在意大利，他还写了长篇小说《阿尔塔莫诺夫家的事业》。这部书讲了一家三代人创业的故事。

《阿尔塔莫诺夫家的事业》插图

高尔基再次回国时，已经是1928年。他受到热烈欢迎，车站前的大街小巷挤满了人，旗帜、气球、鲜花，汇成了大海……革命才十年，祖国就发生了巨大变化，高尔基感到十分振奋。他继续努力创作，写了许多散文、文学理论著作，还有最后一部长篇小说《克里姆·萨姆金的一生》。

此外，他为培养文学新人做了大量工作，他成了苏联文学界的领袖啦。到1932年，他从事文学活动已有四十个年头。他获得了列宁勋章，他的家乡也被改名为高尔基州、高尔基市。

然而高尔基的身体也更差了。每天写作之前，先得预备下氧气袋。1934年，他那在军队里工作的独生儿子突然死了。这给他的打击太大了。两年后，高尔基开始吐起血来，终于倒在了床上。1936年6月18日，这位俄国无产阶级文学之父，走完了他人生的最后路程。

高尔基有着很高的国际威望。他死后，世界各国的文学家，无论政治立场如何，都异口同声地赞颂他的文学功绩。有人说他是"无产阶级的骄傲和欧洲的光荣"，有人说他"属于整个世界"。有位美国作家则称他是"整个现代创作真正的父亲"，这可不是什么人都能得到的褒奖！

高尔基对中国也非常关心。1900年，包括沙俄军队在内的八国联军侵略中国时，高尔基说过："为什么我不是一个中国人呢？如果真正宣战，我一定去参战，站在中国人一边！"中国辛亥革命成功时，高尔基还给孙中山写过贺信呢。

高尔基的作品早在1907年就被介绍到中国来。鲁迅、瞿秋白、胡适、巴金、夏衍等中国文学家都翻译过他的作品。无数中国青年从他的作品中受过他的教诲和鼓舞。他们对他那么熟悉，仿佛他就是中国的大文豪！

小托尔斯泰《苦难的历程》三部曲

沛沛忽然想起什么似的，问爷爷："昨天您还说过，托尔斯泰欣赏契诃夫，也夸奖过高尔基，是吗？"

"不错。高尔基很崇敬托尔斯泰这位老前辈，还登门向他请教。托尔斯泰也很喜欢这位专写流浪汉生活的年轻作家，称他是

'真正来自人民的人'。高尔基发表《海燕之歌》后，遭到沙皇政府逮捕。托尔斯泰亲自出面担保，当局才把对他的监禁改为'居家管制'。"

顿了一下，爷爷接着说："其实在俄罗斯文坛上，有两位托尔斯泰，一位是这位列夫·托尔斯泰，也称老托尔斯泰；另一位叫阿·托尔斯泰（1882—1945），人称小托尔斯泰。他比老托尔斯泰小五十五岁，跟高尔基一样，要算跨越沙俄与苏联两代的作家了。

"'十月革命'时，他对国内发生的变化不理解，流亡到了海外。后来还是在高尔基的帮助下，他脑筋转过弯子，又重回祖国。

"跟老托尔斯泰相似，小托尔斯泰也是贵族出身。他父亲是位伯爵，母亲则是位作家。他在大学读的是工科，不过没毕业他就离开学校，拿起诗人的鹅毛笔来。

"他写过诗，写过童话，成就最高的却是长篇小说。有三部长篇:《两姊妹》《一九一八年》和《阴暗的早晨》，合称《苦难的历程》。这三部曲主要写了四个人物：卡嘉、达莎姊妹俩，以及她们各自的伴侣罗欣和捷列金。

《苦难的历程》中译本

"达莎和姐姐卡嘉是蒲拉文医生的女儿。卡嘉嫁给大律师尼古拉，成了阔太太，整天在舞会和沙龙里消磨时光。妹妹达莎还在读书，寄居在姐姐家，对姐姐这种生活方式一点儿也不羡慕。后来她结识了忠厚质朴的年轻工程师捷列金，两人情投意合，真心相爱了。

"卡嘉在丈夫死后，又爱上了青年军官罗欣。第一次世界大战打响了，罗欣和捷列金都上了战场。但捷列金参加的是红军，后来还当上了旅长；罗欣呢，他始终是白军军官，有好几次在战场上跟捷列金狭路相逢。

"两姊妹为了寻找各自的爱人，不顾兵荒马乱，历尽千辛万苦。姐姐卡嘉一度陷进土匪窝，还差点儿让一个富农霸占，好不容易才逃脱虎口。

"妹妹达莎的经历就更奇特。她当过战地看护，闯进过无政府主义者的神秘巢穴。有一回还被搅进一个秘密的反动组织里，糊里糊涂地被派去刺探列宁的行踪……可她最终认清是非，及时脱身出来。

"几经周折，罗欣也辨明形势，投奔红军，还立了功。他到莫斯科去养伤，在那儿意外碰见了当教师的卡嘉。卡嘉以为他死了呢，见了面，那份激动劲儿就不用说了。达莎和捷列金也来到了莫斯科。——大浪淘沙，四个人在革命大潮里分分合合，终于又走到了一块儿。

"三部曲以第一次世界大战和'十月革命'为背景，展示了各式各样的政治人物和五光十色的社会场景。而这一切人物事件，又被四位主人公的纵横足迹串联起来，绘就一幅俄国革命的大画卷。

"《苦难的历程》与其说是这四位主人公的'苦难历程',不如说是整个俄国的'苦难历程'——只有经受苦难,灵魂才能得到净化。小说用来自《圣经》的比喻做标题,真是恰如其分。

　　"小托尔斯泰还有一部历史小说《彼得大帝》,叙说了俄国历史上最有名的君主彼得大帝的生平事迹。高尔基曾称《彼得大帝》是最优秀的历史小说。——只可惜小说没写完,作者就去世了。"

第 **40** 天

肖洛霍夫与顿河史诗（附马雅可夫斯基、艾特玛托夫等）

俄苏·20世纪

红色诗人马雅可夫斯基

"高尔基和小托尔斯泰，都算是跨越两个时代的文学家啦。"爷爷总结说，"今天咱们介绍的几位，却都是属于新时代的革命作家。先看看红色诗人马雅可夫斯基（1893—1930）吧。他生在19世纪末叶，死在苏联建国后不久。——那正是新旧阵营激烈搏斗的年代，他站在时代交替的路口上，拿笔当剑，冲锋陷阵，算得上一位革命斗士。

"马雅可夫斯基出生在旧俄国的格鲁吉亚，父亲是个林务官，母亲很有文学修养。受母亲影响，他从小就对诗歌产生了浓厚兴趣。

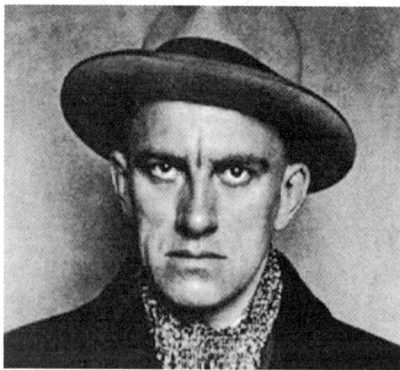

"父亲死后，他到莫斯科去投奔在那儿求学的姐姐，并结识了不少革命者。还因参加革命活动坐过牢。不久他又迷上了画画，考进绘画雕刻建筑学

马雅可夫斯基

校。以后结识了'未来派'诗人，又喜欢上写诗。

"'未来派'的诗与众不同。这一派主张抛弃传统，甚至宣称'把普希金、陀思妥耶夫斯基、托尔斯泰统统从现代轮船上扔下水去'！这一派的诗人大都喜欢标新立异、自铸新词，搞得谁也看不懂。

"马雅可夫斯基就写过一首反传统的长诗，题目叫《穿裤子的云》。单看这名字，也就够怪异了。

"不过'十月革命'以后，诗人的思想和诗风有了很大变化。革命斗争需要简洁有力的文学，马雅可夫斯基的诗歌风格，也被锻造得像匕首一样锋利闪光。

"年轻的诗人常常深入到工人、农民、士兵中间，朗诵他那鼓舞人心的诗作。他那首有名的《向左进行曲》，就是他到剧院给红色水兵朗诵时，坐在颠簸的马车上写成的：

　　摆开队伍前进，

　　这里用不着说空话。

　　住口，演说家！

　　该是你

　　讲话，

　　毛瑟枪同志。

　　我们厌恶

　　亚当和夏娃留下的法律，

　　赶开历史这匹疲弱的老马！

　　向左！

向左！

向左！

…………

这诗多带劲儿！水兵们听了，肯定会把毛瑟枪擦得更亮，在战斗中瞄得更准！

"苏联国内战争时期，纸张奇缺，没法子印报纸。当时的俄罗斯通讯社——简称'罗斯塔'，就在商店玻璃橱窗里办起'罗斯塔之窗'。

"那大都是一幅宣传画配上一首简单明了、鼓舞斗志的短诗。例如当苏联政府提出'一切为了前线'的口号，诗人就写了这样一首诗：

有些人——志愿参军，

有些人——拿粮食捐献，

有些人——磨快了钢刀，

而你做工，就用针和线。

工人们一看就明白了：做工也是在保卫红色政权呢。

"马雅可夫斯基的诗写得又好又快。'罗斯塔之窗'在两年半中，共出了一千六百多期，其中百分之九十的诗歌都出自马雅可夫斯基之手，还有不少画儿也是他画的呢。

"以后诗人又写出长诗《列宁》和《好！》。前者共三章，刻画了列宁伟大而平凡的形象，那是为悼念列宁而创作的。后者则是诗人献给'十月革命'十周年的礼物，共十九章，气势宏伟、激情澎湃。这两首长诗，成了马雅可夫斯基的代表作。

"马雅可夫斯基擅长演讲，口才好，出语幽默。有一回在他演讲时有人提问，说你自称是集体主义者，可写起诗来，一口一个'我如何、我如何'，这该怎么解释？诗人反问：你向姑娘表白时，难道会说'我们爱你'吗？另一回，一位听众提出同样的问题，这次诗人回答：沙皇尼古拉二世倒总说'我们如何如何'，难道他倒是集体主义者吗？

"还有一回，他被一群人围住，对他大唱赞歌；他急着脱身，于是用手一指，说：你们如果想夸我，不妨讲给餐桌边系着白领带的小老头听好了。众人奇怪：这又是为啥？诗人一笑说：我正在追求他的女儿呐！

"可惜马雅可夫斯基才高寿短，过早离世，死时只有三十七岁！"

"少年老成"的肖洛霍夫

接下来，说说肖洛霍夫（1905—1984）。在所有苏联作家里，肖洛霍夫无疑是最有名望的一位了。他的世界性声誉，是由那部长篇小说《静静的顿河》带来的。1965年，他获得诺贝尔文学奖，就是因为他在"顿河史诗中表现出的艺术力量和正直的品格"。

顿河是俄国南部的一条大河，肖洛霍夫就出生在顿河边上的哥萨克村庄。他父亲做过买卖，开过磨坊，革命以后在粮食部门

肖洛霍夫

当了一名职员。

肖洛霍夫没上过大学，就是中学也没读完。那时正赶上国内战争，兵荒马乱，学生们都辍学回了家。十五岁的肖洛霍夫参加了苏维埃的粮食征购队，以后还当过机枪手，干过泥水匠和会计等。年纪轻轻的，他已见过不少世面啦。

肖洛霍夫从十八岁开始文学创作，陆陆续续在报纸上发表了一些小说、特写。内战期间顿河地区的斗争真够激烈，不但红军、白军拼得你死我活，老百姓也分成红色、白色两大阵营；一家子里头，也许就因为立场不同，爹爹打死儿子，丈夫杀了妻子。

肖洛霍夫的早期短篇《看瓜田的人》《死敌》《胎记》等，写的就全是这样的故事。这些短篇后来都收进他的小说集《顿河故事》和《浅蓝的原野》里。

有了写短篇小说的基础，年轻的肖洛霍夫又雄心勃勃，要写一部反映顿河哥萨克的大著作。于是就有了《静静的顿河》。小说共四大部，所写内容是1912年到1922年这十年间，顿河哥萨克们所经历的动荡生活和坎坷历程。

《静静的顿河》：动荡岁月里的哥萨克

哥萨克人是俄罗斯人的一部分，他们无拘无束地生活在顿河、库班河一带的大草原上。由于生性剽悍，又擅长骑马射击，因而在旧俄国，他们成了沙皇的"铁杆御林军"啦。哪儿有战争，一准要调哥萨克的精锐骑兵去冲锋陷阵。哥萨克人也因此受到沙皇的优待。

葛利高里是个哥萨克小伙子。他爹是中农，勤劳俭朴，治家有方，他家的日子在村里比上不足，比下有余。葛利高里还有个哥哥叫彼得罗，一个妹妹叫杜妮娅。——村里的小伙子数葛利高里长得精神帅气，总是那么英气勃勃的。

葛利高里十九岁的时候，爱上了邻人司契潘的女人阿克西妮亚。阿克西妮亚又年轻又漂亮，可惜嫁了只会喝酒、打老婆的司契潘，好比一朵鲜花插在牛粪上。

葛利高里性格倔强，他一旦爱上阿克西妮亚，才不管她是不是有夫之妇呢。就在司契潘到训练营去受训的当口，两个人好上了。哪有不透风的墙呢，很快全村都知道了。

《静静的顿河》插图之一

葛利高里的爹爹为了拴住儿子的心，给他张罗了一门亲事：新娘子是本村首富米伦的闺女娜塔利亚，她深深爱着葛利高里呢。

可爱情这东西也真怪，它可不是任人随便摆布的。娶了新媳妇，葛利高里还是跟阿克西妮亚勾勾搭搭的。爹爹为这事大发脾气，葛利高里索性带上阿克西妮亚离家出走了。

两人跑到军官叶甫盖尼家里当了仆人，阿克西妮亚还生下个小女儿来。娜塔利亚受不了这痛苦和屈辱，拿镰刀割喉咙自杀；人没死，却落下了残疾。

战争来了，葛利高里被征去当兵。在战场上，他是最勇敢的战士。不过他头一回杀死敌人时，心里很不是滋味，连步子都迈不开啦。以后他受了伤，并因此得了一枚乔治勋章。爹爹知道这事，着实替儿子骄傲。

阿克西妮亚依然在军官家里当仆人。不幸小女儿死了，少东家——就是那个军官叶甫盖尼，早就对她不怀好意，这时便借口安慰她，占有了她。葛利高里养好伤回来，听说了这事，用马鞭抽了叶甫盖尼一顿，又给了阿克西妮亚几鞭子，然后回了家。

葛利高里总算回心转意了，娜塔利亚的命运有了转机。以后她给葛利高里生下一对双胞胎，还是"龙凤胎"呢，爷爷乐得嘴都合不上了。可这时葛利高里却不在家，他又回到了军队里。

"二月革命"推翻了沙皇，军队里军官士兵都没了主张。紧接着又来了"十月革命"，葛利高里就参加了红军。——他毕竟是农民的儿子，在沙皇军队里，他早就反感那些军官老爷们了。

不过有一回，红军俘虏了四十几个白军军官。革命军事委员会主席波得捷尔珂夫一声令下，把白军军官统统给枪毙了。这可让葛利高里受不了了：怎么也得审问一下呀！——借着养伤为由，他回到了家乡。

家乡也建起了红色政权，可政局并不稳定。有一股赤卫军打了败仗，撤退时军纪涣散，抢了哥萨克人的财物。

消息传开，哥萨克在一些人的挑拨下搞起暴动，红色政权被推翻了。葛利高里的老丈人米伦当上了白色政权的村长，哥哥彼得罗成了叛军的指挥官，专跟赤卫军作对。

赤卫军被打垮了，波得捷尔珂夫也被抓住了。想到波得捷尔珂夫曾经那么残酷地对待俘虏，葛利高里觉得他罪有应得。可是看见白军军官残酷地对待红军，他同样不舒服。

他没有勇气看那杀人场面，便两手哆嗦着解开缰绳，打马跑回村里去……

生活给他留下啥

以后红军和白军杀来打去，村长米伦让红军抓去枪毙了，葛利高里的哥哥彼得罗也让红军打死了。葛利高里要替哥哥报仇，便也参加了叛军，由连长、团长，一直当到师长。他还杀死了三十多个红军俘虏——他的心已经变硬啦。

可是白军并不信任他。有个白军头子酒后吐真言，说"你们在红党里干过，我对你们的信任是有限度的……"葛利高里当然也不买账啦。在跟红军作战时，他就带着自己的师按兵不动。因此他很快被解了职，降为连长。——就在这时，他接到了电报：

妻子娜塔利亚死了！

原来葛利高里旧情难忘，后来又跟阿克西妮亚搅到了一起。娜塔利亚本来又怀了身孕，可她不愿再给这个不爱她的男人生孩子。她谁也没告诉，自己跑到村子外面去堕胎，结果流血过多，就那么死了。——葛利高里赶回家，妻子已下葬。抱着一对没娘的儿女，他的声音都颤抖了。

这以后，白军的形势不妙，红军却越战越勇。葛利高里几经周折，最后又参加了红军。他作战勇猛，一心想要赎罪。但不久他又一次负伤，复员回了家。

家里的变化可真大。爹、娘、嫂子都死了，妹妹杜妮娅跟村苏维埃主席珂晒沃依相爱并结了婚。其实珂晒沃依跟葛利高里家是死对头，彼得罗就死在他的枪口下。葛利高里一回来，珂晒沃依就催他到镇上肃反委员会去登记：因为他当过白军。

葛利高里生怕被逮去坐牢。他这时倒很羡慕珂晒沃依和叶甫盖尼。他们或是红军，或是白军，都早早选定了目标，一条道走到底。自己呢，却走着一条弯弯曲曲的路，始终糊里糊涂的……

以后他到处躲藏，又被裹胁进一股土匪里。土匪被剿灭后，他偷偷跑回村子，带上阿克西妮亚一起逃走。就在半路上，他们遇上了红军的巡逻队，阿克西妮亚中弹受伤，死在了他的怀里……

葛利高里独自一个在荒野里游荡。一切都完了，他只想再看看孩子！他有的是空闲，便拿木头削个木勺、木碗什么的，预备带回去给孩子当个玩意儿。

听说五一要实行大赦，葛利高里却已经等不及了。他把枪支弹药都抛进冰河里，回到了村子。

在自家门口，他看见了儿子。儿子半天才认出这个满腮胡须、面目可怕的人。他告诉爸爸：妹妹得白喉病死了……葛利高里抱起儿子，紧紧地抱着。这就是生活残留给他的全部啦……

《静静的顿河》插图之二

"红色史诗"与著作权风波

顿河静静地流着，可顿河哥萨克的这段历史却是太不平静啦。葛利高里是哥萨克中的人尖儿，他有着哥萨克人热爱自由的天性，喜欢追求真理、独立思考。

尽管他有这么多优点，但要让他从一开始就认清时代大趋势，那是太难了。他毕竟是个文化不高的农民，他的中农地位和哥萨克传统观念也影响了他的视线；何况革命初起时，又难免有过火的地方……这一切合起来，就促成了葛利高里的人生悲剧……

肖洛霍夫放着正面英雄人物不写，为什么偏要拿一个摇摆不定的人物作为主人公呢？——那是为了忠于生活，忠于历史。

作者的青少年时代就是在顿河哥萨克中间度过的，他最熟悉他们的生活，也最清楚该写什么。葛利高里是哥萨克中一大批人的代表，作者讲述他们的经历，也就是记述了哥萨克的历史。

托尔斯泰的《战争与和平》也记述了历史，那是以贵族人物作为主人公的。《静静的顿河》却让一个普通农民做了书中主人公。这两部小说，都有着一种大河般的史诗气象。

《静静的顿河》发表后，很快受到世界人民的喜爱。一些外国评论家，称它是"壁画式的小说"，赞誉它是"红色荷马史诗"！

肖洛霍夫写出这部大作，也遭到一些人的妒忌。小说发表不久，就有人提出来：《静静的顿河》是肖洛霍夫抄袭来的。理由是：作者发表小说第一部时，只有二十三岁。一个文化不高的小青年儿，怎么会有如此丰富的生活阅历、这么成熟老练的文笔？

接着就出现各种传言，什么小说原稿是一个白军军官写的啦，有个作家曾丢失了一只装满手稿的铁皮箱啦……搞得肖洛霍夫好不恼火！

《静静的顿河》中译本

后来有人认真分析了肖洛霍夫的手稿，甚至还动用计算机来验证作品风格，证明小说确实出自肖洛霍夫之手，这才有了公论。以后作者本人又写出与《静静的顿河》风格一致的《被开垦的处女地》，谣言也就不攻自破啦。

不仅是"一个人"的遭遇

《被开垦的处女地》如同《静静的顿河》的续集，写的是顿河哥萨克村在革命后实现集体化的故事，依旧带有史诗的性质。而另一篇小说《一个人的遭遇》，则写的是个人的命运沉浮。

那是第二次世界大战后的一个春天，索科洛夫驾着汽车，向萍水相逢的作者讲述了自己的故事。

卫国战争前，索科洛夫有一个幸福的家，妻子儿女相亲相爱。战争一打响，他当汽车兵上了前线。他参加了无数战斗，还曾被德国人俘虏，关进集中营，受尽了酷刑折磨。以后他设法逃出来，还抓了个德国少校当"舌头"，并因此立了功。

这时他才知道，妻

《被开垦的处女地》插图

子和女儿都被德国飞机炸死了。他儿子已经长成了小伙子，当上了炮兵连长，可就在胜利的那一天，也死在了战场上。

战争结束了，索科洛夫孑然一身，成了"孤家寡人"。一个偶然的机会，他捡了个无家可归的小男孩，"父子"俩相依为命，过着平凡的生活。没人把他当英雄看待，他依旧开汽车……

战争毁了索科洛夫的家，而索科洛夫又是成千上万战争受害者中的一个。因此小说写的又不只是"一个人"的遭遇。

作品读起来有点儿凄凉，可是在这哀伤的调子里，却让人体味到一点儿不同寻常的东西——索科洛夫身上有着做人的尊严。在集中营里，在德国人面前，他不肯低头哀求，连德国军官也敬他是一条好汉。

战争结束了，这个把一切都贡献出来的功臣，却没有得到应有的待遇。可他默默地工作着，毫无怨言；尽管心里痛苦，却不让孩子看见"爸爸"的眼泪……这个平凡的人始终是一条硬汉，这不正是俄罗斯民族的性格吗？

《一个人的遭遇》被拍成了电影

《一个人的遭遇》虽然是短篇小说，影响却很大。它从新的角度反映了卫国战争。以后苏联有许多战争小说，像西蒙诺夫的《生者与死者》、邦达列夫的《最后的炮轰》等，都受到它的影响。

肖洛霍夫于1984年去世。人们只要谈到苏联文学，就不能不提到他。他的文学创作，对世界文学也有着不小影响呢。

法捷耶夫《青年近卫军》

其实，苏联文学中写战争的作品还有不少。不过在这些作品里，你很少看到悲伤和眼泪，描写的多半是鼓舞人们斗志的英雄人物和英雄行为。像与肖洛霍夫同时代的法捷耶夫，也是写战争题材的好手。他的作品《毁灭》和《青年近卫军》都大大有名。

《毁灭》是法捷耶夫的早期作品，写于1927年，内容写苏联国内战争时期西伯利亚地区一支游击队的故事。

《青年近卫军》写的则是卫国战争中的事。1945年德国法西斯刚刚被打垮，法捷耶夫的小说跟着就发表出来，他的笔真称得上神速啊。

"青年近卫军"是个针对法西斯侵略者的反抗组织，由苏联顿巴斯那地方的一群姑娘小伙儿们自发组成的。若是在和平年代，他们本应在明亮的教室里读书学习，可是德国人的入侵，把这一伙少男少女推上了严酷的斗争前沿，他们仿佛一夜之间长大了似的。

德国人占领了他们的家园，无恶不作。这伙热血青年自发地组织起来，投入抵抗运动。小伙子谢辽沙夜里悄悄爬到学校的阁楼上，把自制的燃烧瓶投进德军的临时司令部；刘季柯夫则借着送牛奶做掩护，把印着列宁、斯大林画像的报纸贴遍大街小巷……

以后他们在党的领导下，组织起纪律严明的青年近卫军，散发传单、破坏交通、收集武器、处死叛徒，同敌人进行殊死斗争。

由于叛徒出卖，大部分近卫军成员都被捕了。他们面对酷刑威武不屈，斗争到最后一刻。就在卫国战争胜利前夜，这些姑娘小伙子唱着《国际歌》，走上了刑场……

《青年近卫军》的故事不是作者虚构的，书中的人物大都有着真实的生活原型；又由于作者写这本书时，战争刚刚过去不久，因而书中的气氛十分真切，读的人没有不落泪的。这也称得上是史诗啦。

法捷耶夫（1901—1956）自幼家境贫寒，很早就参加了革命活动，十八岁时受党的派遣，到一支游击队里工作，还当上了旅政委。

以后他又到大学里念书，学的是采矿。直到二十五岁时，才正式拿起笔来写作。——中国读者对这位作家十分熟悉，他还曾率领苏联文化代表团到中国来访问呢。

法捷耶夫墓碑雕塑

艾特玛托夫：《查密莉雅》，一篇成名

还有一位苏联作家艾特玛托夫（1928—2008），出生在吉尔吉斯一个小山庄。小小年纪，艾特玛托夫就当上了村里的秘书、区上的收税员和拖拉机站的计工员；那正是"二战"时期，成年男人都上了战场。

战后，艾特玛托夫进大学学习农业，毕业后在畜牧研究所工作了一阵子。因为喜欢写作，常有小说发表，他被选送到高尔基文学院进修。三十岁那年，他发表了中篇小说《查密莉雅》，受到广泛好评。

小说中的"我"是位画家，珍藏着一幅早年的油画习作，不大的画面上是萧瑟的原野和布满秋云的天空，杂草丛生的小路上，一对男女正走向远方，留下两行脚印……这幅画把"我"的思绪带回少年时代。

那是战争的第三个年头，集体农庄里的小伙子都上了前线，种地的担子落在妇女、老人和孩子身上。有一天，村长向母亲提出来，要她的儿媳、"我"的嫂子查密莉雅套车往远处送公粮。不过村长说别担心，可以让"我"当"保镖"。同去的还有同村小伙子丹尼亚尔。他是因伤从前线回来的，眼下腿还有点儿瘸哩。

艾特玛托夫

查密莉雅人长得美，身材匀称挺秀，编着两条沉甸甸的辫子，一双黑中透蓝的杏眼，闪着青春的光芒。她性格开朗，走到哪儿，笑声也跟到哪儿。可是谁若招惹了她，就别怪她嘴上不客气！她干活泼辣，赶车、扛粮袋，赛过男人！——可她刚嫁过来四个月，哥哥就上了前线。

那个丹尼亚尔嘛，是个怪人。个子高高的，十分瘦削。他本是孤儿，性格孤僻，少言寡语，连个说得来的朋友也没有。没事他就一个人跑到河边陡崖上坐着，看原野的夜色，听河水的咆哮。久而久之，村里就跟没这个人似的。

这样一支由妇孺伤员组成的运粮队伍，又能有什么故事呢？

一开始，丹尼亚尔还是那么沉默，还有点儿羞涩。从村里到车站有二十公里，一路上查密莉雅跟"我"有说有笑，还不时开个玩笑，不是打马冲到丹尼亚尔的车前面，让他在后面"吃土"，就是把路边摘的果子扔到他身上……

粮栈的粮食堆成山。扛着粮袋上"粮山"的活儿最吃劲儿。有一天，叔嫂俩又憋起"坏主意"，把一只能装七普特粮食的大粮袋悄悄装到丹尼亚尔的车上——那袋粮食足有二百三十斤！等到卸车时，丹尼亚尔看着这只大粮袋发起愁来，查密莉雅却在一旁笑弯了腰。

丹尼亚尔的脸红了，他一句话不说，费力把粮袋挪到车沿上，用尽力气扛起，步履沉重地朝跳板走去。查密莉雅追上他喊："快扔下吧，我是开玩笑的！"可丹尼亚尔只说了两个字："走——开！"

丹尼亚尔被粮袋压弯了腰，他咬着嘴唇，小心翼翼地挪动着那条伤腿，一步步走上跳板。他爬得越高，身子就晃得越厉害。——"我"的手被人重重地抓住，捏得生疼，那是查密莉雅的手！她喊道："扔掉！把粮袋扔掉！"全场的人都喊起来："扔掉！扔掉！"——可丹尼亚尔还是一步一顿地往高处攀登。所有人都捏着一把汗，走在他后面的人没一个人催他、骂他，尽管他们也都背着沉重的袋子……

丹尼亚尔终于把粮食卸到最高处，走下跳板时，就像大病了一场。在回家的路上，查密莉雅再也没笑过。

"蓝幽幽白茫茫的山哟……"

第二天，查密莉雅仍然沉默，丹尼亚尔倒没啥，只是扛袋子时腿更瘸了。回程时天色已晚，八月的夜空，星星格外明亮。查密莉雅唱起了山歌，她会的歌儿真多！突然，她朝前面车上喊："喂，丹尼亚尔，随便唱点儿什么吧，你是个骑士不是？"

丹尼亚尔先是说："你唱，查密莉雅，你唱！我听着哩。"可后来车子横穿一条小河后，丹尼亚尔给马加了几鞭，冷不防用颤抖的嗓音唱起来："我的山哟，蓝幽幽白茫茫的山哟，这儿生长过我的前辈，生长过我的祖先！"咳了一下，他放出深沉浑厚的胸音："我的山哟，蓝幽幽白茫茫的山哟，是唷……我的摇篮……"

查密莉雅惊叫起来："你以前怎么不露啊？快唱吧，照样唱下去！"——可以想象，在后来的日子里，每天查密莉雅和"我"都急不可耐地等待着送粮归来的那段时光……

丹尼亚尔有着唱不完的歌儿。他的歌几乎没有歌词，但听得

吉尔吉斯风光

出来，歌中既有吉尔吉斯的高山，也有哈萨克的草原，那都是他曾生活、流浪过的地方……

丹尼亚尔忘情地唱着，迷人的八月之夜似乎也安静下来，倾听着他的歌声，马儿也换了均匀的步子，像是怕扰乱这种奇妙境界似的。

查密莉雅变了，不再爱说爱笑。有一次甚至向村长提出：不再出车送粮了。可村长哪里肯答应！有个从前线回来的老乡带来哥哥的信，查密莉雅抓着信先是很激动，接着又脸色灰白……

要发生的总归要发生。秋末的一天，醉心绘画的"我"到原野上观赏风景，忽见有两个人蹚过河去，那是丹尼亚尔和查密莉雅！他们行色匆匆，只背着简单的行李，在夕阳中相牵着向铁路小站方向走去。

直到见不到人影，"我"才呼喊起来："查密莉雅……雅……雅！"回答"我"的，只有回声。"我"急不择路地往前追赶，摔倒在草地里——"我"忽然明白："我"也爱着查密莉雅！

小说中最令人震颤的，是那永恒的人性！剥离了一切社会与习俗的装饰与遮掩，这一对年轻男女就如远古时代的亚当、夏娃，当他们步出伊甸园时，面对洪荒宇宙，有着足够的力量去迎接未来、创造一切，这全都是因为爱……

艾特玛托夫小说中译本

《查密莉雅》发表于1958年，是艾特玛托夫的成名作。以后他又创作了中篇小说《永别了，古利萨雷！》《白轮船》《花狗崖》及长篇小说《一日长于百年》《死刑台》等，大多带有乡土的味道，同时蕴含着深刻的人生思考。

艾特玛托夫的作品中有足够的爱。他曾写下这样的文学遗言："如果人死后，灵魂有所变，我希望成为白尾鹰，可以自由飞翔，能从空中望见永远也看不够的故乡大地……"他看不够的，正是《查密莉雅》中用那么美的语言反复摹写的吉尔吉斯大草原吧！

保尔告诉你"钢铁是怎样炼成的"

"爷爷，苏联文学里，《钢铁是怎样炼成的》也很有名吧？他的作者跟那位写《大雷雨》的剧作家名字差不多，叫……"沛沛一时想不起来。

"叫尼古拉·奥斯特洛夫斯基（1904—1936）吧？"源源接口说，"这书我看过，写的就是作者的亲身经历，书中主人公保尔·柯察金身上就有着作者的影子。

"保尔是个工人家的孩子，从小死了爹爹，靠娘替人家洗衣、做饭，供他念书。十二岁时，他便到车站饭馆里去打杂，受尽了欺负。以后他受一位老布尔什维克的影响，当上了红军。在一次激战中，头部受了重伤，便转到后方工作。可是无论到哪儿，他总是最出色的战士。给我印象最深的，是修铁路的那段。

"城里缺少过冬的物资，需要修一条铁路。正赶上秋雨泥泞，紧跟着就是大雪纷飞。保尔他们已经在野外干了好多天，缺衣少食、人困马乏，可前来接替的人还没有影子。于是上级做出决定：凡是共青团员都得留下来继续干。

"那是一个夜晚，大家挤在一间屋子里开会。黑暗中有人问：不是团员的可以回城吗？当听到说'可以'时，那人便从人群中挤到前面，把团员证扔到桌儿上，说：我可不愿为这张卡片丢了性命。等那人在一片嘘声中溜走时，主持人就把那张团员证在油灯上烧了……"

爷爷说："那真是个考验人的时代。严酷的环境就像是烈火，不经过烈火锻炼，是炼不出好钢来的。小说的题目，就是这个意思。——你接着讲。"

源源接着说："由于过度的劳累和艰苦的生活，奥斯特洛夫斯基的身体受到严重损害。这位钢铁战士最终瘫痪在床，眼睛也

《钢铁是怎样炼成的》插图

失明了。《钢铁是怎样炼成的》这本书，就是他在病榻上摸索着写成的。后来他还想写一组三部曲，不过只写了头一部《暴风雨所诞生的》，就去世了。那时他只有三十二岁！"

爷爷说："讲得真好。我来补充一点儿作者逸事：保尔的童年，其实就是作者的童年。作者真的在车站食堂打过杂。劳作之余，他最喜欢听工友讲故事；还常常贴上自己的午饭，跟车站卖书报的小贩借书看。有一回他借了一本法国小说，拿回家给不识字的妈妈读，书中写有个伯爵无故殴打仆人，仆人还得跪着赔笑脸。读到这儿，他突然来了气，离开书本自编情节说：'仆人猛地回敬了伯爵一个嘴巴，紧跟着又是一个，打得伯爵满眼冒金星……'妈妈说：'不可能！谁见过仆人敢打主人？书里肯定不是这么写的！'保尔回答：'的确不是这么写的！可是换了我，非这么写不可！'——奥斯特洛夫斯基后来回忆说：'那便是我作家生涯的开始！'"

东欧文学家显克
维奇、裴多菲等

东欧诸国·
19—20世纪

波兰作家密茨凯维奇

天不那么热了，墙根儿的蛐蛐儿叫得比以往更响亮。虽然没有多大风，爷爷还是多披了件衣服："今天咱们介绍几位东欧的文学家。先说说波兰的密茨凯维奇和显克维奇吧。

"波兰有着优秀的文化传统。虽然18世纪末叶，俄国、普鲁士和奥地利瓜分了波兰，可波兰的民族精神却凝聚不散。

"波兰有位世界闻名的音乐天才叫肖邦，他离开祖国去远游，身边总带着一只银杯，杯中装着波兰的泥土。这只银杯跟了他一辈子，死时还被他抱在怀里。这只银杯，正是波兰人民爱国精神的象征。——同样，密茨凯维奇和显克维奇的心里，也有着这样一只银杯。

"密茨凯维奇（1798—1855）是个律师的儿子，从小生活在乡下，听着乡村中的民歌民谣长大，很早就对诗歌产生了浓厚兴趣。上大学后，他参加了地下爱国组织，写出《青春颂》那样的诗歌来。1830年华沙起义时，《青春颂》成了起义军的战歌。

"密茨凯维奇的代表作，是长篇叙事诗《塔杜施先生》。塔杜施是个波兰贵族青年，诗篇开始时，他正到叔叔的庄园来做客。

他叔叔是位法官，因为土地和城堡的归属问题，跟一家邻居结了仇。那家邻居是个伯爵，多年以前，法官的哥哥曾杀死了伯爵的一位远亲御膳官老爷。

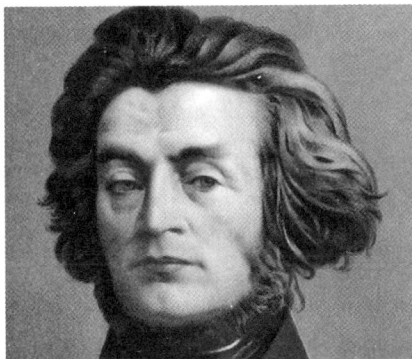

密茨凯维奇

"一次，法官和伯爵不约而同到森林里去打猎，突然有一头黑熊向伯爵和塔杜施扑来。就在这千钧一发的当口，神父洛巴克赶来，一枪结果了黑熊。

"在打猎归来的晚宴上，伯爵和法官又为一张熊皮争得面红耳赤，大打出手。伯爵没占到便宜，便连夜带人包围了法官的住宅，把法官一家人锁起来，宅子也被洗劫一空。

"谁知这时来了一队俄国兵。俄国少校命令把伯爵一伙绑起来，说是要严惩。法官反倒替伯爵求情，可俄国少校哪里肯听！

"这时，洛巴克神父又出现了。他让法官拿酒招待俄国人，待他们喝得烂醉如泥，法官便释放了伯爵，两家人联手向俄国人发起进攻。——俄国少校被打死，俄国兵也死的死、伤的伤。神父为了救护伯爵受了重伤，在垂危之际，他吐露了自己的身世。

"原来洛巴克神父正是法官的哥哥、伯爵的死敌，同时也是塔杜施的亲爹。当年，洛巴克爱上了御膳官的女儿。可御膳官却从中作梗，把一对有情人活活拆散了。洛巴克虽然另娶妻子，生下塔杜施来，可对御膳官却耿耿于怀，终于找机会杀了他。

"不想正赶上俄国人来攻打御膳官的城堡，洛巴克无意中当了俄国人的帮凶啦。为了弥补自己的过失，以后他便化装成神父，暗地里投身反抗俄国人的事业，并把御膳官的外孙女佐霞抚养成人，那是塔杜施正在追求的女孩。

"神父死后不久，波兰军队跟拿破仑协同作战，赶走了俄国人。塔杜施和佐霞也喜结良缘。在盛大的宴会上，人们随着乐声跳起欢快的民族舞蹈。既是庆祝有情人的结合，更是欢庆自由生活的到来！

"密茨凯维奇还写过著名的诗剧《先人祭》，那同样是一部歌颂波兰人民反抗俄国统治者的作品。后来诗人索性放下笔，亲自组织志愿军为祖国的自由解放而战。可惜壮志未酬，病死在异国他乡。"

显克维奇《你往何处去》

另一位波兰文学家显克维奇（1846—1916）名声还要大些。他的长篇小说《你往何处去》，曾获1905年诺贝尔文学奖。咱们就来看看这部书。

在古罗马时代，基督教刚刚诞生，还只是在民间秘密传播。罗马统治者把它看成异端邪教。

那会儿的罗马皇帝是暴君尼禄，他异想天开，想写一部史诗，好使自己跟荷马齐名。史诗的内容是写罗马城的毁灭，单单为了这个原因，他暗地派人放火焚烧罗马城，自己站在远处的高山上观看火势、捕捉"灵感"。

尼禄明明自己作恶，却嫁祸于人，把放火罪名加在基督徒身上，对他们横加迫害。他火烧基督徒取乐，还建了一座大角斗场，把基督徒捉去喂狮子、喂老虎。

有个美丽的姑娘丽吉亚也信仰基督，她是个外国首领的女儿，被留在罗马当人质。尼禄连她也不放过，把她绑在了一头狂暴的大公牛的犄角上！

丽吉亚有个形影不离的大力士保镖，他见女主人受害，便冲上去抓住公牛的犄角，一下子扭断了牛脖子。年轻的罗马军官维尼兹尤斯正热恋着姑娘呢。他救下姑娘，两人双双逃出罗马，去寻求充满爱与和平的新生活。

最终罗马人民起来暴动，尼禄的末日到了！看似软弱的基督徒，凭借着精神的力量，终于战胜了貌似强大的暴君。

显克维奇出生在一个波兰贵族家庭。他生活的年代，波兰依然被俄国人和普鲁士人统治着。他们规定：波兰人在法庭、学校等公开场合，不准讲波兰语。显克维奇当时正在华沙帝国大学学习医学和文学，成绩优异，马上就要毕业了。但为了表示抗议，他拒绝参加毕业考试，就那么退了学。——他是个有血性

显克维奇

的青年！

显克维奇决心用文学唤起人们的民族意识，他觉着头一件事就是不能让波兰人忘记自己民族的历史。他写了《火与剑》三部曲，包括《火与剑》《洪流》和《伏沃迪约夫斯基先生》，讲述波兰军民反对分裂，抗击瑞典、土耳其侵略的斗争历史，也都写得爱憎分明，令人鼓舞。

显克维奇另有一部历史小说《十字军骑士》——"十字军骑士"指的是条顿骑士团，那是由日耳曼骑士组成的宗教军团，十三四世纪时曾四出侵略、气焰嚣张。后来波兰与立陶宛、俄罗斯组成联军，一举打垮了骑士团，普鲁士也一度成为波兰的从属国。——《十字军骑士》写的就是波兰人这段可歌可泣的历史。

这部小说情节曲折，人物生动。书中刻画了骑士团的野蛮与凶残，也展示了正义一方宽宏博大的胸怀和境界——被压迫民族中孕育着巨大的精神力量，这是显克维奇在许多作品中一再强调的。

匈牙利诗人裴多菲

在19世纪，受别国奴役的民族不止波兰一个。当时的匈牙利，也受着邻国奥地利的压迫。不过到了1848年，奥地利国内自己先闹起革命。匈牙利人民欢呼雀跃——他们知道：民族独立的好时机来了！

在匈牙利首都布达佩斯的一家咖啡馆里，有位又高又瘦的青年，正慷慨激昂地朗诵着自己的诗作：

起来，匈牙利人，祖国正在召唤！

时候到了，现在干，或者永远不干！

是做自由人呢，还是做奴隶？

就是这个问题，你们自己选择！

在匈牙利人的上帝面前，

我们宣誓

我们宣誓：我们

永不做奴隶！

…………

——《民族之歌》

这诗句多么激动人心！每个匈牙利人都必须回答这个尖锐问题。匈牙利人民的反抗情绪早就像干柴似的，如今被这诗歌的火星一点，立刻呼呼燃烧起来：匈牙利人民起义啦！而那位年轻诗人走在队伍的最前头，他就是匈牙利最著名的民族诗人——裴多菲（1823—1849）。

裴多菲的先辈也是

裴多菲

贵族，可到他爹这一代，已经穷得靠屠宰为生了。裴多菲中学没读完，就到一个流动剧团去打杂儿，以后又入伍当了兵。

在民间的几年中，他对民歌着了迷。后来他写诗，就努力模仿民歌民谣的语言和句式。老百姓喜闻乐见的民间人物：农夫啦，牧羊人啦，侠盗啦，都成了他诗中的主人公。

老百姓喜欢，可贵族诗人却大为不满，说：这也叫诗吗？怎么能把农民的粗言俚语带到诗歌的殿堂里来！——裴多菲自有道理，他说：民谣一旦登上诗歌殿堂，老百姓当家做主的日子还会远吗？

裴多菲写过好几首长篇叙事诗，其中最有名的是《农村的大锤》《勇敢的约翰》和《使徒》。

《使徒》是诗人在 1848 年起义中花了三个月的时间写成的。诗中主人公叫锡尔维斯特，他热爱祖国、渴望自由，因此被投入监狱，出狱后单枪匹马去行刺国王，可惜一击未中，被推上了断头台……

"使徒"即肩负使命之人，那应是民族和人民交付的使命吧？诗人自己就把民族解放当成不可推卸的使命，早把生死置之

以裴多菲为主题的纪念邮票

度外啦。——以后裴多菲率领匈牙利人把奥地利军队赶出首都布达佩斯，真的用他的剑锋写下了最壮丽的诗篇。

只是奥地利人又勾结俄国军队卷土重来，匈牙利起义最终失败了。1849年7月31日，裴多菲牺牲在哥萨克人的矛尖上，死时才二十六岁！

裴多菲是为自由而献出宝贵生命的。他早就在一首题为《自由与爱情》的诗里说过：

> 生命诚可贵，
> 爱情价更高；
> 若为自由故，
> 二者皆可抛！

这首诗言简意明、高亢嘹亮，不但鼓舞着匈牙利人民，也成了中国家喻户晓的名篇啦。

保加利亚小说家伐佐夫

就在裴多菲逝世后的第二年，保加利亚也诞生了一位爱国文学家——伐佐夫（1850—1921）。他是个商人的儿子，父亲曾送他到罗马尼亚跟伯父学习经商，他却因此认识了许多侨居在那里的保加利亚革命志士，并开始迷上了写作。

以后他投身民族解放运动，写了不少好诗。1876年，保加利亚人民起义，反抗土耳其统治者，他的诗被起义军传唱，成了鼓

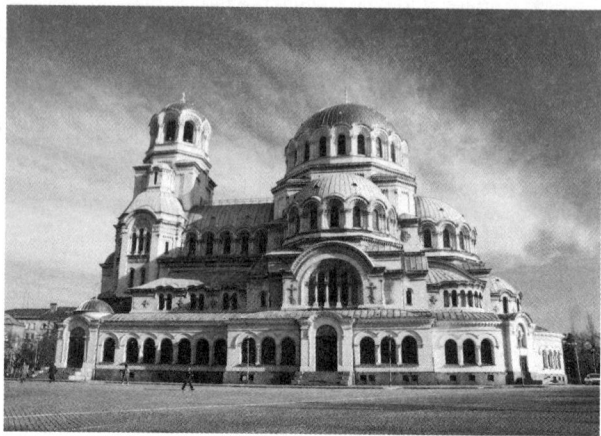

保加利亚索菲亚大教堂

舞斗志的战歌。

伐佐夫也写小说，其中有着世界影响的，是那部以1876年"四月起义"为题材的长篇《轭下》。据研究者考证，这部小说带有作者自传的性质。

在一个漆黑的夜晚，有个男子摸进一位老者家中，紧跟着土耳其警察也尾随而至。那男子翻墙逃走，警察抓到手里的，只是一件大衣。

警察认出来，那大衣是城里医生苏可洛夫的，大衣口袋里还塞着革命传单。于是警察把医生抓了起来。可就在警察喝杯咖啡的工夫，重要证据传单却不翼而飞。没办法，警察只好把医生放了。

与此同时，附近一座磨坊里发现了两具尸首：是当地一个坏家伙跟一个土耳其人。——这一切又是谁干的呢？

原来夜入老者住宅的，是革命者克拉列岂。他被土耳其人囚禁八年，刚刚逃出来。苏可洛夫医生半路遇见他，见他衣不蔽体，就把自己的大衣送给他。他去找的那位老者，是他爹爹的老朋友。这位老者见医生无辜受难，就到咖啡店里偷换了警长手里的证据……

再说克拉列岂当夜逃脱了追捕，到磨坊去避雨，正碰上两个坏蛋欺负磨坊主人的小女儿。克拉列岂杀死了两个恶棍，并在磨坊主人的帮助下，找到了地下组织。以后他化名奥格涅诺夫，在学校里一面教书一面为起义做着准备工作。

经过艰苦的准备，武器有了，人民也发动起来了。1876年4月，克里苏拉地区爆发了反抗土耳其人的起义。

虽然起义不久就失败了，可克拉列岂不后悔，他说："失败固然遗憾，但没什么丢脸的。老是袖手不动才是罪过呢……自由只有用血才能换取！"——最终英雄们被土耳其人包围在荒野里，克拉列岂、他的恋人拉达以及苏可洛夫医生，全都壮烈牺牲了。

伐佐夫和前面提到的波兰作家显克维奇，都是爱国作家。显克维奇喜欢用历史题材唤起民族情感，伐佐夫却直接描绘了近在眼前的解放斗争。这或许因为当时的波兰还受着异族的统治，而保加利亚却已取得独立的缘故吧。

伐佐夫不但写出大量诗歌、小说和剧本，还积极参与政治活动。独立后曾当选为议员，还做过教育部长呢。

捷克诗人扬·聂鲁达

有几位捷克作家，也不能不提。有位诗人扬·聂鲁达（1834—1891），出生于布拉格小城。他父亲是位退伍军人，死得很早，

扬·聂鲁达作品中译本

一家人全靠母亲卖纸烟养活。后来聂鲁达当上记者，成了作家，写诗，也写小说。有一部《小城故事》，由十三个短篇组成，描绘布拉格市民的生活习俗，便是他的小说代表作。说到他的诗歌，有一首《一八四八年春天的故事》最著名。

话说公元11世纪时，捷克臣服于罗马帝国。到了17世纪，捷克王国的宝座上，坐着一位奥地利公爵。捷克人民渴望自由，1848年6月，首都布拉格爆发了争取民族独立的起义。这首诗写于1848年的春天，正是起义的前夜：

空气中轻轻地讲着奇妙的神话，
花园和茂密的树林向我们歌唱，
他们也歌唱了，山谷和山峰，
整个辽阔的大地也歌声高响，
"自由——自由！"
我们自己也在唱。
…………

好像去参加婚礼，人群闹闹嚷嚷，

同伴们彼此手携着手，

先锋的队伍在前进，欢唱，

谁管命运在大炮的响声里怒吼。

军帽上插着羽毛，腰上挂着短刀，

谁是暴君就逃吧，小心啊，小心，

谁嘲笑勇敢的人，谁就要遭殃，

高呼着"为了民族，

为了全人类！"

人人都会一百次地把生命献上。

…………

在那个春天，久受压抑的人们满怀兴奋准备迎接自由到来的一天，扬·聂鲁达的诗，唱出了人们的心声，也成了起义者的战歌！——起义虽然遭到镇压，但这诗记录了捷克历史上人民意志光辉绽放的一刻，有着文学价值和历史价值！

扬·聂鲁达的作品，影响到许多捷克作家。受影响的人里，还有一位远在美洲的异国诗人呢。那时20世纪中叶，有个智利诗人巴索阿尔托，因仰慕这位捷克诗坛的前辈，也改名"聂鲁达"，并因非凡的诗歌成就，荣获了诺贝尔文学奖。"聂鲁达"这个名字，也因而变得更加响亮！

哈谢克：好兵帅克，哭笑不得

捷克更有名的作家是哈谢克（1883—1923）吧。他笔下的

"好兵帅克"，几乎无人不晓。

帅克是哈谢克小说《好兵帅克》的主人公，他本是布拉格的卖狗小贩，长得圆头圆脑，一副傻乎乎的神情。那会儿捷克还在奥匈帝国的统治下，帅克也被拉去当兵。可是医生一检查，认为他是个白痴，就把他轰回了家。

以后战事吃紧，当局也不管白痴不白痴，再度拉他去当兵。帅克正害着风湿病呢，他借了一部轮椅，让人推着去投军，出尽了洋相。这本身就是一幅讽刺画呢。

有一回，他在军队里听随军神甫布道，听着听着，他忽然呜呜咽咽地哭了起来。神甫马上对大家说："你们都来学学这个人的样子吧。他有心痛改前非、重新做人呢！"

可是到了底下，神甫问帅克为什么哭，帅克回答："我那是假装的。我听见您的说教正需要一个悔过自新的罪人，而您找了半天没找着一个，我就想帮您一个忙，也借此自个儿开开心！"——

《好兵帅克》插图

没想到这么一来，神甫倒对他另眼看待，收他当了传令兵。

神甫其实是个吃喝嫖赌、无所不为的家伙。他跟中尉赌钱，把帅克输给了中尉。从此帅克又成了中尉的马弁。

帅克对中尉忠心耿耿，却没少给中尉找麻烦。例如，他明知猫跟金丝雀是对头，却偏偏把它们放到一起，那结果就可想而知啦。事后他对主人解释说："我本来想让它俩熟识熟识，相互了解……"看着他一脸天真的样子，中尉真是哭笑不得。

以后帅克又替主人弄来一条纯种狗。就在中尉得意扬扬的当口，他的顶头上司找上门来。原来这条狗是帅克从上校那儿偷来的。于是中尉大祸临头，被派往前线。

在火车上，帅克拉下紧急制动闸，闹了一场乱子。他去追赶部队时，又被人当作俄国间谍。中尉本来以为这个爱捅娄子的马弁已被甩掉了，可帅克却再度找上门来……

帅克是真傻还是装傻？大家始终没闹明白。只知道他走到哪儿，哪儿就出乱子。可帅克的动机却永远堂堂正正，让人挑不出毛病来。

哈谢克本人就是个爱开玩笑的人。他出生在一个教员家庭，自幼丧父，家里很穷。他从小仇恨异族统治者，常常在街上撕掉他们的布告，扯破他们的国旗，还因此坐过班房呢。

他从商业学校毕业后，便走上了写作的道路。有一回住旅店，他又开起玩笑来，在登记簿上填上："俄罗斯人……来此窥探奥地利参谋部的活动……"

俄国当时是奥匈帝国的死对头，这一下闹得警方如临大敌，马上把旅馆团团围住。哈谢克却天真无邪地解释说："我这是考验奥地利警察的工作效率呢！"警方哭笑不得，罚他坐几天牢了事。

以后哈谢克被征去当兵。在前线，他当了俄军俘虏，不久又加入苏联红军，成了一名布尔什维克。

《好兵帅克》是他回国后写的，可惜没写完，他便患病去世了。后来他的一位画家朋友为这书配了插图，从此憨头憨脑的帅克形象，便在人们印象里生了根，成了世界人民喜爱的文学人物。

米兰·昆德拉：生命之轻，难以承受

有一位20世纪下半叶的捷克作家米兰·昆德拉（1929—2023），可谓大名鼎鼎。他的父亲是位钢琴家，当过音乐学院院长。昆德拉自幼是读着父亲的藏书、听着音乐长大的。他还跟捷克著名的音乐家学过作曲呢。可是"二战"一起，音乐家被关进集中营，昆德拉的音乐之路也戛然而止了。

以后昆德拉到首都布拉格读大学，先读哲学，又学了电影，毕业后在电影学院获得教职，一面教书一面写诗，以后又转写小说。他的第一本小说叫《玩笑》，出版后大受欢迎。后因时局变化，他移居法国，并在那里继续

米兰·昆德拉漫画像

写作。那部著名的小说《不能承受的生命之轻》（也有译为《生命中不能承受之轻》），便是在法国完成的。

人们都说生命"重于泰山"，可"生命之轻"又从何说起呢？怎么"轻"反倒"难以承受"呢？

小说的男主人公托马斯是个外科大夫，他的生活难说幸福。他跟妻子草草结婚又草草离婚，生有一子，离婚时判给了妻子。

不过这也挺好，无家一身轻，当个单身汉，自由自在有多好！——你瞧，"轻"与"重"的对比在这里就显现出来。不错，小说中有两个章节的题目就叫"轻与重"。

不过这场失败的婚姻还是在托马斯心中留下了阴影，他对女性开始怀有戒心。他不再结婚，却跟好几个女人保持着"友谊"。他小心翼翼地跟她们周旋，不让其中任何一位"黏"上自己。

有一回他到乡间去参加会诊，在旅馆餐厅喝咖啡时，一个漂亮的女招待让他眼前一亮。这姑娘叫特丽莎，虽然出生在小城镇，却酷爱读书和音乐。她见到这位风度翩翩的大夫，顿生好感。

托马斯回城不久，特丽莎就来找他。开始时托马斯还严守着自己那套"原则"，把特丽莎安排在附近的小旅馆里，不让她进家门。可特丽莎也够倔的，托马斯走到哪儿，她就跟到哪儿，就这样，托马斯只好接纳了她。——他觉着这姑娘就像神话所说，是被放在一只涂了树脂的草篮子里，顺水漂到他床前来的！——这本来是《圣经》中描述摩西的句子，在小说中前后出现了五六次。

托马斯托人给特丽莎找了份杂志社摄影的工作，按说新生活应该是甜蜜而安宁的。可托马斯旧习难改，仍旧跟别的女人拉拉扯扯。有一回，特丽莎从托马斯的抽屉里翻出别的女人写的肉麻情书，陷入极度不安，还从梦中哭醒。又有一回，托马斯刚跟一个女人打电话约会，忽听隔壁传来奇怪的声音。原来那天特丽莎提前回家，听到托马斯的电话，正打算喝药自尽，那声音是颤抖的玻璃瓶磕碰牙齿时发出的！当然，托马斯立即冲过去，夺下了药瓶儿……

大概是为了填补情感的空虚，特丽莎养了一只狗，取名卡列宁——特丽莎对卡列宁的爱，大概比对托马斯的还要多些。为了换个环境，托马斯带着特丽莎和卡列宁去了瑞士。有个一直"缠"着托马斯的女画家，这时也"碰巧"来到瑞士……特丽莎不能忍受这种生活，没多久就留下一封信，自己回捷克去了。

托马斯倒像获得解脱似的：他又是自由之身啦！——不过没到一个礼拜，他就陷入深深的痛苦中：他能承受生活的重压，却受不了这突如其来的轻松！——他毅然决然辞掉待遇优厚的医院工作，追随特丽莎回到了捷克……

由于政见的缘故，托马斯回国后再也当不成医生，只好跟特丽莎来到乡下。著名的外科大夫成了玻璃清洗工。从前的病人把他约到家里，不是要他擦玻璃，只为跟他喝一杯，叙叙旧。他还给农场当司机，不过要惯了手术刀的手，修起车来却显得笨拙……

托马斯仍改不了各种毛病，特丽莎感觉已经不再爱他了。可有一回，她梦见托马斯要离开她时，才意识到这个男人对她有多重要。还有一次，她冷眼看向托马斯时，发现他两鬓染霜、疲惫异常，这才想到，这一切都缘于她的任性——倘若不是她执意回国，托马斯依然是那个受人尊敬的外科大夫……

小说中的哲学讨论

昆德拉不愧是学哲学出身的，他的小说带着现代派的种种特点，作品中没啥曲折的情节、细腻的描写，多的是心理剖析和哲学讨论。小说开篇就提到哲学家尼采的"众劫回归"的理论：世间万事总是转瞬即逝，却又周而复始。这事有点儿可怕：年复一年，永远的重复，责任的重担压在一代代人身上——你要上学、工作、结婚、生子、赡老、育小，然后无一例外地衰老死去……

能不能活得轻松一点儿呢？譬如当托马斯刚跟前妻离婚的那一刻，他感到跟过节似的！什么家庭啊，妻儿啊，沉重的担子一旦被抛掉，他感到前所未有的轻松！

可话说回来，肩头的重量又意味着生活的充实，压着人贴近地面。没了负担，人变得比空气还轻，双脚离地，生命变得轻飘飘的，毫无意义。这个"轻"啊，真的让人难以承受——这就是小说题目的本意吧？

书中女主角特丽莎有着传统美德，她向往纯粹而专一的爱情，相信灵与肉是不可分离的。她对这

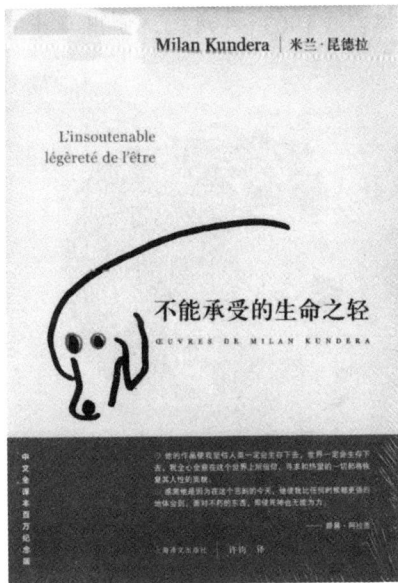

《不能承受的生命之轻》中译本

个伤害过她的人，始终不离不弃，执着于生命之重。也正是这一切，使得托马斯感受到肩头的重量和责任。面对生命中的轻与重，他选择了后者——只因那个"轻"更难承受！

最终，托马斯和特丽莎死于一场车祸，然而他们爱过、付出过、追求过，他们的一生，还是有分量的……

昆德拉的作品，还有《独白》《不朽》《笑忘录》等。他曾多次获得国际文学奖，而"不能承受之轻"，也成为一代文学青年的时髦话和口头禅……

伏契克：报告写于绞刑架下

"我们熟悉的捷克作家当中，还有一位反法西斯战士——伏契克（1903—1943）。他出身于布拉格一个工人家庭，十八岁就加入了共产党。他的文学知识，全是一边打工一边在大学里苦读得来的。

"'二战'时，他被德国人抓起来，坐牢四百多天。他用铅笔头、碎纸片，写成了那部举世闻名的长篇报告文学《绞刑架下的报告》——字里行间始终洋溢着大无畏的乐观精神。例如他说不小心被德国人'碰了一下'，那实际上是说自

伏契克

己身受毒刑、被打得昏死过去！——读着那诙谐乐观的文字，你又怎能相信它的作者是一位押在死囚牢、生还无望的人呢？

　　"伏契克的胸怀太宽广啦，面对死亡，他说：'我们为了欢乐而生，为了欢乐而死，让悲哀永远不要同我们的名字连在一起！'在文章末尾，他呼唤：'人们，我是爱你们的，你们可要警惕啊！'——只有一个有着坚定信仰的人，才能达到这种完全无我的崇高境界！

　　"他的这份'报告'被翻译成八十六种文字，在全世界出版了二百多个版本，成了真正的不朽之作。——1943年9月8日，伏契克牺牲在柏林的监狱中。"

犹太小说家茨威格
与卡夫卡

奥地利、德国·
19—20世纪

霍夫曼的《金罐》有点儿"神"

"说罢东欧，再说说西欧。"爷爷开始了今天的话题，"英国、法国都介绍过了；德国呢，咱们前面讲了歌德、席勒、海涅，这几位都是大家。其实还有几位没说到，例如霍夫曼。

"霍夫曼（1776—1822）跟歌德、席勒是同时代人。他出身于律师家庭，曾在大学学法律，毕业后到柏林当了法官。

"可他天生是个诗人，又喜欢音乐，据说还酷爱喝酒。一喝起酒来，便觉得自己飘飘然进入了神仙世界。慢慢地，他竟有点儿相信鬼神了。

"霍夫曼的作品，也都带着神秘色彩。有一篇小说《金罐》，写大学生穆斯爱上了皇家档案馆管理员的小女儿吉尔彭蒂娜。后来他才知道，这个蓝眼睛的可爱姑娘，竟是一条小蛇变的；而她那管理员爹爹，则是一条火蛇，因为践踏了魔王的花园，被罚下人间。——只有当他的三个女儿都嫁给有诗人气质的小伙子，他才能得到解脱。

"不过大学校长的女儿也爱上了既潇洒又有点儿鲁莽的穆斯。她借着一个老巫婆的帮助，来争夺大学生的心。巫婆是个丑陋的卖苹果的老太婆。有一回小伙子急着去参加节日狂欢，不小心踢翻了她的篮子，她便诅咒说：'跑吧，跑吧，早晚你要掉进水晶瓶儿里去！'

"以后大学生帮管理员抄写档案馆的神秘手稿，把墨水溅到了手稿上，蓝光一闪，火焰腾起，大学生果然被关进一间水晶牢房里！

"最终凭着对吉尔彭蒂娜纯真的爱，大学生脱离了水晶牢笼。管理员也从女巫手里夺回女儿的嫁妆———一个神奇的金罐。父女、翁婿一同去了海外仙山。

《金罐》插图

"霍夫曼还有一部著名的小说集《谢拉皮翁兄弟》，里面的故事也都情节曲折、引人入胜。他的作品自成一格，对后世作家大仲马、巴尔扎克、陀思妥耶夫斯基、狄更斯等，都有挺大影响。"

沛沛插嘴问："欧洲历史上有个奥匈帝国，是不是也属于德国？"

爷爷说："这是段挺复杂的历史。奥匈帝国是 1867 年由奥地利和匈牙利合并建立的二元帝国。其中还包括了捷克、南斯拉夫、波兰的一部分领土。第一次世界大战时，奥匈帝国跟德国站在一条战线上。奥匈帝国瓦解后，奥地利又被德国吞并，直到1945年，才获独立。所以说，奥地利跟德国之间，有着千丝万缕的联系，两国的作家也都用德语写作。

"说到奥地利，这个国家不算大，却有着悠久的文化传统，出了不少文艺天才。著名的音乐家约翰·施特劳斯就是奥地利人，他的《蓝色多瑙河》风靡了全世界。

"在奥地利的文学家里，茨威格和卡夫卡闻名世界。这二位是同时代人，又都是犹太人，只是文学风格不大相同。今天就说说这两位。"

茨威格《一个女人一生中的二十四小时》

先看看茨威格一篇短篇小说《一个女人一生中的二十四小时》吧。

在一座挺气派的大饭店里，一伙客人议论起女人的品行来。原来饭店里住着个正派女人，一夜之间却抛夫别子，跟着一个刚刚认识的小伙子私奔了。

这女人是一时感情冲动，还是压根儿品行不端？客人们争论得挺厉害。这场争论勾起一位老妇人的心事，她终于忍不住，向"我"披露了一件埋藏心底的往事。

二十几年前，这位高贵的老妇人——C太太，才四十出头。她死了丈夫，对生活失去兴趣，便借旅行打发时光。

在一处赌场里，有个赌徒引起了她的注意。那是个二十几岁的俊美青年，正在台子边上狂热地下着赌注。——让C太太感兴趣的是他的一双手：那真是一双多姿多态、含义无穷的手，时而像两只野兽在搏斗，时而又瘫软如泥地躺在台子上，把主人内心剧烈的感情变化传达得淋漓尽致。

最终，年轻人垂头丧气地离开了赌场。C太太看出来，他输得精光，已经没有活下去的欲望啦。

突然间，C太太觉着自己有责任拉他一把。她追出去，在暴雨中把他领到一家旅馆。可是这个情绪激动的年轻人竟连她一同拉进了房间里。C太太的半世清白，就这样一夜间断送了。

第二天，C太太总算了解了年轻人的身世。他本是好人家子弟，在学校里品学兼优，毕业后前途无量。可有一回他看见叔叔在赌场里大捞了一把，从此便陷入这赌博的泥潭，再也不能自拔。他直至偷了婶婶的贵重首饰，在赌场中输光，自己把自己逼上了绝路。

C太太虽然失了身，可是因此挽救了一条年轻的生命，也算是得失相当吧。她替年轻人赎回了首饰，并为他买了回家的车票。年轻人感动得痛哭流涕，发誓永不再赌……

年轻人乘坐的那班火车开走了，C太太反而有点儿惆怅。她信步走进头一次遇

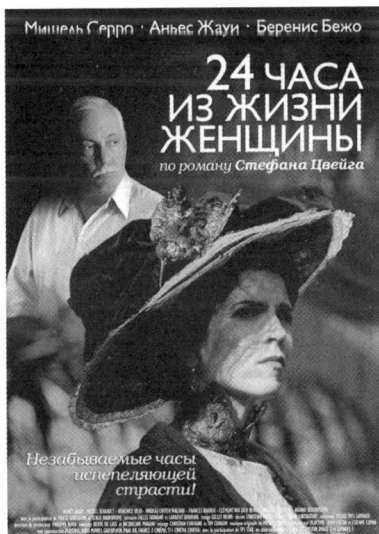

《一个女人一生中的二十四小时》被拍成电影

见年轻人的那座赌场，突然竟又看见了他！

发现C太太出现在面前，他满面羞愧，嘴里嘟囔着"我就走，我就走"，可眼睛依旧不离赌台。C太太再三催促他离开，不料他突然翻了脸，当众向C太太大声嚷道："走开！……不用管我的事，你是我的什么人？……拿走，这是你的钱……"说着把几张钞票抛给她，像是对待一个下贱女人……

C太太只觉得天旋地转，她跑出了大厅。以后她再也没见过他。十年后她才听说，那年轻人到底自杀了！

茨威格是一位描写人物心理的大师，他的笔仿佛是一把灵巧的手术刀，把C太太那矛盾复杂的微妙心理解剖得那么透彻。他还善于用人物的动作表现内心活动，像少年的那双手吧，真可称得上姿态万千啦。光是描绘这双会说话的手，作者就用了一千多字！

《看不见的珍藏》：一场艺术的"瞎聊"

茨威格（1881—1942）出生在维也纳一个工厂主家庭。他自幼喜欢文学，读了大量世界文学名著。在大学，他主修哲学和文学。以后为了锤炼语言、增加阅历，他还翻译外国文学作品，又曾到欧洲各国及美国、印度、非洲去旅行。法国的罗曼·罗兰、苏联的高尔基，都是他的好朋友。

茨威格的小说以中短篇的居多，大多带着悲剧的味道。有一篇短篇《看不见的珍藏》，让人读后很不是滋味。

有个画商，到一个边远小镇去看一位老主顾。这位老人一辈子省吃俭用——不喝酒、不抽烟、不旅行、不看戏……只为了省下钱来买画。六十年里，他收藏了一批极有价值的名画。这位画商去拜访他，正是要从他那儿发掘宝贝呢。

等见到老人时才知道，如今他已经双目失明了。可老人那爱画的兴致却丝毫不减。听说来了懂行的人，他马上吩咐家人把画搬出来给客人欣赏——其实就是没有客人来，他每天也要把画一张张摩挲一遍呢。

茨威格小说中译本

不过很奇怪，老人的妻子却连连冲着画商打手势，意思是让他不要马上看画。画商便找个借口，把看画的时间推迟到下午。

画商刚吃过午饭，老人的女儿便到旅馆里找他，向他透露了真情。——原来由于经济萧条、物价飞涨，家里日子早就过不下去了。没办法，家里人瞒着老头儿，把他那些名画一文不值半文地卖掉，换了面包和木柴。如今画夹里夹着的，只是些白纸或粗劣的仿制品。

画商明白了，他得帮助家人保守这个秘密，共同"欺骗"这位爱画如命的老人。——整个下午，画商跟老人一起欣赏着他的"珍藏"。老人兴奋地摸索着一张张白纸，滔滔不绝地夸赞着每一幅"画"的精妙之处。

有一次，老人凭着手指的触觉，似乎感觉到有点儿不对头。可画商马上接过话头，绘声绘色地描述起"画"的内容和风格——好在他对这些名画也都很熟悉。

世上还有什么情景比这更令人悲哀呢？两位行家坐在一起，兴致勃勃地欣赏一些根本不存在的"珍藏"。画的主人深信不疑，以为自己依然拥有这些珍贵的艺术品；画商却为了崇高的目的，在逢场作戏。

第一次世界大战后，通货膨胀给德国统治下的奥地利百姓带来了灾难。《看不见的珍藏》反映的就是这样的历史背景。

《象棋的故事》：谁是真正的棋王

以后法西斯上了台，犹太人的灾难降临了。茨威格虽然是名作家，也躲不开受迫害的命运。他携妻子到了英国，加入英国国籍；后来又远涉重洋，到巴西去避难。他的最后一篇小说《象棋的故事》，就是在巴西写成的。

时局糟到这个地步，茨威格怎么还有闲心，写什么"象棋的故事"呢？原来他写的，正是一篇揭露德国法西斯的作品。

茨威格

有位当代棋王搭了一艘大轮船出国旅行，船上有个爱好下棋的工程师，很想跟棋王较量一盘。棋王既贪婪又傲慢，跟他下棋，得付钱给他。工程师不服气，自掏腰包，约了几个人一块儿对付棋王。

头一盘，棋王赢得轻而易举。第二盘下到一半，工程师看准一步棋刚要挪子儿，有个看客拉住他的胳膊："千万别那么走！"——说话的是个四十多岁的男子，苍白消瘦，一脸病容。他就是小说的主角B博士。

再往下，成了棋王跟B博士间的较量。B博士走得轻松自如，棋王却越下越费劲儿。结果一盘残棋，竟被B博士下"和"了。棋王不服气，他还要下第三盘。没想到B博士闻言大惊失色，说什么也不答应。

这事真有点儿蹊跷。最终，B博士向"我"道出自己的身世秘密。

原来B博士本是奥地利有名的律师，跟皇室来往密切。德国人进入维也纳后，他被党卫军抓了起来。党卫军逼他说出皇室财产的下落，逼供的手法真够绝的：不打也不骂，只把他单独关在一间屋子里，让他看不见人，读不着书，用孤独来折磨他。就这么一关四个月，B博士的精神眼看就要垮啦。

可有一回提审时，B博士偶然偷到一本棋谱，他的铁窗生活开始起了变化。开头，他拿格子床单当棋盘，省下面包渣儿捏成棋子儿，照着谱上的棋局摆来摆去。日子一久，棋谱全都印在了他的脑子里。他连棋具都不用，便可在脑子里自个儿跟自个儿"杀一盘"。

这么杀啊杀啊，B博士渐渐控制不住自己了。他吃饭也想着下棋，睡觉也梦见下棋。脑瓜儿里的一方总在催促另一方，性情变得急躁，总是口干舌燥的，身体也垮了下来。——终于有一天，他发了疯。

由于医生的帮忙以及政局的变化，B博士养好了病，获释出狱了。好心的医生嘱咐他，千万别再摸棋盘，否则难保不再犯病。

可是在船上，他一看见有人下棋，就不由自主地参加进来。直到大伙儿邀请他跟棋王正式对阵，他才猛然醒悟，坚决不肯再下。

没能等到棋局终了

不过在"我"的劝说下，B博士答应再跟棋王下一盘——也是他自己的最后一盘。棋赛开始了，B博士下得很轻松，飞快地挪动着棋子儿。棋王却下得很吃力，每走一步都要考虑半晌。

B博士开始着急了，他在船舱里踱着步子，而且越走越快。"我"看出来了：他来来回回的，总离不开一小块儿地方；他这是不知不觉地用步子画出他从前囚室的大小呢。

这一盘，B博士赢了。棋王问："再下一盘吗？""那还用说！"B博士想也不想就答应了，声调有点儿怪。"我"想劝阻他，可棋盘已经摆好了。

这一回，他的焦躁就更明显。一会儿粗鲁地催对方快走，一会儿又敲打着桌子，还两眼发直、喃喃自语。下到一半时，他突然把象往前一推，嚷着："将，将军！"可事实上，他的"象"并没威胁到人家的"老将"。

原来，他的脑子里正下着另一盘棋呢。眼看着他的"象棋狂"又要发作啦——幸亏"我"及时提醒，B博士才猛然惊醒。他恢复了常态，彬彬有礼地认了输，鞠了一躬，便转身走掉了……

下棋本是件悠闲的事，可是在这个有关象棋的故事里，象棋却跟性命交关的政治迫害连在了一起，因而变得震撼人心。

作者在这里刻画的，是

作家的自传《昨日的世界》英文版

法西斯暴行的重压下，受迫害者所受到的沉重心理压力——而这种压力也越来越沉重地压迫着茨威格的心。

岁月如梭，到了1942年，茨威格还看不到法西斯失败的迹象。陷于绝望中的他，最终跟妻子一道自杀——他到底没能等到"棋局"的结束。

卡夫卡《变形记》：推销员变成大甲虫

奥地利另一位小说家卡夫卡（1883—1924），比茨威格小两岁。他的作品风格，却跟茨威格以及大部分文学家都不相同。先看看他的代表作《变形记》吧，小说写了一个人变甲虫的荒诞故事，用的却是写实的笔法。

有个推销员叫格里高尔，在家里，他是挣钱养家的好儿子；在公司，他是工作卖力的好员工。可是有一天他早晨醒来，却发现自个儿变成了一只大甲虫，仰面朝天躺在床上，周身许多细腿儿正乱动弹呢。这可把他急坏了，他还得赶五点钟的火车上班去呢。

当娘的看见儿子这副模样，当场就晕了过去。公司里的秘书主任来催他上班，见他这个样子，大吃一惊，头也不回地走掉了。爹爹对他更粗暴，嘴里发出厌恶的嘘声，把他赶回他的卧室，进门时还弄伤了他的脚。

只有妹妹同情他，小心照看他，每天给他喂食喂水。由于格里高尔丢了饭碗，一家人不得不想法子为生活而操劳奔走，女仆辞掉了，房子也让出来招了房客。格里高尔感到羞愧：从前他是家里的顶梁柱，如今成了全家的累赘啦。

日子一长，妹妹也对他起了厌恶之心。每天塞给他一点儿烂菜叶儿，房间脏了也不肯扫一扫。有一回，妹妹给房客演奏提琴，格里高尔听得忘情，往前多爬了几步。房客们见了大惊失色，嚷着要退房子搬走。妹妹恨死了他，喊道："我是没法儿

《变形记》插图

管这个怪物叫哥哥啦。这回有他没我……"

格里高尔被全家抛弃了。就在这个晚上,他静静地死在紧锁的房间里。全家人这才松了一口气……

这篇小说,真可谓"满纸荒唐言"啊。可是细琢磨,又会觉着它把人与人之间的关系写得很真实,揭露得不留情面。

格里高尔身体健全时,一个人养活着一家子。全家人花他的钱,都觉得心安理得。一旦他不能养家,爹娘不拿他当儿子,妹妹也嫌弃起这个可哥来。待他死后,全家人如释重负,心情像过节。父子、兄妹的亲情又在哪里?人和人的关系,还不是靠钞票维系着吗?

格里高尔变甲虫固然荒唐,假如他得了什么病症,亲人的这种心理,还不是大同小异?——这正是现实社会的普遍现象啊。

卡夫卡的小说风格在现代文学流派中属于"表现主义",这一派不重事物的表象,却要努力"表现"出人和事的内在本质来。这么看来,《变形记》真可谓表现主义的经典了。

《审判》与《城堡》:醒不了的噩梦

卡夫卡的小说还有不少,除了《变形记》,还有《判决》《乡村医生》《致科学院的报告》等短篇小说,以及《美国》《审判》《城堡》等长篇小说,用的全是荒诞之中含着哲理的手法——也就是"现代派"的手法。

《判决》写一位父亲判处儿子死刑。儿子明知判决毫无道理,却依然遵从父命,冲下楼梯,跳进河里。——卡夫卡从小敬畏父亲，这种不愉快的父子关系，在《变形记》和这篇小说里都有反映。有人说，作者通过这部小说，还抒发了对奥匈帝国那家长式统治的不满。

《乡村医生》写一位乡村医生深夜出诊，在雪地里终夜游荡，再也回不了家。小说像是一个噩梦。在这个梦里，你能体会出一个人掌握不了自己命运的痛苦心情。而这种情绪，始终贯穿在卡夫卡的作品里。

说说那部长篇小说《审判》吧。有个银行家叫约·K，是个正派人。可有一天，忽然来了两个警察，宣布他被捕了。虽是被捕，他却并没被带走，照旧可以自由行动、上班做生意；连警察也说不出他究竟犯了什么罪。

约·K感到一种无形的压力。他四处奔走，为自己洗刷，但谁也帮不上他的忙。他去找给他判罪的法庭，却哪儿也找不到。后来他似乎找到了，那是在贫民窟一间阁楼上，里面空气污浊，房屋低矮，头都抬不起来。

有个律师向他揭露了法庭的黑幕：法庭的作用就是诬告好人。司法界中徇私舞弊、行贿受贿、官僚主义，无所不为。法庭根本不看状纸，律师辩护全靠跟法庭官员搞关系。约·K的案子就这么悬在那儿了……

一天夜里，来了两个穿黑衣、戴礼帽的人。他们把约·K架到一处废弃的采石场，用刀子结果了他。约·K始终没受到正式审判，然而他也不想反抗——与其这么担惊受怕地活着，还不如死了干脆！

这叫什么法庭？它有着无边的权力，可以随便抓人、杀人，连罪名也用不着编造一个。人活在这样的世界里，真是生不如死！

不过只要想想不久以后希特勒对犹太人发动的那场大迫害，你就不能不佩服小说家嗅觉的敏锐：他早已预感到法西斯迫害的来临啦。

小说没有合乎逻辑的情节，也没有生动真实的人物，一切都恍惚迷离，像是个醒不了的噩梦。读着这样的小说可不轻松，心上仿佛压着块大石头似的。不过卡夫卡说得好：一本书，如果我们读了没有感到额头被猛击一掌，那我们读它干什么？

《城堡》也是部噩梦似的小说。有个人要到城堡去，那座城堡像只巨兽，冷漠、威严，近在眼前，可主人公始终没法子走进去。

城堡大概象征着官僚机构吧？那里面等级森严、官僚众多。他们无所事事，只是下达些似是而非的命令，颁发些毫无用处的公文。——百姓虽然见不着官僚，却全都被握在官僚的手心里。谁要得罪了城堡里的人，便绝对没有好果子吃！

卡夫卡作品《审判》《城堡》中译本

"我被每个障碍所粉碎"

卡夫卡出生在布拉格，爹爹是个白手起家的商人，为人自信、脾气暴躁，对儿子十分严厉。卡夫卡也因此养就了胆怯、忧郁、自卑的性格。以后他进大学学习文学，不久又遵父命改学法律，并取得法学博士学位，毕业后在保险公司找到一份差事。

卡夫卡小说里的人物，大都是些善良软弱的小人物。作家称他自己就是个软弱的人。他说："巴尔扎克的手杖上刻着：我粉碎了每一个障碍！我的格言却是：我被每个障碍所粉碎。"

然而卡夫卡真是弱者吗？一个敢于宣称自己软弱的人，倒真得有几分勇气呢。他笔下的人物，不也常常透出几分不屈不挠的性格来吗？

卡夫卡年纪轻轻就得了肺病，久病不愈，四十一岁那年死在维也纳一家疗养院里。

卡夫卡写小说，似乎只为了自娱自乐，并不想拿去发表。他写过几十篇小说，大都藏在抽屉里。死前他还留下遗嘱，要朋友把他的遗稿全都烧掉，幸亏朋友没有照办。

正因如此，卡夫卡生前名气并不大。直到死后，他的一个朋友整理并发表了他

卡夫卡

的全部作品，人们才开始重视这位独树一帜的小说家。

到了20世纪80年代，研究卡夫卡的著作已经超过一万种。有人甚至说：在当代作家里，有谁对时代的影响能像但丁、莎士比亚、歌德那样呢？头一个就得说卡夫卡！

不管怎么说，卡夫卡成了现代派的"祖师爷"。他向读者展示了一个陌生的世界。他的作品中充满象征意义，还有着情节荒谬、情感冷漠、意识流手法等特色。——后来许多现代文学流派，都自称独得卡夫卡的衣钵真传呢！

几位德国作家：布莱希特、格林兄弟

沛沛说："对不起，刚才您说到德国作家，只讲了霍夫曼，就让我打断了。除了他，还有谁啊？"

爷爷咳了一声，说："在20世纪上半叶，德国还有一位熟悉中国文化的戏剧大师布莱希特（1898—1956）。他编导的名剧《高加索灰阑记》，就是根据中国的元杂剧《灰阑记》改编的。——沛沛应当还记得，去年暑假讲中国文学时还提到过。

"由于反对法西斯统治，他在20世纪30年代被迫离开德国。他把这段经历比作中国春秋时期的老子出关，还写了一首诗《老子出关著〈道德经〉的传说》呢。

"布莱希特有一套完整的戏剧理论，在世界剧坛上独树一帜。研究戏剧的人，总要提到他。"

源源问爷爷："有一部《格林童话》，作者也是德国人吧？"

爷爷点头说："没错，《格林童话》的编撰者是哥儿俩，哥

《格林童话》封面

哥叫雅科布·格林（1785—1863），弟弟叫威廉·格林（1786—1859），两人只差一岁。有意思的是，这哥儿俩学的是法律，还当了法学教授，却都迷上了民间文学。

"他俩花费毕生精力搜集民间流传的童话故事，编成一本《儿童与家庭童话集》——就是咱们平常说的《格林童话》。

"由于他们的搜集工作是不断进行的，所以这本童话集也越编越厚。最后一版共包括二百一十六个故事。像《灰姑娘》《白雪公主》《小红帽》《蓝灯》……全是这部童话集里的。"

沛沛说："《小红帽》我最熟悉，那还是小时候外婆给我讲的呢。我一淘气，外婆就吓唬我：狼外婆来啦！"

源源说："我最喜欢《白雪公主》里的七个小矮人，其中一个叫'博士'，另一个叫'快乐'，还有叫'坏脾气'和'害羞'的。看看卡通片里的造型，一个比一个可爱。他们劳动归来，一路走一路唱歌，好听极了。"

爷爷看着他俩那天真的神情，不由得想：毕竟还是孩子啊。

《灰姑娘》插图

童话大王安徒生与戏剧泰斗易卜生

丹麦、挪威·
19世纪

海边来了美人鱼

"昨天说到德国的童话作家格林兄弟，其实北欧有位'世界童话大王'，比格林兄弟更有名，他就是——"爷爷还没说出名字，沛沛和源源异口同声回答："安徒生！"

《人鱼公主》插图

爷爷点点头："安徒生（1805—1875）是丹麦人。如今丹麦首都哥本哈根的海港边，有一尊美人鱼的青铜雕像。看上半身，是个美丽的姑娘，下半身却是一条鱼尾。姑娘斜坐在岩石上，微垂着头，仿佛看着蔚蓝色的大海想心事呢。她就是安徒生童话《人鱼公主》里的人物。

"这是一则凄美动人的童话故事——海王的小女儿爱上了人间的王子，为了获得王子的爱情，她宁愿缩短寿命。她还请巫婆帮忙，把自己的鱼尾变成人腿，尽管她每走一步，脚尖都像刀割一样，也绝不退缩。

"可是王子没理会她的爱情，却跟一位公主结了婚。巫婆曾经预言说：人鱼得不到王子的爱，就只能化作泡沫！

"小公主的姐妹们劝她刺死王子，来换回自己的生命。小人鱼却宁可牺牲自己，也不愿伤害所爱的人。——不过最终她被接到精灵的世界，三百年后，她会给自己创造出一个不灭的灵魂来！

"今天，坐在哥本哈根蔚蓝色海边的，就是人鱼公主。安徒生用他的不朽童话，早已赋予她不灭的灵魂。——这铜像也成了哥本哈根的城市标志啦！"

打火匣的秘密

今天，丹麦人没有不为安徒生感到骄傲的。可是安徒生当年写童话时，却没少受人奚落。他们说：你写的是什么呀？狗把熟睡的公主驮到士兵那儿去，孩子听了这故事有什么好处？还有豌豆公主的故事，不但没趣味，而且有害。——这说的是《打火匣》和《豌豆上的公主》。

《打火匣》跟《一千零一夜》里的《神灯》有点儿相似。——一个士兵正在大路上走着，突然有个丑陋的老太婆挡住他的去路，要他钻进一个树窟窿里，为她取一只旧打火匣。

士兵钻到里面，见三只狗守着三间装着钱币的屋子。士兵找到那只打火匣，又拿了不少金币，爬出洞外。他向老太婆打听打火匣的用途，老太婆不肯说，士兵就把她杀了。

士兵很快把金币花光了。他偶然想起那只打火匣，无意中用火石

《打火匣》插图

一擦，只见火星一闪，树洞里的狗突然出现在他面前。士兵让狗为他弄几个钱来，不一会儿，狗便叼着个钱袋跑了回来。士兵这才明白：打火匣原来是个宝贝！

士兵听说国王有个漂亮女儿，便吩咐狗把她驮来。公主还睡着觉呢，士兵亲了她，便又让狗把她送回去。公主以为自己是在做梦，就把这事说给国王和王后听。王后起了疑心，装了一袋荞麦粉，系在公主腰间。

第二天，狗再次把公主驮到士兵住处，国王的卫兵很快沿着一路洒落的荞麦粉，找到了士兵。—— 一个大兵竟敢亲近国王的女儿，这还了得！他被送上了绞架。临死前，士兵要求国王允许他再抽一袋烟。

嚓，嚓，嚓，火石在打火匣上划了三下，三只大狗突然出现了！它们照着士兵的吩咐，扑向法官和国王……最终，全国的老

百姓都拥戴士兵，他娶了可爱的公主，还当上了国王。

《豌豆上的公主》呢，讲的是一位"真正的公主"，睡觉时要铺二十床垫子和二十床鸭绒被。而垫子下的一粒豌豆，竟硌得公主一夜都没睡好！这位公主，可真够娇贵的！

这些故事在孩子们看来是那么有趣，

《豌豆上的公主》插图

可偏偏有些文人学者说三道四的。说到底，还不是因为安徒生的出身太低微？在那些"高等"文人看来，一个鞋匠的儿子，还能写出什么好作品来吗？

鞋匠的儿子安徒生

不错，安徒生就出生在丹麦小城欧登塞的一个穷人家里。父亲是个鞋匠，母亲靠给人洗衣服贴补家用。

不过父母都是勤劳要强的人。父亲没钱送儿子上学，就在家里给他读《一千零一夜》，还给他做了许多木偶人，让他一个人去排演自编的戏剧。母亲也总是把地板擦亮，还在窗台

安徒生

摆上几盆花，尽量为小安徒生布置一个清新优美的环境。安徒生就在这个贫穷又温暖的家庭里度过了童年。

以后父亲去当兵，回来不久就病死了。母亲带着他改了嫁。安徒生断断续续读了几天书，不久便去鞋店当了学徒。

安徒生性情孤僻，跟别的孩子合不来。他只喜欢独自一人静思默想，编造各种美丽的故事。十四岁时，他抱着当演员的想法，怀揣十几块钱，独自去了哥本哈根。他学舞不成，又去学唱。为了挣几个钱糊口，还常常到贵族和商人家里去朗诵剧本或诗歌。一有工夫，他就埋头学着写剧本。

十七岁那年，他的一个剧本居然在报上发表了。以后有个剧院经理发现了他的才能，又觉得他的文化底子太差，就替他申请了一笔皇家助学金，送他到教会学校去读书。

以后他又考入哥本哈根大学。他写的诗歌、游记、剧本也都陆续发表，得到著名评论家的赏识。——安徒生终于靠着自己的勤奋努力，从社会最底层走上了文坛。

大概连安徒生自己也没想到，他写的童话，比他的诗歌、剧本更受欢迎，尤其受到孩子们的喜爱。《皇帝的新装》《坚定的锡兵》《拇指姑娘》《夜莺》《丑小鸭》《小克劳斯和大克劳斯》《卖火柴的小女孩》……无论是黑皮肤、白皮肤还是黄皮肤，全世界的小朋友，都熟悉这些美丽的童话。

"皇帝没穿衣裳"

先说那则《皇帝的新装》吧。有个皇帝，最喜欢穿漂亮衣服。一天，皇宫里来了两个骗子，自称会织世界上最美的布。——只是他们织出的布、做出的衣服，只有聪明人才能看得见。

皇帝一心要穿最漂亮的衣裳，就拿出大把金钱和上好的原料交给他们，两个骗子于是在织布机前忙开了。

大臣受皇帝的委派前去督工。可是真奇怪，织布机上空空如也，什么也没有！然而大臣怕人家说自己愚蠢，便对着空织机连声赞美说："太美了，多好看的花纹和颜色啊！"以后"衣服"

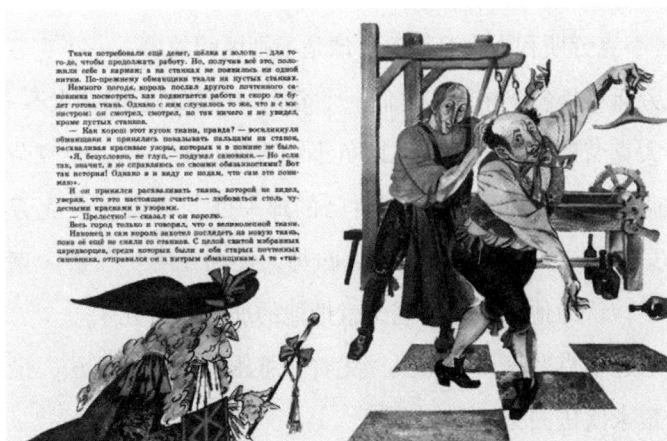

《皇帝的新装》插图

制成了，皇帝换上"新装"，参加盛大的游行。——其实他自己也一无所见，不过怕臣民说自己愚蠢，他硬是点头称好。

沿途的百姓们也怕被人看成是蠢人，都纷纷称颂"新装"的美丽。只有一个天真无邪的小孩子没有顾忌，他嚷着："可是他什么也没穿呀！"——这话在百姓中间传开了，连皇帝也听到了。可他还是硬撑着走到底，其实他一直光着身子呢！

这则童话可把世人挖苦坏了！从皇帝到臣民，他们宁可相信骗子的谎言，却不愿相信自己的眼睛。这全是虚荣心在作怪吧！——全国的大人们加在一块儿，还不如一个未染世故的孩子；这里面的深刻含义，真够人琢磨一气儿的。

至于那位皇帝，整天把穿衣享受当作唯一大事，全不管百姓疾苦，活该在百姓面前丢人现眼！

大小克劳斯的故事

《小克劳斯和大克劳斯》更像是一则民间故事——小克劳斯和大克劳斯只是名字相同。他们一个穷、一个富，心眼儿大不一样。

大克劳斯财大气粗，总欺负小克劳斯。有一回，小克劳斯驾着大克劳斯的四匹马，连同自己的那一匹，一道替大克劳斯犁田。只因他喊了一声："我的五匹马，使劲儿呀！"被大克劳斯听见了，认为他不该这样喊，就把他的那一匹打死了。

不过小克劳斯十分机灵，凭着智慧跟大克劳斯斗法，最终把这个蠢家伙送去见了"仙女"。

那是两人最后一轮斗法。大克劳斯抓住小克劳斯，把他装进袋子中，准备扔到河里去。就在大克劳斯路过教堂去做祈祷的工夫，袋子里的小克劳斯对过路的赶牲口人说："你乐意到天堂去吗？只要钻进这个袋子就可以去。"赶牲口的喜出望外，便拿一大群牲口跟小克劳斯换了这千载难逢的机会……

待大克劳斯把袋子扔进河里，却迎头碰见小克

安徒生童话被译成多国文字

劳斯赶着牲口走来。小克劳斯告诉他，自己去河里遇上仙女，这群牲口就是仙女送的呢。大克劳斯听了，也忙不迭地钻进口袋里去。——小克劳斯毫不客气地把他扔进河里，他可是再也不会欺负人啦！

卖火柴女孩的圣诞夜

安徒生出身贫寒，因而也最同情苦孩子。《卖火柴的小女孩》就是最好的例子。

圣诞之夜，满街飘香，这本来是孩子们最愉快的时刻。可是有个穷人家的女孩，穿着破衣服，趿着不合脚的大鞋子，沿街叫卖火柴。整整一天，她连一根火柴也没卖出去。

《卖火柴的小女孩》插图

夜幕降临了，她蜷缩在一个墙角里，冻得瑟瑟发抖。为了取暖，她划着了一根火柴。在火柴的光焰里，她仿佛透过墙壁，看到屋子里的情景：铺着雪白台布的桌子，肥美的烤鹅，漂亮的圣诞树……

可这一切刹那间就消失了。她就这样一根根划着火柴，在火苗和幻象中获得一点儿温暖和安慰。——最终她在火光中看见了最疼爱她的老祖母。为了留住老祖母，她划亮了手里所有的火柴。祖母搂着她，飞向了天国……圣诞夜，可怜的小姑娘冻死在街头，手里捏着燃剩的火柴，嘴角带着微笑……

安徒生写童话，可不是随意编个故事哄孩子。他有一颗金子般的心。他一辈子没结婚，把自己全部的爱都灌注到童话中。他自己就是个大孩子，用孩子的眼睛去看世界，用孩子的语言去讲述故事——这就是他的童话受到全世界儿童喜爱的原因。

安徒生长得不好看。他曾写过一篇《丑小鸭》，说一只丑陋的小天鹅生长在鸭群里，处处受人欺负。可它心地善良，不断追求美的境界，最终长成一只众人仰望的白天鹅。——安徒生这是在写自己啊。

安徒生一生写了一百六十多篇童话，赢得了举世赞誉。当年排挤他的那些人怎么也想不到，正是这个文章里不时有语法错误的鞋匠的儿子，给丹麦文坛带来了巨大荣耀！

戏剧大师易卜生

跟丹麦同属北欧国家的挪威，19世纪也出了一位享誉世界的大文豪——就是戏剧大师易卜生。他是莎士比亚、莫里哀之后世界上最出色的剧作家。就是咱们前面介绍过的英国戏剧大师萧伯纳，也深深受着他的影响呢。

易卜生（1828—1906）出生在挪威东南部的小城希恩。他父亲本是位富有的木材商人，易卜生出生时，正是他家最阔绰的时候。可是到了他八岁那年，父亲的生意破了产，家道一落千丈。十六岁那年，家里没钱供他上学，只好把他送到一家药铺当学徒。在那儿，他饱尝了底层社会的辛酸。

可易卜生人小志气

易卜生

大。一有空儿，他就读书学习。他最爱读拜伦、歌德和莎士比亚，常常一读就是一个通宵。他还认识了一位牧师，每晚顶风冒雪跑到牧师家去学拉丁文。

二十二岁时，易卜生到首都奥斯陆投考大学，没有考上。他没再回故乡，就留在首都跟一群朋友办学校、编报纸。在这以前，他已开始练习写作了。这年秋天，他的剧本《勇士之墓》在奥斯陆剧院上演。不久挪威剧院又请他去做经理，这是一家提倡民族戏剧的剧院。

原来挪威这会儿正受丹麦人的统治，舞台上演的也都是"高雅"的丹麦戏剧。易卜生却主张用挪威本土语言创作剧本，这就是挪威剧院请他做经理的缘故。

不过上流社会可看不惯这"土里土气"的民族戏剧。他们对易卜生的剧本横挑鼻子竖挑眼，加上管理不善，剧院不久就倒闭了。易卜生一家人的生活也成了问题。

幸而这时政府拨了一笔款子，要他出国去考察，他便带着家小去了意大利。以后他常年住在罗马，还在德国的德累斯顿和慕尼黑住过十几年。他的好几部名剧——《社会支柱》《玩偶之家》《群鬼》《人民公敌》，便都是在国外写成的。

《社会支柱》与《人民公敌》

《社会支柱》的主人公是大商人博尼克。他是地方首富，乐善好施，尽心尽力为本地百姓谋福利；在家里则是模范丈夫和父亲，公众把他看作道德楷模和社会支柱。

眼下，他正忙着筹建一条铁路。铁路修好了，本市民众是最大的受益者。市民们当然都举双手赞成啦——就在这当口，博尼克的妻弟约翰和妻妹楼纳从美国回来了，这让博尼克暗自吃惊。

约翰十五年前去了美国。传说那时他跟个女戏子打得火热，还生了个私生女，取名棣纳，如今已长成大姑娘，养在博尼克家里。又传说约翰当年还私开公司银柜，偷了博尼克的钱……

约翰之所以去了美国，就因名声太坏，在本地站不住脚。妻妹楼纳呢，本来爱着博尼克，后来博尼克娶了她姐姐，她也去了美国。

约翰回来不久，便爱上了棣纳——这简直乱了套！有个牧师罗冷也爱着棣纳呢，他当众揭发约翰以前干下的丑事。约翰气愤极了，他指望姐夫博尼克能站出来说明真相，可博尼克却缩着头不肯向前。

约翰气得发狂，他拿出两封博尼克的亲笔信，说是早晚要把这事说说清楚；不过他得先回美国一趟，回来就跟棣纳结婚。

这是怎么回事呀？原来当年跟女戏子干下丑事的不是约翰，恰恰是博尼克。公司的钱也不是约翰偷的，而是博尼克私下挪用，去堵戏子丈夫的嘴巴。最终是约翰替他顶罪，他才保住名誉，有了今天。而楼纳则是他最初的恋人，后来他见楼纳的异母姐姐得了一份财产，就狠心撇下楼纳娶了她姐姐。

博尼克起劲儿鼓吹修铁路，也并非为市民着想。——他早就贱价买下沿线的森林、矿山，只等着"火车一响，黄金万两"呢！

眼下博尼克感受到威胁，竟动了杀机：明知约翰乘坐的船没有修好，而海上就要起风暴，他仍下令如期开船。——可是阴差阳错，约翰没走；倒是博尼克的小儿子偷偷上了船。幸亏船长没听博尼克的命令，才保住一船人的性命！

这时城里正举行盛大游行，听见民众高喊"社会支柱博尼克万岁"的口号，博尼克觉得这简直是在讥笑他、挖苦他呢……

心灵受到强烈震撼，他当众坦白了自己的罪恶，表示要洗心革面、重新做人。——然而这样一个欺世盗名的大恶棍，干了一辈子坏事，一天前还盘算着杀人灭口呢，真的能"放下屠刀，立地成佛"吗？

仿佛是要跟《社会支柱》做对照，易卜生还写了一出《人民公敌》。剧中这位"人民公敌"，其实是个耿介正直、敢于坚持真理的医生。他发现本市的浴场遭到工业废水的污染，便主张关闭浴场，进行治理。

可他那当市长的哥哥为了赚钱，硬逼着医生弄虚作假、更改报告；并纠集不明真相的民众围攻他。——最终医生家的门窗都

《人民公敌》演出剧照

被砸烂，房东也请他卷铺盖走人。就这样，一个正直的人变成了"人民公敌"！

大骗子、大恶棍做了"社会支柱"，坚持真理、不肯说谎的人倒成了"人民公敌"；这个社会简直是个颠倒的社会——这就是易卜生的结论。

《玩偶之家》："小松鼠"变成"下贱货"

易卜生戏剧中影响最大的，是那部《玩偶之家》——"玩偶"就是洋娃娃，是招人喜爱、供人摆弄的玩意儿。

《玩偶之家》的女主角娜拉，是个伶俐可爱的女子。小时候，她爹宠爱她，叫她"泥娃娃"。结婚后，丈夫张口闭口叫她"小鸟儿""小松鼠"，仍然把她当成个大娃娃。

娜拉的丈夫海尔茂是个律师，眼下就要当上银行大经理啦。两人恩恩爱爱，还有三个活泼可爱的孩子。这个家庭，人人羡慕。可是不久，有个叫柯洛克斯泰的银行职员找上门来，娜拉的心中蒙上了阴影。

原来几年以前，娜拉两口子很穷，丈夫又得了重病，医生说不去南方疗养，就很危险。娜拉便私下向柯洛克斯泰借了一笔钱，陪海尔茂到意大利住了一年，终于治好了他的病。——以后娜拉省吃俭用，熬夜替人家抄抄写写，债总算快还清了，而海尔茂还蒙在鼓里呢。

当年借钱时，柯洛克斯泰要娜拉的爹爹作保。可那会儿爹爹也病着。为了不打搅老人家，娜拉就代爹爹签了字。——她哪里知道其中的利害：伪造签名是要判刑的！

如今海尔茂当上银行经理，要把名声不好的柯洛克斯泰解雇掉。柯洛克斯泰便抓住娜拉伪造签字的过错来要挟她，要她劝海尔茂改主意。——谁知海尔茂不但不听，反而马上写了一封辞退信寄给对方。对方也不示弱，立即给海尔茂回信，把娜拉伪造签名的事和盘托出。

海尔茂看了信，气得脸色铁青。他大骂娜拉，说娜拉瞒着他干了违法的事，把他的前途毁啦！又骂娜拉是"伪君子""下贱女人"。还说她爹不信宗教、不讲道德，把坏德行都传给她啦。又说她不配管教孩子，不能让孩子受她的坏影响！

娜拉看着凶神似的海尔茂，仿佛今天才头一次认识他似的。可就在刚才，他还搂着娜拉，说是"我常盼着有桩危险的事威胁着你，好让我拼着命救你、牺牲自己"呢。

正闹得不可开交，突然有人送来一封信。原来经过娜拉一位女友从中说和，柯洛克斯泰改变主意，把字据还给了娜拉。

《玩偶之家》演出剧照

海尔茂一块石头落了地，不由得喊起来："我没事啦，我没事啦！"转过脸又甜言蜜语地哄娜拉："我已经饶恕你了，我知道你是爱我，又缺少经验，才做下错事的。受惊的小鸟，别再害怕了。"

可经过刚才那场风波，娜拉像变了个人似的。她觉得自己这些年，不过是让人玩耍的一个玩偶！

她冷静地向海尔茂宣布要离开这个家。海尔茂还想拿孩子打动她，说你忘了你是个妻子、是个母亲了吗？娜拉说："可是我首先是个人，是跟你一样的人！至少我要学着做·个人！"娜拉把结婚戒指还给海尔茂，只拿了个小手提包，头也不回地走了。

楼下的大门"砰"的一声关上了——海尔茂瘫倒在沙发里……

一出戏扰乱了万家餐桌

《玩偶之家》一上演，社会上像是炸开了锅。一些抱大男子主义的人责问：怎么，一个女人抛弃丈夫丢掉孩子，还值得歌颂吗？

这种争论一直扩散到国外，连托尔斯泰也表示不理解。由于问题提得太尖锐，又是那样不可回避，一时间它几乎搅乱了所有家庭的饭桌。有一阵子，谁家若是请客，总要在客人面前摆个字条："莫谈娜拉！"以免主客在饭桌上争吵，伤了和气。

不过谁也不能否认，娜拉的形象有着独特的魅力。她爱丈夫，为了他，多重的担子也能一个人挑起来。

她知道丈夫爱面子，不愿受妻子的恩惠，因而始终将借债的事瞒着他。为了还债，她整夜躲在屋子里抄啊写啊，又舍不得吃、舍不得穿，克扣自己，还担着"不会过日子"的埋怨……她从不说什么"盼着有桩事威胁着你，好让我为你牺牲"的肉麻话，可干的，却完完全全是牺牲自己、成全爱人的事。——这样的女性，难道不值得歌颂吗？

剧本结尾处，易卜生用震动人心的关门声，向这个轻视妇女的社会提出了警告和抗议。如果有谁还不猛醒、还不感动，却大谈什么做妻子的道德、当母亲的责任，真可以说是冥顽不灵啦！

横扫"群鬼"清"阴沟"

爷爷说得有些激动。沛沛问："娜拉走是走了，可她怎么活下去呀？"

爷爷听了这话，不觉笑了："文学总归是文学。易卜生让娜拉出走，是为了表示一种义愤。作为文学人物，她的行动在社会上引起巨大的反响，她的任务也就完成了。

"不过社会上对娜拉的责难，却始终没停止。于是作者又写了那部《群鬼》，回答责难者。

"《群鬼》的女主角阿尔文太太跟娜拉正相反。她性格懦弱，胆子小、爱面子。结婚时，她已发现丈夫是个荒唐鬼，花天酒地、不务正业，还跟女仆乱来。可是阿尔文太太总抱着息事宁人的态度，生怕家丑外扬，对丈夫一味退让。

"以后阿尔文太太生下个儿子，竟从胎里带来'花柳病'；长大后病情发作，惨死在她眼前。——假如她一发现丈夫的真面目，便像娜拉一样毅然出走，还会有后来的悲剧吗？

"《群鬼》虽然没能回答娜拉出走后怎么活下去的问题，却告

诉人们不能挣脱恶婚姻的锁链，会是怎样的结果。"

"可是戏名为什么叫《群鬼》呢？"沛沛又问。

"因为戏里总在'闹鬼'。当年阿尔文太太的丈夫跟女仆在屋里调情，仿佛是在闹鬼。后来儿子又跟丈夫的私生女纠缠，房子里又闹起鬼来。这个'鬼'跟了阿尔文太太半辈子，以致她觉着自己也像鬼似的。

"其实，旧观念、旧道德才是真正的鬼呢。——《群鬼》一上演，触动了社会上的'鬼魅'。于是有人攻击说：真不像话，怎么把花柳病也弄到舞台上来了？

"当时有些人对左拉的自然主义挺反感，于是便把易卜生也说成是左拉的一派。易卜生不服气，他说：'左拉是下阴沟洗澡，我却是为着清理阴沟才下去的！'——不管他对左拉的评价是否准确，这话却说出了他自己的文学主张。

"易卜生的《玩偶之家》和《群鬼》虽然是家庭剧，反映的却是社会问题。易卜生以前的戏剧家们总偏爱历史题材和爱情题材，易卜生却把尖锐的社会问题写进戏剧里，开创了'社会问题剧'的新样式。

"后人把这位白发银须、面孔严肃的挪威老人，尊为'现代戏剧之父'。"

第 44 天

霍桑、惠特曼等
新大陆作家

美国·19世纪

话说美国

爷爷坐在藤椅上，吹吹杯子里浮着的茶叶，呷了一口，开始了今天的话题："该说说美国文学啦。为什么刚说到美国呢？因为美国建国历史不长，从独立战争到今天，不过二百年光景。

"其实在哥伦布发现美洲大陆之前，美洲的印第安人已有好几千年的文明史。只是那会儿的文学主要是民间口头创作，大多没有文字记录。

"以后移民来了，忙着垦荒种植，为吃饭穿衣而苦斗，又哪里有闲心舞文弄墨呢？最早的北美文学，是一些宗教诗歌。到独立战争前后，产生了鼓吹革命的诗文，美国才有了自己的民族文学。

"美国成为独立国家，是在1776年。又过了八十多年，到1861年，北美大陆又爆发了一场大战，那就是南北战争。

"原来美国独立以后，英国的殖民统治是摆脱了，可是在美国国内，依旧存在着种族压迫。四百万来自非洲的黑奴，没日没夜地替白人奴隶主干活，却连最起码的做人权利也没有。

"尤其是在南方，黑奴的境况就更糟，那里的奴隶主也格外凶残。1861年，林肯当选为美国总统。他顺应民心，决心废除罪恶的蓄奴制度。——可没等林肯解放黑奴，南方的奴隶主反倒先动了手。他们组织军队反对林肯，一场大战已是不可避免了。

"南北战争前后打了五年，最终以北军的胜利而告结束。战争结束时，林肯接见了一位女作家，称她是'引起一场大战的小妇人'。

美国南北战争题材的绘画

"一个手无缚鸡之力的弱女子，怎么能引起一场大战呢？原来，这位女作家斯托夫人（1811—1896）在十几年前写了一部小说《汤姆叔叔的小屋》，揭露了蓄奴制的野蛮丑恶。这场大战的导火索，正是被她点燃的！"

《汤姆叔叔的小屋》：一部小说引发战争

汤姆叔叔是南方肯塔基州一家种植园里的黑奴。他勤劳、忠厚、信奉基督，深受主人信任。他跟妻子、儿女住在一间小木屋里，过着平静的生活。

可是不久，他的主人破了产。有个叫哈利的奴隶贩子，点着名要汤姆和另一个女奴伊丽莎的儿子去抵债。

伊丽莎得知消息，就不顾一切地带上儿子逃出种植园，以后跟丈夫会合，一块儿去了自由的加拿大。——汤姆叔叔却不肯逃跑。他一辈子忠心耿耿，怎么能干对不起主人的事呢。他因此被人贩子卖往远方。

在轮船上，汤姆救起一个落水的白人女孩，女孩的爹爹为了谢他，花高价把他买下来，待他还不错。可是好景不长，新主人不久就死了。这一回，汤姆落到一个凶恶的奴隶主手里。

有一天，汤姆见有个女奴病得站都站不住，还被逼着到棉田摘棉花，就偷偷把自个儿摘的棉花塞进女奴袋子里。不巧这事让主人看见了，非逼着汤姆抽打那女奴不可。

汤姆不肯，恶主人打着问他："我花钱买了你，你是属于我的，怎敢不服从主人？"汤姆泪流满面，仰天答道："不，不，我的灵魂不属于你，你永远买不到的！"

《汤姆叔叔的小屋》插图

后来庄园有两个女奴逃走了。主人追问起来，汤姆死也不肯说。就在汤姆被打得奄奄一息的当口，旧主人的儿子乔治赶来赎他回去。——然而乔治来晚了，这个一生善良、从不反抗、虔信上帝的黑奴，已经咽了气。

乔治赎回他的尸体，把他安葬了；接着又释放了家中所有的黑奴。他让黑奴们时时想着汤姆叔叔的小屋，把它当成神圣的纪念碑。

小说作者斯托夫人就住在俄亥俄河北岸。隔着河，她了解了不少南方黑奴的悲惨境遇，还亲自帮助过逃往北岸的黑奴呢。

后来她决心把自己掌握的真实材料写成一本小说，好让更多的美国人了解蓄奴制的黑暗内幕。虽然她身体不好，又有七个孩子，平时忙得连写封信的工夫都没有，可她硬是挤出时间，写下了这部震惊美国的大作。

小说先在华盛顿一家杂志上连载，立刻引起巨大反响。在1852年一年中，这部小说竟印了一百多版，三十万册！在国外印得就更多，一年中竟卖出二百五十万册！

南方的奴隶主们恨得牙根儿发痒。他们给斯托夫人寄来恐吓信，有的信中还夹着子弹，甚至装着血肉模糊的黑奴的耳朵！——可这又有什么用？废止蓄奴制的舆论高潮早已被掀起来啦。小说出版后的第十个年头，终于爆发了南北战争！

霍桑之问：胸膛红字何处来

《汤姆叔叔的小屋》是美国最早的现实主义小说。那么美国

霍桑

有没有浪漫主义作家呢？有，他就是跟斯托夫人同时代的霍桑。

霍桑（1804—1864）的祖上是美国移民中的名门望族，属于最早由英国迁来的那一批。这些人大都是清教徒，住在美国东部的几个州里。那地方因而被称作"新英格兰"。霍桑的小说，便总是拿这个地区做背景，几乎篇篇笼罩着浓郁的宗教气氛。

有一部《红字》，是霍桑最有名的长篇代表作。故事发生在东海岸的波士顿。小说一开始，一大群身穿素衣、表情严肃的清教徒正围在监狱门口，等着看审判犯人。

牢门打开了，走出一个容貌端庄的年轻女子，还抱着个不足百日的女婴。她站到示众台上，胸前缀着个红色的字母"A"——那是清教徒强加给"通奸犯"的耻辱标志。

人们七嘴八舌，逼这女子说出奸夫的名字。照规矩，只要她说出来，就可以得到宽恕。——她脸色苍白，神情却十分坚定。无论谁问，她只有一个回答："我的孩子只有天上的父亲，她永远不会认识一个世俗的父亲。"

这女子名叫白兰，年纪轻轻就嫁给了一个上了年岁的术士罗杰，但两人并没有真感情。后来他们从荷兰移民北美，白兰先到了波士顿，罗杰却在海上失踪了。

白兰独自生活了两年，如今竟生下个女孩来，这明摆着是犯了通奸罪！因此她被关进了牢狱。

其实她的丈夫罗杰已经悄悄来到，白兰示众时，他就在台子下面的人群里。他以医生的身份住下来，明察暗访，发誓要把"奸夫"找出来。

渐渐地，他对牧师丁梅斯代尔起了疑心，便搬去跟牧师同住；嘴上说是替牧师治病，却时时冷眼旁观、旁敲侧击，闹得牧师心神不宁，病反而加重了。

白兰被放出来后，带着小姑娘住在郊外，靠刺绣度日，还常常帮助穷人。她胸前依旧戴着红字，可日子一长，人们也就司空见惯，不以为辱了。

牧师的情况却是越来越糟。他常常背着人用鞭子抽打自己，或用绝食来惩罚自己。有一天夜里，他梦游般走到广场上，在示众台上独自一人站到天亮。罗杰依然一刻不停地缠着牧师。他看出来，牧师就是他

《红字》插图

要找的那个人！

白兰在树林里见到了丈夫，求他别再缠着牧师；罗杰哪里肯听。白兰暗中约牧师一道逃走，又替牧师订好船上的位子。——可不久就得知，罗杰也在船上订了位子！

这天是新州长就职的日子，牧师做了布道演讲。演讲完毕，他面无人色地走出礼堂，拉起白兰和孩子，径直走上广场的示众台。他郑重地对教民们说："我终于站到了七年前就应同这女人一道站立的地方！你们看，这女人胸前戴着红字，你们都嫌弃她。可有一个人也有罪恶和耻辱的烙印，你们却不曾嫌弃呢！看，现在他就站在你们面前！"——他猛地把衣襟撕开，人们看见他胸前烙着一个鲜红的"A"字！

牧师心力交瘁，倒在了示众台上。罗杰没能亲手报仇，不久也病死了。白兰带着孩子离开了波士顿。——不过多年以后，她独自一人回来了。女儿在大洋彼岸成了家，日子过得挺美满。

白兰依旧戴着红字，四处行善。在人们眼里，这个代表耻辱的记号，已经成为行善积德的标志啦。

白兰死后，就葬在礼拜堂边的墓地里。她的新坟和一座旧坟合用一块墓碑，碑上刻着一个鲜红的"A"字。

"幽谷里颜色苍白的小花儿"

一个女子为了爱情，竟能独自承担起宗教、法律乃至整个世俗社会的重压，她的精神力量，该是多么惊人！大概只有用"神圣"这样的字眼儿，才能准确概括她的形象吧。——牧师和罗杰，一个懦弱畏缩，一个放纵恶念。有了这两个男子形象的映衬，白兰形象愈发显得圣洁。

霍桑受过高等教育，上大学时，跟美国历史上有名的总统富兰克林·皮尔斯是同学。他的长篇小说还有《带有七个尖角阁的房子》《玉石雕像》等。短篇小说大都收在《重讲一遍的故事》和《古屋青苔》等几个集子里。

霍桑的小说中，总有一种恍惚迷离的神秘气氛。例如《红字》中牧师胸前的红字，是他自己烙上去的呢，还是一种超自然的力量刻上去的？作者不说，只凭读者去猜测。

此外，《带有七个尖角阁的房子》写一座凶宅，神秘恐怖的气氛就更浓。再如短篇小说《教长的黑纱》，写一位教长在一个少女死去的那天，无端戴上了一幅黑纱；以后直到死，再也没摘下过。——虽然作者没向读者透露谜底，可读者自能从隐隐约约的暗示里，体味出人心难测、世情虚伪的弦外之音来。

霍桑称自己的短篇小说是"幽谷里颜色苍白的小花儿"，正说中他那清新朴素、似梦非梦的风格特点。不过说到小说里的神秘气氛，霍桑比起美国另一位小说家爱伦·坡，就又稍逊一筹啦。

爱伦·坡：厄舍古厦惊悚篇

爱伦·坡（1809—1849）父母早亡，他姓的是养父的姓。上大学时，他因为选择专业的事，跟养父吵翻了。以后投笔从戎，进了有名的西点军校，却又因违犯军规被开除。这以后，他卖文为生，穷困潦倒。妻子死后，他常借酒浇愁，精神渐渐失

爱伦·坡

常。——四十岁的一天，他醉倒在一家小酒馆里，再也没醒来。

爱伦·坡一生共写了七十多篇短篇小说，收在《述异集》《莫格街谋杀案》和《故事集》三个集子里。他的小说大致分为惊悚小说和推理小说两类。惊悚小说有《厄舍古厦的倒塌》《红色死亡假面舞会》《黑猫》等。推理小说则以《莫格街谋杀案》《被窃的信件》和《金甲虫》等为代表。

就来看看《厄舍古厦的倒塌》吧，说的是一个古老家族，世代住在一座阴森的古厦里。到了劳德立克和他妹妹玛德琳这一代，这个家族已经没落了。

这兄妹俩全都患有一种癫狂症。当哥哥的没等妹妹咽气，就把她塞进棺材里，锁进地下室。

几天后的一个深夜，劳德立克隐约听见一阵挣扎声，接着就是棺材被劈开的声音。老屋的门吱吱嘎嘎地响着，刹那间，身裹尸衣、血迹斑斑的妹妹像个幽灵似的跌进门来，倒在了哥哥身上！

劳德立克吓破了胆。就在这当口，一阵狂风骤起，老屋坍塌下来，发出惊天动地的巨响，把这兄妹埋在下面。——"把害怕发展到恐惧、把奇特变成怪异和神秘"，这就是爱伦·坡的文学主张。

《红色死亡假面舞会》场面要大得多。中世纪时，有个国家流行一种"红色死亡"瘟疫，其实就是出血热，先是脸上出现猩红色斑点，接着伴随剧痛，浑身毛孔出血，很快就一命呜呼！

有位王爷为了保护自己和周边人，率领大家躲进一处城堡。卜千名骑士和小姐住进城堡，自然是日日饮宴、夜夜笙歌！

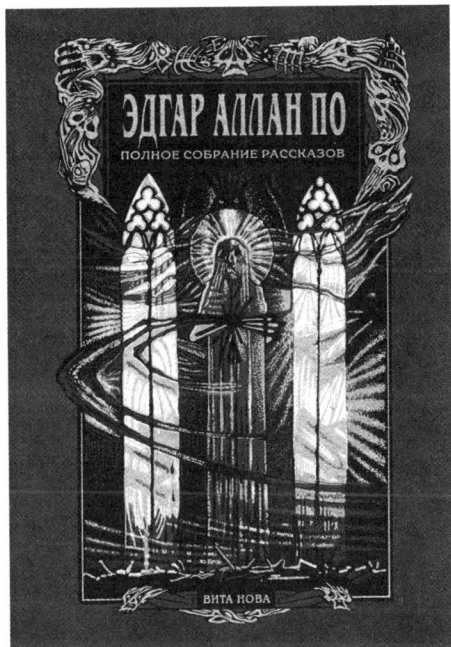

爱伦·坡作品集

一次在客厅举行假面舞会，人们戴着各色面具、身穿奇装异服来赴会。午夜时分，狂欢达到高潮，忽然有个蒙面人来到他们中间。只见他身穿寿衣，戴着僵尸面具，身上还溅着鲜血，脸上满是猩红斑点。——这不是红色病魔吗？

王爷一见大怒，手持短刀追上前去，奋力一刺。——随着一声惨叫，倒在地上的竟是王爷自己！人们一拥而上，捉拿红色病魔，可抓在手里的，只有那件寿衣和僵尸面具！

红色魔鬼找上门来，还有好结果吗？寻欢作乐的人们横七竖八倒在血泊中，死亡和鲜血终于统治了这个世界！

《莫格街谋杀案》：推理小说开先河

《莫格街谋杀案》说的是莫格街的一家寓所里，有个妇人连同她的女儿被人杀害了。从杀人的方式看，凶手力大无穷，又非常灵活，警方感到束手无策。

这案子引起业余侦探杜品的兴趣。——杜品有着古怪的才能和超常的分析力，平时跟朋友一块儿走路，凭着分析推理，能随时说出朋友正在想什么。

他从莫格街杀人现场的蛛丝马迹推断：杀人凶手不是人，而是一只大猩猩。他在报上登出一则广告，不久果然有个水手登门承认：是他从海外带回一只猩猩，不小心让它跑掉了，竟酿出这样的惨祸……

半个世纪以后，柯南·道尔创造的大侦探福尔摩斯的形象中，显然就有着杜品的影子。而爱伦·坡也成了公认的推理小说鼻祖啦。

此外，爱伦·坡还是科学幻想小说的先驱。譬如那篇《瓶

《瓶中手稿》插图

中手稿》，是作者较早的作品之一，写一个水手在热带海洋上遇险，船陷进一个大漩涡，水手也被抛到一艘直冲过来的鬼船上！那艘鬼船在风暴中张满风帆，铜铸的大炮闪闪发光。然而船上的人全都老态龙钟，而且根本无视水手的存在……水手把这经历写下来塞进漂流瓶，便是这篇用第一人称撰写的小说了。读着那惊险恐怖、有声有色的文字，竟让人有身临其境之感！

人们称爱伦·坡为"怪才"，有人则称他的作品是"五分之三的天才，五分之二的胡说八道"。

爱伦·坡也写诗，美国大诗人惠特曼评论他的诗是"想象文学的电光，虽然光华耀眼，却缺少热力"。——这应是很公允的评价。

惠特曼《草叶集》：为"自己"而歌唱

惠特曼的诗却完全不同。无论是谁，一读他的诗，立刻会被他那健康向上、开朗热烈的情绪所打动，不由自主想到海边、田野去拥抱大自然，拥抱每一个男人、女人，黑人、白人……

惠特曼（1819—1892）出生在纽约长岛一个农民家庭。父亲后来当了木匠，承建房屋。惠特曼只念过几年小学，十一岁时就离开学校给人家打工，当过印刷工人。靠着勤奋自学，他后来进入报社当了编辑；以后又回到家乡帮父亲经营建筑业，还开过书店。

他从二十岁起开始写诗，不过他一生只出过一部诗集，就是《草叶集》。这部诗集在他生前再版八次——初版时，只有薄薄的几十页，收入十二首诗。当时惠特曼三十六岁，因为当过印刷工人，因此自己排版，自己印刷。以后每再版一次，便增加

惠特曼

一些诗篇。到第八版时，已成为厚厚的大部头，足足收诗三百九十六首！惠特曼也从三十六岁的年轻人，变成七十三岁的白发老翁啦。

《草叶集》中最长的一首诗，是《自己之歌》，总共有一千三百多行。说是"自己之歌"，其实诗人歌颂的却是整个人类。诗的第一节就写着：

我赞美我自己，歌唱我自己，

我所讲的一切，将对你们也一样适合，

因为属于我的每一个原子，也同样属于你。

长诗不是讲述一个完整故事，只是随心所欲地抒情。——诗人是个喜欢游荡的人，没事就到田野、林间、城镇、乡村去游逛。而《自己之歌》给人的印象便是走到哪儿写到哪儿，想起什么就写什么。

于是读者随着诗人来到辽阔的原野、热闹的集市、宁静的乡间；跟着诗人到海边拾蚌壳、看风帆，或是瞧铁匠抡锤、屠户磨刀，有时还把鼻尖压在百老汇商店的玻璃橱窗上好奇地往里瞧……

诗中还写了一个逃亡的黑奴，他不安地来到诗人的屋前。诗人把他领进门，替他涂药治伤，请他同桌吃饭，等他身体康复后才放他去北方……

长诗共五十二节，自始至终流动着健康向上的活力、乐观自信的精神。惠特曼爱自己，爱每一个人，也爱一切动物、植物乃至空气、声音……他把自己和人类万物都融在了一起，连死亡也显得不那么可怕啦，这该是多么崇高广阔的境界！

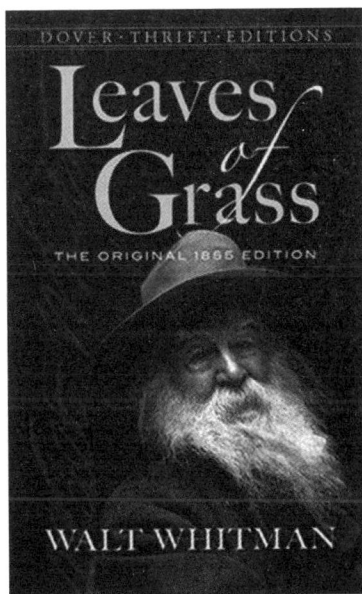

英文版《草叶集》

小草的形象在诗中一再出现，诗人称它是"由代表希望的碧绿色物质所织成"的"我的意向的旗帜"！诗人甚至愿意化作这样一棵小草。他在诗的最后写道：

> 我将我自己遗赠给泥土，然后再从我所爱的草叶中长出来，
> 假使你再要见到我，就请在你的脚下找寻吧。

说到底，诗中的小草就是生生不已，既平凡又伟大的人民的象征啊！

手把斧头开新宇

《草叶集》中还有一首《斧头之歌》，那是赞颂拓荒者的。斧子在拓荒者手中不再是染血的兵器，而是创造美好生活的工具。人们要用它建起一座"伟大的城池"来。这座城池所以伟大，不在于它有多少高楼大厦、宝货金钱或是英雄的纪念碑，重要的是：

> 那里没有奴隶，也没有奴隶的主人，
>
> 那里人民能立刻起来反对被选人的无休止的胡作非为。
>
> 那里男人女人勇猛地奔赴死的号召，有如大海的汹涌的狂浪。
>
> …………
>
> 那里……总统、市长、州长只是有报酬的雇佣人，
>
> …………
>
> 那里妇女在大街上公开游行，如同男子一样……

这就是诗人心中理想世界的蓝图。

惠特曼还把对美好未来的向往付诸行动。他一生从事过多种工作，当过学徒，做过教师，还经营过小印刷厂，并办过报纸，当过编辑。南北战争打得最艰苦的时候，他到华盛顿当上战地医院的护理，亲自照看伤兵。他还业余替人抄写文稿，把得来的钱全都用在伤兵身上。这中间，他也曾因失业而到处流浪，深入底层社会，跟船夫、领航员、马车夫、渔夫、搬运工交朋友，把他

们写入诗中……

繁重的劳作、艰苦的生活，毁了他的健康。他生命中的最后二十年，是在病床上度过的。不过战争使他的才能更加成熟了，他自己就说过："不经过那些战争岁月，就根本不会有《草叶集》！"

惠特曼是个土生土长的美国诗人。他不崇拜古老的欧洲文明。他的诗，从内容到形式，都有他自己的独特风格。他的诗里没有神话故事，也没有帝王将相；所歌唱的，全是北美大陆上的新事物和普通人，诗中洋溢着的是一个新兴民族特有的乐观精神。

他的诗不重文辞，甚至也不用韵脚；但诗中却有着一种海涛滚滚而来的气象，在一起一伏之间，显示出内在的韵律美来。——可以说，惠特曼开创了美国民族诗歌的新风格。

说起来容易，然而惠特曼的路走得并不轻松。譬如刚开始，他把自己的作品拿给出版商，出版商看也不愿看。他只好自费印了一千本。可是报纸上又骂他的诗是"杂草""垃圾"，还说他是"疯子"，是"伤风败俗的恶徒"。——他一度在内务

惠特曼诗集中译本

部谋了个职员的差事，新上任的部长发现他是《草叶集》的作者，二话不说就把他辞退了！

惠特曼不但没被骂倒、吓倒，反而很快又将诗集出了第二版、第三版……这全靠了他那压不垮、骂不倒的硬汉精神的支撑呢。

《白鲸》：海上浮棺惊煞人

说起来，美国文坛上还有好几位硬汉作家。像杰克·伦敦和海明威，咱们以后都要陆续说到。此处还有一位麦尔维尔（1819—1891），虽然不如那两位名气大，可他的长篇小说《白鲸》，却也世界知名。

小说写的是一伙硬汉水手跟一条怪鲸进行生死搏斗的惊险故事，是以一名水手自述的形式展开的。这名水手叫伊希马利，在"皮阔德"号捕鲸船上讨生活。船长亚哈是个凶狠的恶汉，捕鲸四十年，没想到栽在一条大白鲸身上。

那条白鲸远看像座雪山，不但个头儿大，而且狡猾无比。亚哈船长上次出海时，被它咬断了一条

《白鲸》插图

腿。从那时起，他心里就只剩下一个疯狂的念头：寻找大白鲸复仇！他把金币钉在桅杆上，说谁先发现大白鲸，金币就归谁。他这么一煽惑，全船的人都像是中了邪、发了狂，跟着亚哈饮酒赌誓：不是鲸死就是船破！

跟伊希马利一块儿在船上当水手的还有黑人魁魁格。他来自吃人部族，浑身刺着花纹，戴着一尊人头骨雕成的神像——其实他是个心地善良的好人。以后他在船上得了重病，按照部族的风俗，他让人为他打造了一只独木舟式的棺材。病好后，他便用沥青把棺材封好，当成救生艇。

船上还有个邪教徒叫费德拉，他目光神秘，能知过去未来。据他说，亚哈船长一旦在海上看见两口棺材——一口是非人工的，一口是用美国木材打造的——便会死于绞刑。而他自己将死在亚哈前头，为亚哈当"领港人"。

白鲸终于被追上了。亚哈亲自驾着小艇跟它搏斗。可小艇很快被白鲸撞得粉碎，幸好人没死。

到了第二天，白鲸身上中了好几把鱼叉，仍在海面上挣扎、翻滚着，撞翻了两只小艇。这一回，邪教徒费德拉没被救起来。

第三天，白鲸已经奄奄一息。当它的脊背露出水面时，人们看见在鱼叉、绳索交叉纠缠的地方，托着费德拉的尸首。——这不就是"非人工的棺材"吗？

紧接着，亚哈船长的小艇又被白鲸撞碎了。副船长开着大船去救他，那鲸鱼用尽最后的力气，猛地朝大船撞来，大船开始下沉。——亚哈到此刻才明白："用美国木材打造的棺材"就是"皮阔德"号捕鲸船呀！

这时亚哈的脖子被两条鱼叉上的绳索缠住了，白鲸向前一拖，他刹那间被活活绞死了！

大船转眼沉入水中。伊希马利落了水，正随着漩涡下沉，突然有样东西把他托了起来，原来那是魁魁格的棺材！——不久，伊希马利被另一条捕鲸船救了起来，"皮阔德"号满船人只活了他一个……

经历独特的麦尔维尔

"完了？"沛沛和源源几乎同时问道。

"完了。"爷爷回答。

两个孩子都喘了一口气。沛沛问："这位作者是什么人呀？"

"你问麦尔维尔吗？他出生在纽约，父亲是个商人，很早就去世了。麦尔维尔十五岁就独自外出谋生，当过银行职员、皮货店店员，后来到一条商船上打杂儿，二十二岁又在一条捕鲸船上做了水手。由于船长对水手太苛刻，他曾逃到太平洋的一座海岛上。据说那儿的原住民是吃人的生番；可麦尔维尔被他们逮住后，却受到了热情款待。

"以后他又从军当了水兵，前后在海上生活了四年。麦尔维尔创作小说是退伍以后的事。他的小说，也总离不开海洋题材。为了写好《白鲸》，他到图书馆查阅了大量关于捕鲸的资料，加上自己的生活阅历，把捕鲸生活写得格外真实。有人就称《白鲸》是'捕鲸百科全书'呢。"

源源一直在凝神想着什么，这时开口问道："这部小说要说明什么呢？"

爷爷说："以前的读者也这么问过，不过人们的理解各有不同。有人说，白鲸象征着一种超自然的力量；亚哈呢，他虽是条硬汉，可身上的恶本性却多了些。这两种力量相拼，不同归于尽才怪呢。

"也有人说，资本主义大生产的方式就像是难以驾驭的大怪物；小说里的白鲸，就是这个庞然大物在文学中的投影……

"小说刚出版时，反响并不大。以后人们越琢磨越觉得有味儿，书中那非凡的气势、惊心动魄的场面、神秘的气氛、深奥的象征意义、悲剧的结局，都成了人们谈论的话题。——这部别具风格的小说，也成了举世公认的名著啦。"

诙谐的马克·吐温，严肃的德莱塞

马克·吐温：水深十二码

"中外许多文学家的童年并不幸福。像昨天介绍的惠特曼、麦尔维尔，从小就为生活奔忙，他们那天才的刀锋，是在生活这块粗石头上磨砺出来的。今天咱们要介绍的两位美国作家马克·吐温和德莱塞，也都是从艰苦生活中奋斗出来的。

"说到马克·吐温（1835—1910），就不能不提到美国的一条大河——密西西比河。马克·吐温就出生在河边的一座小城汉尼拔。

"马克·吐温的父亲是个乡村律师，家里还开着爿小店。十二岁那年，父亲去世了，马克·吐温只好到印刷工厂当学徒。以后他又对水手生活发生了兴趣，就登上

马克·吐温

密西西比河的一艘轮船，当了一名领航员。他那部名叫《密西西比河上》的自传体小说，记录的就是这一时期的有趣生活。就是'马克·吐温'这个笔名，也跟这段水手生活有关呢。

"马克·吐温原名叫萨缪尔·兰亨·克莱门斯。他在船上干活时，常听人喊：'马克，吐温！'那意思是：水深十二码！——因为只有水够这个深度，船才能顺利通过。

"船上有个老船长，常常给报纸写点儿航行知识的'豆腐块'。马克·吐温好开玩笑，一次偷了老船长的一篇短文，加上许多俏皮话，寄给报社。署名时灵机一动，就用水手们常喊的'马克·吐温'做了笔名。

"不想这篇文章真的发表了，这要算马克·吐温的处女作啦。'马克·吐温'也就成了他的笔名，跟了他一辈子。

"除了在密西西比河上做领航员，马克·吐温还当过兵、淘过金，快三十了才干起写作这一行。他先是当记者，编报纸，业余时间则创作小说。"

源源说："我读过马克·吐温的小说，以短篇的居多，大多是讽刺性的，让人笑破肚皮！"

"是呀，他那好开玩笑的性格渗透到小说里，形成幽默讽刺的风格，成了他作品的一大特色。"爷爷回答："让我们看看他的早期短篇《卡拉韦拉斯县驰名的跳蛙》吧。"

跳蛙"跳"出新文风

卡拉韦拉斯县有个叫吉姆的人，专爱跟人家打赌。后来他捉了一只青蛙，整整花了三个月的时间训练它跳高、翻跟头。他夸下海口，说他这只跳蛙全县第一。

一次，他拦住一个外乡人，逼着人家跟他斗蛙打赌，还替那人随便捉来一只青蛙。可是奇怪，他的跳蛙这回却跳不起来了。外乡人赢了四十块钱，扬长而去。吉姆这才发现，自己跳蛙肚子里被那人足足灌了两大把打鸟用的铅弹……

跳蛙故事本来是美国西部流传的民间故事，被作者这么一渲染，格外引人发笑。——以前美国作家总是模仿欧洲文学风格，马克·吐温的作品却带着浓郁的美国乡土气息，字里行间净是些美洲独有的方言俚语。尽管守旧的评论家看不惯，说他败坏了英语文体的高雅风格，可人们不能不承认，从马克·吐温开始，美国才有了本土文学！

马克·吐温第一部长篇《镀金时代》，是跟别人合作的，写的是邮政局长霍金斯和他的老朋友赛勒斯上校的黄金梦。——上校是个穷汉，却慷慨好客，满脑子幻想，觉得美国这地方连空气里都是钱。霍金斯听了他的话，携家带口搬到密苏里州，跟他一块儿去捡"遍地的金子"。结果两人碰得头破血流，到头来直混到吃生萝卜喝凉水的份儿上。

《镀金时代》插图

19世纪70年代，南北战争刚刚结束，美国国势上升，号称"黄金时代"。社会上人人都在做黄金梦，可是真正发财的，只是大商人、大政客。这个表面上金灿灿的时代，充其量不过是个"镀金"时代——这就是这部书的主题。

两部历险记，爱心出少年

马克·吐温独自完成的第一部长篇小说，是深受少年朋友喜爱的《汤姆·索亚历险记》。

汤姆·索亚是个小镇上的淘气孩子，不爱念书，又厌烦姨妈的管教，只想离家出走，去当个强盗，就像传说中的侠盗罗宾汉一样。

于是他约了好朋友哈克和乔奇，搞来一只木筏，还从家里偷了不少吃的，偷偷漂流到密西西比河的一个荒岛上。无拘无束的生活让他们开心，可没过几天，带来的食物就吃光了，他们只好回家去。

不久，镇上出了件谋杀案，有个医生让人杀死在坟场里。

《汤姆·索亚历险记》被拍成电影

嫌疑犯是个叫波特的人，可汤姆知道波特是冤枉的。那天夜里他刚好在坟场捉迷藏，亲眼看到杀人的是印江。为了不让好人受委屈，他挺身出来做证。淘气包成了小英雄，不过印江却跑掉了。

一天汤姆和孩子们去郊游，在一个山洞里迷了路，却意外发现了印江的踪迹。汤姆和小伙伴在山洞里转悠了三天三夜，才摸出洞口。——镇上人怕别人再误入山洞，就用铁板把洞口堵死了。

过了快一个月，汤姆才得知洞口被堵的事。他告诉大人：印江还在山洞里呢！等人们打开山洞一看，印江已经饿死在洞中。

以后汤姆和小伙伴哈克在山洞里发现了印江埋藏的一箱子金币，两人都发了财。这叫"善有善报"吧。

马克·吐温摸透了孩子们的心理：哪个孩子的小心眼儿里没有点儿淘气的念头？汤姆的一举一动，正合了他们的心思；何况汤姆还特别机灵，又有着正直的好品质，难怪孩子们都十分喜爱这部小说。

《汤姆·索亚历险记》中的配角哈克，在马克·吐温的另一部长篇《哈克贝利·费恩历险记》里成了主角。

哈克的爹爹是个酒鬼，喝醉了酒便打孩子。哈克偷偷跑到一座荒岛上，在那儿遇上逃亡的黑奴吉姆。他俩一同乘了木筏逃往"自由州"。一路上，这一黑一白、一老一少结成了患难与共的好朋友。他们相亲相爱，形同父子兄弟。

小说写的还是南北战争以前的故事呢。那时的孩子所受的教育是：帮助黑奴逃走，是要下地狱的！因此哈克也曾犹豫过，还差点儿去向吉姆的主人告发。可是一想吉姆对自己那么好，曾拼着性命救护自己，他终于下了决心：下地狱就下地狱好啦，反正不能出卖吉姆！——这种发自童心、超越了种族的友爱之情，真的很感人。

英国诗人爱略特就说过："哈克的形象是永恒的，可以跟浮士德、堂吉诃德和哈姆雷特相比。"美国的另一位大作家海明威说得更绝："全部美国文学是由《哈克贝利·费恩历险记》起源的……这是我们所有书中最好的一本。"——他们所称赞的，正是小说里表现出的博大的爱。

《哈克贝利·费恩历险记》插图

《百万英镑》：超级大钞的魔力

马克·吐温的讽刺艺术，在他的短篇小说里发挥得淋漓尽致。有一篇《百万英镑》，辛辣地揭露了资本社会金钱万能的本质。

一个名叫亨利的美国人流浪英国伦敦街头，他身无分文，看见人家扔在路边的梨核，也馋得流口水。这时有两位英国绅士给了他一个信封，要他暂时不要打开。亨利知道里面装的是钱，便不管三七二十一，先跑到一家饭店填饱肚子再说。

等吃罢饭付钱时，亨利惊呆了：信封里装的，竟是一张百万英镑的大钞票！——有位大阔佬肯赏光到店里来，饭店老板已感到天大的荣幸，哪里还肯要钱呢！他一路鞠躬，把亨利送出店门。

等亨利看清信中内容，才知道这钱原是借给他的，期限是一个月。而亨利有了这张大票子，在伦敦简直就如鱼得水啦。吃的、穿的、各种奢侈品，自有人争先恐后地送来。商人们唯恐这位百万富翁不肯到他们那里赊账呢。

亨利住进豪华的旅馆，派头比贵族还要大些。在一次宴会上，他结识了一位美国姑娘波夏。他还以百万富翁的身份支持一位朋友发行股票，一下子就赚了一百万！

原来，给他钞票的两位英国绅士正在争论一个问题：如果有个异乡人身无分文、举目无亲，只拿着这么一张不能花的大票子，能在伦敦生活下去吗？一位说，准得饿死；另一位说，他会活得很好。——于是亨利就成了他俩打赌做试验的"小白鼠"。

一个月过后，亨利将百万大钞完璧归赵。如今他自己有了钱，又找到了心上人，有没有百万大钞已经不重要

《百万英镑》被拍成电影

啦。——小说通篇只是夸张，可是它把资本社会人情冷漠、金钱万能的实质揭露得入木三分。一张只能看、不能花的大票子造就了一个穷汉的幸福，金钱就是那个社会的主宰啊！

哈德莱堡的声誉值几个钱

马克·吐温另一篇小说《败坏了哈德莱堡的人》，主题依旧是金钱，读起来似乎更有回味。哈德莱堡是个小镇，一向有着诚实、清高的美名。可是有一回它得罪了一个过路人，那人便想法子报复，要把小镇的美名毁掉。

不久，镇上的银行职员理查兹收到一个沉重的袋子，还附有一封信。信上说："我是个外乡人，当年因赌博而倾家荡产。镇上有位长者给了我二十块钱，还向我说了一句规劝的话。我由此改邪归正，才有了今天的发达。如今我是来报恩的，袋子里装的是一百六十磅金元，只要谁能说出当年规劝我的那句话，他必定就是我的恩人。请他把那句话写下来交给牧师，最终跟袋子里的底稿核对无误，这袋金币就是他的了！"

消息一公布，许多人都动起心思来：这位恩人很可能是已故的固德逊，可当时他究竟说了一句什么话呢？——正在大家费心思的当口，镇上的十九位头面人物都各自收到那位神秘人物的信，信中透露了那句规劝的话："你决不是个坏人，快去改过自新吧！"

这十九个家庭顿时都炸开了锅，他们开始盘算钱的用途，甚至有人已在赊账买东西……他们当然都以为，自己是唯一知道这秘密的人。——很快，神秘人物限定的期限到了，牧师陆续收到了十九封信。

公布结果的这天，全镇的人都挤到镇公所的大厅里。牧师当众拆开一封又一封信，信里的话全都一模一样。——拆到后来，不等牧师念，全镇的人便像唱歌似的齐声把那句词儿唱出来。镇上这些有头有脸的人：官吏啊，银行家啊，律师啊，羞得只差找个地缝钻进去！

然而牧师只念了十八封信。他跟理查兹有交情，把理查兹的那封压下来没念。镇上的人都欢呼起来，称理查兹是全镇最廉洁的人。

Be good & you will be lonesome.
Mark Twain

马克·吐温在轮船上

等到打开袋子一看，人们全都"傻了眼"：那哪里是什么金元，不过是些镀金的铅饼！

理查兹虽然没有当众出丑，良心却日夜不宁。他终于在临死前承认自己也写过一封丢丑的信。——哈德莱堡最后的遮羞布，也让人撕掉啦！

《百万英镑》写的是对金钱的公开追求，而这一篇却深入到了那些道貌岸然的上等人的灵魂中。他们心灵龌龊却又伪善作态的样子，让人觉得可笑之外，又添了一层可鄙可憎。那结局的一幕，让讽刺变得格外淋漓痛快！

《竞选州长》：早期"民主"弊端多

此外还有一篇《竞选州长》，那是讽刺美国早期"民主选举"的。小说里的"我"是个正派人。他信心十足地参加州长竞选，因为他的两位对手名声实在太坏，绝非他的对手。

可竞选活动一开始，他便坐立不安了。因为报上不断发布消息，揭露他的"罪状"。开头说他在交趾做过伪证，接着又说他在蒙大拿当过小偷。再后来，"盗尸犯""酒疯子""舞弊分子""讹诈者"的帽子也都一顶顶扣到他头上，连他的住宅也被人捣毁了。

最恶毒的一回，当他在公开集会上演讲时，一群肤色不同、穷形怪相的小孩子被人唆使着涌上台来，抱着他的腿叫"爸爸"。——"我"终于甘拜下风，退出了竞选。

小说结构非常简单，只是一段一段地摘引报纸上的攻击文字。这些攻击一轮接着一轮，一浪高过一浪，让他有口难辩、来不及还手！作者正是用这样的手法，突出恶势力的强大。读者边读边笑，可笑过之后一琢磨：原来颠倒黑白、指鹿为马，就是所谓的"民主"啊！

连中学也没读过的马克·吐温，为美国文学做出了巨大贡献，因此好几所著名大学都授予他博士头衔。他还是位出色的演说家，一生三次出国旅行。欧洲、非洲、亚洲、大洋洲，都留下

马克·吐温故居

了他的足迹和声音。

1900年八国联军入侵中国时，马克·吐温发表了一篇慷慨激昂的演说。他基于正义的立场，宣称"义和团是爱国者，他们爱自己的祖国没错。我祝他们成功……我也是义和团"！

德莱塞《嘉莉妹妹》

美国另一位大作家德莱塞，从小也是个苦孩子。不过他比马克·吐温幸运，虽然中学没读完，后来却有机会上了一年大学。

德莱塞（1871—1945）的父亲是德国移民，迁来美国后，在印第安纳州的特雷哈特镇开了一家纺织作坊。后来作坊被大火烧毁，他家孩子又多，一家人穷到捡煤渣取暖的地步。

德莱塞小小年纪就到绸布店当学徒，还做过报童，刷过盘子。有时失了业，就在街头流浪。下层社会的一切，都深深印在他的脑子里。

二十一岁那年，他参加征文比赛，得了第一名，被一家报社聘为记者。两年以后，他到纽约一家杂志社当了编辑和撰稿人，从此走上写作道路。

德莱塞的头一部长篇小说是《嘉莉妹妹》。小说的女主角嘉莉妹妹是个穷苦的乡下姑娘，才十八岁就离开家乡，只带了一只皮箱和四块钱，到芝加哥去投奔姐姐。

她在一家鞋厂找到一份活儿，工钱少得可怜，还常受工头欺负。不久她病了一场，连这么个可怜的工作也丢了。

不过大城市也真怪，靠两只勤劳的手养活不了自个儿，可凭着漂亮的脸蛋儿却能步步登高。先是一个推销员看上了她，带她去领略大都市的豪华生活。不久她又遇上一位风度翩翩的酒店经理，两人倒也情投意合。以后嘉莉靠脸蛋儿和歌喉，在歌剧院里唱红了，而酒店经理却因生意破了产，死在乞丐收容所里。

嘉莉成了纽约最走红的歌剧演员，一大群公子哥儿围着她转。然而这就是幸福吗？想想往昔的苦难经历，看看眼前的纸醉

《嘉莉妹妹》中译本

改编自《嘉莉妹妹》的同名电影海报

金迷，姑娘的心里只感到一派凄凉与孤寂。

小说里的人物和故事都是真实的，据说嘉莉妹妹的形象就来自作者的一个姐姐。可正因为真实，才犯了当时文坛的忌讳——没有出版公司肯出这本书。

好不容易有家公司同意出版，可是老板太太看了，认为这书"有伤风化"，印好的书又全被封存在地下室里。

德莱塞初登文坛就受到这么大的打击，以后足足十年没再动笔。直到1911年，他才又写了那本《珍妮姑娘》。

《珍妮姑娘》：贫家女的宿命

跟嘉莉妹妹一样，珍妮姑娘也是个穷人家的孩子。她爹是个工人，卧病在床，一大家人只靠珍妮在饭店里给人家洗衣服、擦地板挣几个钱过活。

有个五十多岁的参议员勃兰特看上了珍妮，珍妮替他洗衣服，他总要多付钱。有一年冬天，弟弟去偷煤，被人家关了起来。为了救弟弟，珍妮瞒着家人去找勃兰特。

弟弟倒是放回来了，姑娘却失去了清白之身。不久，勃兰特心脏病发作死了。珍妮却怀了孕，生下个女孩来。

以后珍妮在给人家帮工时认识了大老板的儿子莱斯特。莱斯特追求她，她却不肯答应他。不巧爹爹又受了工伤，没钱看病。珍妮没法子，只好去向莱斯特借钱。一来二去，她成了莱斯特的情妇。

莱斯特虽然真心喜欢这姑娘，他老子却不答应，说是你甘心跟一个下贱女人过一辈子，就别打算继承家产！——莱斯特内心苦闷，便带珍妮到欧洲游玩散心，在那儿遇上了他的旧日情人莱蒂。莱蒂如今是一位银行家的年轻寡妇，人长得漂亮，有的是钱财。珍妮又多了一个敌人。

以后莱斯特做生意赔了本，对珍妮的爱也动摇了。珍妮见他为难，就主动提出分手。八个月后，莱斯特跟莱蒂结了婚，珍妮那相依为命的女儿又死于伤寒。——珍妮失去了一切，只能从孤儿院里抱养两个孤儿，寄托自己的感情。

这个善良、温柔、富于同情心的姑娘，一辈子总是替别人牺牲：为弟弟、为爹爹、为爱人……可命运对她太不公平了。这一切都怪谁呢？每个读者都不免掩卷深思。

《珍妮姑娘》的出版，给德莱塞带来很高声誉。有位评论家说：《珍妮姑娘》是《哈克贝利·费恩历险记》以来最优秀的一部小说！德莱塞受到鼓舞，就又动手写了"欲望三部曲"。

这三部书包括《金融家》《巨人》和《禁欲者》。小说主人公柯帕乌是个银行职员的儿子，后来竟成了金融巨头。三部曲不仅是一部个人发迹史，同时也描画出美国垄断资本发展的一个侧影。而柯帕乌的原型，据说就是美国的铁路大王查尔斯。

德莱塞还写过一部长篇小说《天才》。书中男主角是位天赋很高的画家，由于追求享乐而堕落，最终毁了自己。——德莱塞自己认为，这是他写得最好的一部。

《美国的悲剧》：命案起青萍

1925年，德莱塞那三卷本的大作《美国的悲剧》一出版，整个美国都轰动了。小说取材于一个真实的故事。20世纪初，纽约发生了一起杀人案。有个年轻男子因受金钱和地位的诱惑，竟杀死了自己的情人，最终被送上了电椅。

改编自《美国的悲剧》的电影《郎心似铁》海报

德莱塞当时曾到法庭旁听，那时就想写一部小说，把这个悲剧故事原原本本讲给世人听。——二十年后，人们差不多把这个案子忘掉时，德莱塞的小说发表了。

"飙狂风骤，起于青萍。"小说的男主角叫克莱特，出生在美国西部的堪萨斯市。他爹是个穷牧师，一家人的生活比叫花子好不了多少。克莱特从小羡慕有钱的人，总抱怨自己投错了胎。他立下"雄心大志"，不混出个人样儿来决不罢休。

十六岁时，他进一家药店当学徒，以后又到城里最大的饭店当了招待。看惯了饭店里的灯红酒绿，克莱特的生活方式也起了变化。他学会了喝酒、打牌，又交上女朋友，花钱跟流水似的，还不时逛逛妓院。——可是对待家里人，他却一毛不拔。

有一回，克莱特跟同伴去野外郊游，驾车回来时，不慎撞死一个孩子。他害怕担责任，只身逃往芝加哥。在那里混了三年，吃尽了苦头，忽然柳暗花明、绝处逢生。

原来，他偶然遇上了从未见过面的伯父。伯父是个有钱的大老板，在纽约开着一家制衣厂。克莱特时来运转，到伯父的厂子里当上一名领班，不久又跟漂亮的女工洛蓓达好上了。

同时爱上他的，还有堂妹的同学桑特拉，她爹爹可是本地最大的电气公司的老板啊。——对于克莱特，这可是人生道路上最紧要的关头：跟洛蓓达结婚呢，一辈子只能当个领班；若成了电气公司大老板的乘龙快婿，那老头又没儿子，前程可就是金子打造的啦！

是谁把他送上电椅

正在克莱特这么掂量的时候，洛蓓达说自己怀了孕，再不结婚，她就要公开两人之间的秘密。这消息像是晴天霹雳，惊醒了克莱特的黄粱梦。他起了杀心。

几天以后，克莱特邀洛蓓达到湖上划船。本来他已做了周密的计划，可一上船，他又胆怯了。

洛蓓达见他神情恍惚，便来扶他，他用相机向她头上掷去，姑娘向后便倒。克莱特又想去拉她。这么一来一往，小船经不住，登时翻了。洛蓓达在水里呼救，克莱特理也不理，径自向岸边游去，边游边对自己说：这可是偶然事故！

姑娘的尸体被发现，克莱特进了监狱。一件人命案，在纽约这个大都市本不算稀奇。可正赶上大选之年，检察官梅逊是共和党人，他做出姿态，要替受害者申冤做主；案子还没查清，就已经私下给克莱特定了死罪。

民主党呢，为了推翻共和党的判决，便也不顾事实，通过律师为克莱特百般辩护，还怂恿他撒谎抵赖、拒不认罪。——说到底，两党中谁又真心维护法律、关心受害者呢？他们只不过是借机攻击对方，为本党拉选票而已。

克莱特的老母亲四处奔走呼号，还想挽救儿子的生命。牧师也来替克莱特祈祷，要拯救他的灵魂。克莱特苦笑着，他最明白自己。——终于，他被送上了死刑电椅……

克莱特罪有应得。可是他为什么会走上这条绝路？是社会害了他。社会告诉他：在美国，人人都有发财的机会。等他受了诱惑，不择手段地去攫取财富时，社会又把他吞没了。

这不仅是一两个人的悲剧，这是整个美国的悲剧！——个人的悲剧很快会被人淡忘，可谁又能回避整个社会的悲剧呢？

为了写好这部小说，德莱塞查阅了大量案卷材料，还到出事的湖边做过调查，甚至参观了纽约的监狱。他从一开始就抱定了写真事、说实话的宗旨，社会再丑也决不回避、决不美化。因为这个，他的书多次被禁。

《美国的悲剧》被当时人称为"美国最伟大的小说"。不久，德莱塞还获得美国文学艺术学会的荣誉奖，并当选为美国作家协会主席。不论是谁，要屈指数出十位美国最有成就的作家来，里面必定包括德莱塞！

德莱塞

欧·亨利：笑声背后有辛酸

"有位欧·亨利（1862—1910），也算得上美国十大作家之一了吧？"沛沛问。

"这个倒说不准。不过欧·亨利的短篇小说很受读者欢迎，却是真的。有一篇《爱的牺牲》，写的是小伙子乔和姑娘德丽雅的爱情故事。

"乔是画家，德丽雅是音乐家，他们都想深造，可钱从哪儿来？不久，乔拿回一笔钱，说是卖画得来的。德丽雅也拿回一笔钱，说是在将军家教小姐学钢琴的报酬。

"直到有一天，德丽雅手上裹着棉纱回来，乔才起了疑心。一问，德丽雅竟大哭起来。——最后真相大白，哪里有人买画，又哪里有什么学钢琴的小姑娘。这一对恋人为了让对方安心深造，一个去烧锅炉，一个去熨衣服。两人打工的地方恰是同一家洗衣店。就在这天下午，乔听说楼上有位女工烫了手，还曾送去一团棉纱……

"这个结尾可真绝！"源源说。

"不错！"爷爷回答，"还有那篇《麦琪的礼物》，也有个让人意料不到的结尾：一对恋人，男孩有一只祖传的金表，只缺一条表链；女孩呢，有一条漂亮的长发辫，却没有好看的首饰配它。圣诞节到了，两人要互赠礼品。等礼物一拿出来，两人都愣住了：男孩卖了金表，买了漂亮的首饰；女孩剪掉发辫，换来一条表链！——两人都笑起来，可这笑又是多么辛酸！

《欧·亨利短篇小说选》中译本

《最后一片叶子》也很感人。有个女艺术家得了重病，躺在公寓里，看见窗外藤条上的秋叶片片飘落，她预言，最后一片叶子离开枝头之日，就是她的生命完结之时。

"可是奇怪，那最后一片叶子就像粘在藤枝上似的，一冬天也没掉下来。——春天来了，姑娘恢复健康，竟下了床。可公寓里有位老画师却在冬天死去了。

　　"后来姑娘才知道，那片永不凋零的叶子，竟是老画师在风雨之夜偷偷画上去的！这片叶子使姑娘得到精神支撑，终于战胜了疾病；老画师却在那天夜里受了风寒，竟不治而死。

　　"老画师画技不高，一生落魄，而这片叶子竟瞒过姑娘的眼睛，应该算是他最后的杰作啦！

　　"欧·亨利是个很有特色的小说家。作品大都为短篇，风格幽默、夸张，与众不同。小说的最大特点是在结尾时笔锋一转，给人一个意想不到的结局。人们称这是'欧·亨利式的结局'。

　　"欧·亨利原名波特，小时候家里很穷。长大后到一家银行当会计，由于技术问题，账上亏了一笔款，他也被送进监牢。他的小说创作，就是在监牢里开始的。小说发表时，他取了个笔名叫欧·亨利——出狱后，索性抛弃了原名。

　　"欧·亨利写了三百多个短篇，大都收在《四百万》《西部之心》《城市之声》《善良的骗子》等集子里。他的小说写的是市民的喜怒哀乐，也最受市民喜爱。他称得上通俗文学大师了！"

硬汉作家杰克·伦敦与海明威

美国·19—20世纪

福克纳《喧哗与骚动》：一个故事讲五遍

"美国作家里，获得过诺贝尔文学奖的有好几位。其中有一位福克纳（1897—1962），出生在南方的密西西比州。他从小不爱念书，中学没读完就到一家银行当了职员。第一次世界大战时，他当过几年空军，退伍后忽然又萌生读大学的念头。人家破格收下这名'大'学生，可只读了一年，他又觉着没意思，便退学去找工作。只是又找了几处，都没干长。

"有位作家偶然发现他在写作上挺有天分，就劝他试试写作。福克纳提笔一写，果然获得成功。——几经周折，他终于找到了自己的人生位置。

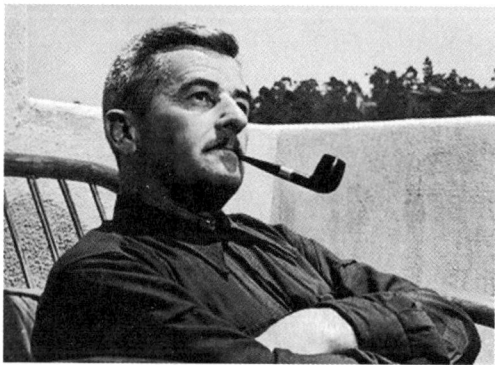

福克纳

"福克纳崇拜法国的巴尔扎克，计划着模仿巴尔扎克的《人间喜剧》，写一系列表现美国南部生活的小说。以后他埋头写作，二十多年没离开家乡，前后写了十九部长篇、七十多个短篇。小说里的故事全都发生在一个名叫约克纳帕塔法的南方小县城中。因而他的小说也被称作'约克纳帕塔法世系小说'。

"福克纳的小说代表作有《圣殿》《八月之光》《押沙龙，押沙龙》等，而最重要的一部，则是《喧哗与骚动》。

"小说写一个南方没落望族中四个孩子的遭遇。女孩子凯蒂漂亮开朗，却遭人玩弄，最终沦为妓女。大哥昆丁是个大学生，因精神受刺激而自杀。二弟杰生天生的自私自利，他欺负凯蒂的私生女小昆丁，还狠心折磨他那个白痴弟弟班吉，并把他送进收容所。最终小昆丁裹了杰生攒下的一大笔私房钱，跟着情人远走高飞了。

"就是这么个简单故事，福克纳却讲述了五遍。开始他只想把这个材料写成个短篇，选择了白痴班吉作为讲述人。小说写完了，福克纳觉得故事没说清，就又从昆丁的角度把故事叙述了一遍。以后他又从杰生和黑仆人迪尔西的角度来讲这同一个故事。

"由于观察者的角度不同，同样一件事就有了不同的面貌。各位的回忆又相互穿插、补充，从而给人留下完整的主体印象。——小说十五年后再版时，作者觉得还有遗憾，就又补了一段尾声，把凯蒂和杰生的结局交代了一番。

"小说的题目是从莎士比亚名剧《麦克白》的台词里摘引的。台词里说：'人生如痴人说梦，充满着喧哗与骚动。'而小说里的班吉，就是个白痴。他在回忆往事时，头脑里一片混乱，根本没有时间概念，只有一些连他自己也不理解的零乱场景。作者在这里所用的，是典型的意识流手法。

"昆丁和杰生的回忆，也都采用意识流模式。——因而人们在谈到福克纳时，也总把他跟卡夫卡、乔伊斯相提并论，归入现代派大师的行列。"

沛沛问："福克纳哪年得的诺贝尔奖？"

"是1949年。而美国的另一位小说家海明威，则是1954年获得这一奖项。——不过咱们还是先来介绍小说家杰克·伦敦吧，他虽然没获得诺贝尔文学奖，但名气同样很大。他比海明威早生二十几年，两人都是有名的硬汉作家。"

杰克·伦敦的"童子功"

杰克·伦敦（1876—1916）出生在美国旧金山，母亲是位业余音乐教师，父亲是谁，连杰克·伦敦自己也没闹清。

从记事时起，杰克·伦敦家里就特别穷。小杰克常常挨饿，十岁就去当报童。十四岁时，继父给火车撞伤，一家人只靠着杰克到一家罐头厂干活来勉强糊口。

以后他听说卖牡蛎挺赚钱，就冒险参加了偷牡蛎的团伙，驾着船在海上出没闯

杰克·伦敦

荡。再后来他还当过水手，做过苦工，并因为参加示威活动坐过牢。——小小年纪，他已经吃尽了人间的苦头，练就一身硬骨头。

杰克最爱读书，就是偷牡蛎时，也没忘记带上一本书。以后他靠着自学补习，竟考上了大学。可是才读了半年，他就退了学。一是因为经济问题，二是他觉得大学里没有他想学的东西。

当时传说北方阿拉斯加发现了金矿，杰克便约了同伴一块儿去淘金。一去三年，金子一粒没淘到，只带了一身病回来。——不过这次出门，他见识了三教九流，饱览了北方的荒原野景，记录了厚厚好几本写作素材，这可比金沙还要宝贵呀。

杰克·伦敦开始埋头写小说。稿子一篇篇寄出去，又一篇篇被退回来。为了买纸笔、买邮票，他有时不得不饿着肚子。可他咬牙坚持着，每晚只睡五六个小时，其余时间全都用来写作、读书。

他受教育不多，深知自己的短板，因而加倍努力。为了增加词汇量，他把一些精辟的词句抄成纸条，放在口袋里，以便随时拿出来记诵。家中的镜子、晾衣绳乃至床帐上也别着纸条，刮胡子、散步或躺着时，都可以看到。

功夫不负有心人，他的中篇小说《北方的奥德赛》终于在一家影响很大的杂志上发表了。另一家公司也答应出版他的小说集。——二十岁的杰克·伦敦终于尝到成功的滋味。

《热爱生命》：列宁最爱读

杰克·伦敦的早期作品，全都离不开北方淘金的题材。其中最有名的是那篇《热爱生命》。小说开头，有两个淘金者在沼泽中吃力地走着，装满金沙的鹿皮袋压得他们喘不过气来。——假如他们不能在冬天到来之前赶回藏食品的地方，就只能在这北极圈里冻死、饿死。

过河的时候，其中一个崴了脚；另一个头也不回，抛下同伴径自走了。剩下的这一个，只好自己裹一裹伤，一瘸一拐地往前走。饿得厉害时，就摘些浆果，捞点小鱼儿，或是掏松鸡雏儿充饥，甚至狼啃剩的骨头，也要捡来吮一吮。

他的体力越来越弱，为了减轻负担，袋里的金沙早已倒空了。到后来，他只能在地上爬，身后地上拖着一条血迹……

有只病狼，气喘吁吁地跟在他身后，寸步不离。这两个垂死的生灵，全都没力气跟对方搏斗，只等着哪个先死，好去喝对方的血……可是人不甘心就这么喂了狼。他躺在地上装死，待狼凑过来，便翻身把狼压在身子底下，拼命咬住狼的脖子，直到腥热的狼血流进嘴里。——当一艘捕鲸船发现他时，他已经昏了过去，身体依旧在下意识地蠕动……

这位小说的主人公，连名字也没有。可他顽强的生命力却那么强烈地

《热爱生命》插图

感染着人们。他似乎象征了整个人类对生存的追求、对生命的热爱。——据说列宁就十分喜欢这篇小说，在病榻上，还让人念给他听。

《海狼》："超人"已死气犹存

杰克·伦敦的作品中有不少硬汉形象。有一篇《墨西哥人》，写一个墨西哥小伙儿为了给革命党人筹集款了，硬是在拳击场上扛住了对手暴风雨般的攻击，最终摇摇晃晃地站起来，把对手打倒在地。在这里，作者特别强调了精神的力量。

杰克·伦敦还写过几部长篇，像《海狼》《铁蹄》《马丁·伊登》等。——"海狼"是"魔鬼"号船长赖生的绰号，他生性残忍，力大无穷。他手下有一群野蛮的水手，可他们个个怕他，不少水手还被海狼打成了残废。

作家亨甫莱在海上遇难后被"魔鬼"号救了起来，从此他被迫当了船上的"茶房"，伺候这一群恶汉。

有一天，作家为海狼打扫房间，意外发现一大架图书，有文学的、哲学的，还有天文的、物理的、文法的……原来海狼并不是愚昧的野蛮人，他有着一肚子学问哩。只不过他不相信世间有什么道德存在，他认为强权就是真理。他的学说是：不是你吞掉我，就是我吞掉你。谁懦弱，谁就活该受欺负！

他的话在"魔鬼"号上倒有几分道理：有个厨子总跟作家过不去，还当着作家的面磨刀霍霍，让作家胆战心惊。后来作家也借来一把刀，在厨子面前磨起来，厨子吓得连忙跟他讲和……

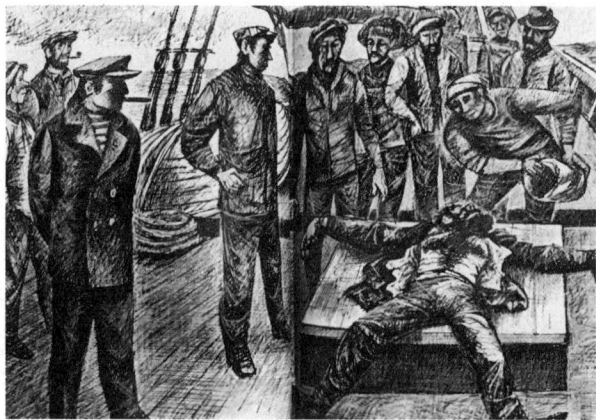

《海狼》插图

"魔鬼"号就是作者生活的那个弱肉强食的社会的缩影。

小说中的海狼最终众叛亲离，被困在一座孤岛上，虽已双目失明，却依然想方设法阻止作家带着船上一名落难女子逃走。作家不得不把海狼绑起来，扔进船舱里。海狼最终就死在那儿。

据杰克·伦敦说，他写这部小说，是要批判超人哲学。——"超人"是哲学家尼采宣扬的一种做人样板。尼采认为，一个"真正的人"应当是强有力的、勇敢的、骄傲的，而那些庸庸碌碌的小人物，只配做他的工具。尼采的思想，后来被法西斯利用了。

杰克·伦敦不同意超人哲学，可他笔下的海狼形象给人留下深刻的印象。他的体力、智慧、意志，都那么超群出众，这倒像是替尼采的超人学说做宣传似的。不管怎么说，杰克·伦敦的这部小说让人耳目一新，他的名气也更大啦。

杰克·伦敦还是位社会活动家，一生为工人运动奔走呼号。他的长篇小说《铁蹄》，就塑造了一位铁匠出身的工人领袖。

这是个强有力的人，勇敢、高尚，在群众中有着很高的威信，连主教也站到他这边来。他们的对手"铁蹄"则是一个垄断资本财团。在这位铁匠的领导下，芝加哥工人举行暴动，还建立了芝加哥公社。可惜公社最终失败了。

《铁蹄》写于1908年，小说中虚构的这次工人暴动发生在1917年——而正是1917年，俄国爆发了"十月革命"。杰克·伦敦一时被视为未卜先知的革命预言家。

《马丁·伊登》，作者自况

杰克·伦敦天生爱冒险。他造了一条大船，带上妻子去环球航行，在海上游历了两年。就是在这艘船上，他写下了那部带有自传性的小说《马丁·伊登》。

马丁·伊登是个水手。有一天，他看见一伙流氓欺负一个青年，便去替青年解围。青年邀他到家中做客。在他家豪华的客厅里，马丁·伊登手足无措，话都不会说了。

他认识了这家的小姐罗丝，被她那双蓝眼睛深深迷住了。这个骄傲的姑娘也看上了马丁，喜欢他粗犷的性格，更喜欢听他讲述冒险经历。

马丁知道穷水手和阔小姐之间隔着多么深的鸿沟。为了跨越这道鸿沟，他拼命读书，并立志当个作家。罗丝却不赞成他写小说，一心要他去上学。马丁的亲人们也不理解他，觉得一个穷水手要笔杆，简直就是不务正业。

可马丁一旦认定了目标，绝不回头。稿子退回来，他就贴上

《马丁·伊登》中译本

邮票，再寄出去；没钱吃饭，他就去当洗衣工，挣来面包钱，继续写作……

马丁不再是过去的马丁了，读书使他心明眼亮。他对各种事情有了自己的看法。他发觉，罗丝家客厅里的那些上等人——法官啦，教授啦，银行家啦，不过是些浅薄无聊的家伙。他认识了一位社会党人，并参加他们的集会。渐渐地，他跟罗丝小姐有点儿格格不入啦。

正当罗丝小姐要甩掉这个穷水手的当口，马丁的小说《太阳的耻辱》出版了。马丁成了有名的大作家。之前的退稿，又被各杂志争着发表出来。社会上的头面人物，也都赶着跟他套近乎。

罗丝的父母曾坚决反对女儿的爱情选择，如今却下请帖邀马丁去吃饭。罗丝则哭哭啼啼跟他讲和，再也不说"咱们天生合不来"了。

马丁冷冷地拒绝了罗丝。他把什么都看透了。最终他把自己的大笔财产送给曾经帮助过他的穷朋友们，自己却选择了跳海自杀，了却一生！

一个经历奋斗、终于成功的人，为什么要自杀呢？很多读者都提出这个疑问来。杰克·伦敦回答说：马丁是个人主义者，他不能不死！

是呀，马丁虽然来自底层，可他受尼采学说的影响，从心里看不起底层民众，幻想着更崇高的精神境界。——可是他发现，上层社会更虚伪、更势利！他的幻想破灭了，也便再没有活下去的勇气……

"狼舍"主人自我了断

杰克·伦敦成了收入丰厚的大作家，生活上不免过分奢华。他造起一所大别墅，取名"狼舍"。豪华的餐厅可供五十位客人同时进餐；随便哪儿来的流浪汉，都能在"狼舍"里讨得一杯酒，找到一张床。

以后"狼舍"在一场大火中烧得精光。杰克·伦敦又开始酗酒，精神也越发沮丧。有一天早上，家人发现他没有起床。叫来的医生说，他给自己注射了过量的吗啡，已经咽气多时。——杰克·伦敦曾说过"马丁·伊登就是我"，也许他早就存着自杀的念头呢。

杰克·伦敦只活了四十岁，可他用十九部长篇小说、一百五十篇短篇小说，向读者展示了一个风格粗犷、充满力量的文学世界。这位生活中的硬汉，开创了"硬汉文学"的新模式。

不过杰克·伦敦也有致命的弱点，他的种族主义思想十分严重，他曾在报纸上发表《黄祸》一文，还写了一系列"黄色"小说，污蔑华人是劣等民族，华人移民对白人世界构成"黄祸"，只有搞种族灭绝才能维护世界和平。——说到底，居住在"狼舍"里的杰克·伦敦，便是那只"海狼"！

海明威：战场归来拿起笔

美国另一位大作家海明威（1899—1961），也是条硬汉子。他的生活经历，同样带着传奇色彩。

海明威出生在芝加哥附近的奥克帕克。父亲是有名的外科医生，假日常带他去钓鱼、打猎。母亲爱好艺术，受她的影响，海明威从小喜欢音乐和绘画。

在学校里，他特别好强，不但学习拔尖，踢球、打拳，一切男孩子的活动，没有他不精通的。他还在校刊上发表了几十篇论文。他的文学才能，那会儿已经显露出来。

可惜海明威没能进大学，因为爆发了第一次世界大战。他参加了战地救护队，到了意大利前线。一天夜里，他到战壕里慰问战士。一颗霰弹打来，登时把他炸得浑身筛子似的，一条腿也给打断了！

医生一检查，他身上中了二百三十块弹片，有些已经取不出来了。可小伙子真棒，不

海明威

久就下了床，带着两枚大勋章回了家乡。

以后他结了婚，并当上记者。他写诗、写小说，可是影响并不大。孩子出世后，生活担子加重了。妻子过不了苦日子，跟他分了手。——海明威不愧是条硬汉子，他租了一间小阁楼，把门一关，就埋头写起来。长篇小说《太阳照常升起》就这样问世了。

《太阳照常升起》：为"迷惘一代"写照

小说写第一次世界大战后，一群英、美青年在巴黎游荡的经历。主人公杰克是个美国记者，他在巴黎遇上了英国姑娘艾希利。艾希利在大战中当过护士，因为战争夺去了她的心上人，痛不欲生。

如今遇到杰克，两人一见钟情。可是杰克在战争中受过伤，不能跟她结婚，于是幸福又变成更深的痛苦。他们失去了生活目标，看不到前途，于是自暴自弃。艾希利成天泡在咖啡馆里跟男人瞎混，杰克也意志消沉。

小说中这群年轻人的心理状态，反映了第一次世界大战后欧美青年的精神面貌，当时有位女作家斯泰因就对海明威说：你们都是迷惘的一代呀！——海明威就把这句话当成小说的题辞。这以后，"迷惘的一代"成了一个文学潮流啦。

不过《太阳照常升起》里的年轻人，到底还是见到了光明。——杰克跟艾希利一块儿到山区去旅行，在青山绿水间垂钓、射猎，领受着大自然的和谐与宁静。以后他们又到西班牙观看斗牛表演，那昂奋的搏斗场面让杰克激动起来，身体里的硬汉精神也仿佛苏醒了。

这群年轻人啊，他们心中的光明虽然一度被遮蔽，可如今太阳冲破乌云，照样升起！——这就是小说题目的含义。

海明威的另一部长篇《永别了，武器》，也是以"一战"为题材的。美国青年亨利志愿参军到意大利去作战，他经历了大溃退，看到战争的残酷和丑恶，终于明白了：越是善良、和气、勇敢的人，这个世界就越容不得他们。

亨利在战争中负过伤，还差点儿被当作间谍枪毙。当他从战争中脱身离开时，警察又把他当作逃兵追捕。最终，妻子难产死在医院里，他孤零零一个人冒着雨走回旅馆去……

这部小说的调子太低沉了。对于战争，书中有这么个比喻——亨利想到一次野炊时看到的情景：一块木头上全是蚂蚁，木头的一头烧着了，蚂蚁全奔着火光涌去，但跟着又掉头往回跑，结果仍免不了掉进火里，幸免的只是极少数……

战争中的人类不也如此吗？小说中反映了民众的反战情绪，只是"迷惘"的色彩更加浓重了。

《丧钟为谁而鸣》：英雄不再迷茫

1936年，西班牙又爆发了战争。军阀佛朗哥发动叛乱，反对西班牙共和国；全世界正义的人们都支持共和国一方，不少外国人组成志愿军，去跟佛朗哥作战。

海明威也以记者身份来到西班牙，还承担了炸毁敌军桥梁及训练新兵的任务。——后来佛朗哥得势，海明威洒泪回国，可他忘不了为西班牙而献身的勇士们。两年以后，他写出了《丧钟为谁而鸣》。

小说的主人公乔顿，是个美国大学教师。他自愿到西班牙参战，并接受了国际纵队的任务，背着两箱炸药去炸一座桥梁。

乔顿找当地的游击队协助，游击队队长巴勃洛却对炸桥不感兴趣。巴勃洛本是个马贩子，残酷的斗争吓破了他的胆。而他的妻子比拉却很勇敢，她同意炸桥，游击队员们也都听她的。

《丧钟为谁而鸣》中译本

可半夜乔顿忽然发现，炸桥用的雷管不见了。原来胆小卑怯的巴勃洛怕炸桥引来敌人报复，把雷管偷走扔掉了。然而乔顿决心已定：没有雷管，用手榴弹也能引爆。

天亮了，远处传来飞机的轰炸声。乔顿打死守桥哨兵，拎着炸药冲上桥去……铁桥被炸上了天。

突围时，不少游击队员牺牲了。乔顿的马中了弹，把他掀下来，砸折了腿。大家来救他，他挥手要大家快撤，由他一个人留下来掩护众人。撤退的人群里，有他心爱的姑娘……

山坡上只剩下乔顿一个人。他回想着自己的一生以及三天来的经历，觉得世界真美好，真有点儿舍不得离开。可是有了这最后几天的辉煌日子，这辈子也算没白活！

大路上，敌人军官骑着马走近了。乔顿翻身抓紧机枪，看看周围的美景，望望蓝蓝的天空，静静地等着，他听见自己心跳的声音……

小说中的乔顿不再是迷惘的一代。他痛恨法西斯挑起的内战，要用战斗来制止法西斯的恶行。——正因为有了明确坚定的目标，因而他跟《永别了，武器》中的亨利完全不同。他不但不逃避斗争，反而勇敢地迎上前去。

乔顿是个知识分子，他的形象，跟一般硬汉小说里的斗牛士、拳击手不同。他的力量体现在精神上——虽然没有夸张隆起的肌肉，他照样是条硬汉。

不久，第二次世界大战就爆发了。海明威那会儿正住在古巴。他把自己那条钓鱼用的游艇改装成反潜艇战船，驾驶着它在海上巡逻，还立过好几次大功呢。

以后他又以记者的身份到欧洲采访，并参加了解放巴黎的战斗。为了报道中国的抗战形势，他还来过中国哩。——他的第三次婚礼，就是在中国举行的。

《老人与海》：不仅是个捕鱼故事

第二次世界大战后，海明威好长一段时间没有轰动文坛的作品问世。有人说：海明威"江郎才尽"啦。可就在这时，他那部举世闻名的《老人与海》问世了。

这部小说跟以前的长篇都不一样，里面没有众多人物，甚至没有现代文明的痕迹。主人公是个倔强的老渔夫，背景只是一望无际的大海。小说的全部情节用一句话就能概括：独自出海的老渔夫捕获一条大鱼。

老渔夫叫桑提亚哥，一辈子跟大海打交道。可是近来不走运，已经八十多天没打着鱼了。这天，老人又出了海。他独自驾着船，走得好远好远。海上风平浪静，老人下好钓丝，一面划船，一面自个儿跟自个儿说话。

忽然，钓竿动了，鱼上钩了。老人觉出来，那鱼力气挺大，个头儿一定不小。大鱼不慌不忙地在水里游着，拖着小船往前走。老人知道，这会儿他拿鱼没办法，鱼拿他也没办法，只有这么耗着，等待机会。

老人把钓丝背在背上，就这么挺着。有一次，鱼猛地一挣扎，差点儿把老人拉下水去。他赶紧松开一段钓丝，才把船稳住。

就这么挺到第二天早晨，老人累极了。他手抽了筋儿，直到吃了几条生鱼，才恢复了力气。

那鱼游了一天，终于浮出了水面。嗬！它是那么漂亮，浑身闪着光，身子比小船还要长两英尺呢。大鱼越游越快。老人拉紧钓丝，身子一动不动。他的两手

《老人与海》插图

给钓丝勒得皮开肉绽，淌着鲜血。就这样，他又挺过了一天。

到了第三天，大鱼开始打转。老人知道，最后的时刻到了。他虽然已经累得头昏眼花，可还是拼命收紧钓丝，把大鱼拖近些。

他举起鱼叉，向鱼刺去。叉子刺穿大鱼的心脏，大鱼猛地跳起，翻转肚皮，死在水里。老人把它绑在船边，驾船返航。

可是麻烦跟着来了。鲨鱼闻到水里的血腥味，追踪而至。大鱼的肉被鲨鱼你一口我一口咬得七零八落。老人火了，他用鱼叉叉死一条鲨鱼，可鱼叉也随着沉入海里。更多的鲨鱼涌来。老人拿刀绑在桨上，向鲨鱼猛刺，又用木棍乱打，最后连船舵也都用上了。可鲨鱼太多啦，大鱼早被撕咬得残缺不全了……

小船驶进港口时，已是半夜。老人跌跌撞撞回到自己的窝棚，倒头便睡。——天亮后，渔民们围在他的船边看着那巨大的鱼骨架，不由得好一阵惊叹。

老人此刻睡得正香，他梦见在遥远的非洲海岸，狮子正在嬉戏跳跃……

"人生来不是要给打败的"

小说一发表，立刻成了畅销书。发表小说的杂志一气儿印了五百万份！

人们为什么这么喜欢这部书？恐怕他们是被书中人物的性格和精神感动了。老人去跟大鱼搏斗时曾对自个儿说："人生来不是要给打败的。你尽可以消灭他，可就是打不败他！"——这是多么强烈的自信，多么顽强的性格！这就是人的价值、人的财富呀。

　　老人到头来两手空空，似乎是失败了。然而他精神不倒！——他在梦中看到了狮子，那正是他那英雄气概的象征。

　　海明威自己就是一头狮子。他喜欢钓鱼、打猎、看斗牛，还到过非洲，亲手猎获狮子和豹子。他的拳头，让拳击冠军也惧怕三分。

　　晚年，他受伤痛和疾病的折磨，再没写出像样的作品来。1961年7月的一天，一声巨响从他的书房传来。人们奔过去看时，发现他死在地上，身边那杆心爱的双筒猎枪还冒着烟。——海明威是使用武器的好手，人们不相信这是偶然走火……

　　海明威并不怕死，还拿死来开玩笑。有人问他："海明威先生，您希望死后在墓碑上刻些什么？"海明威答道："刻上'恕我不起来迎接'吧！"

　　海明威活到六十二岁。他一生的最大贡献，还是在文学上。他创作了一种简洁明快的语言风格，写作时总是选择最朴素的字

海明威故居

眼儿、最简短的句式，还喜欢使用口语。

据说为了使文字简洁，他试过很多方法，例如故意饿着肚子写，或在冷天里穿着单衣写，最常用的方法是站着写，并且单腿站着，只为少写废话，直奔主题。——人们把这种简洁的文体称作"电报体"。海明威能获得诺贝尔文学奖，一是由于他的小说所表现出人类的勇气，另一个原因，便是他创立的简洁文风对当代文学产生了深远影响。

海明威曾说："我遵循的是冰山原则。冰山浮在水上的部分只占八分之一，另外的八分之七藏在水下。我写出来的只是浮在水上的部分，但藏在水下的八分之七却是不能少的，只不过没写出来罢了。"

名著出巾帼：《大地》与《飘》

赛珍珠

讲到这儿，爷爷喝了口茶，又说："在获得诺贝尔奖的美国文学家里，还有位女作家赛珍珠（1892—1973）。她原名叫珀尔·西登斯特里克·布克，'赛珍珠'是她给自己取的中国名字。

"赛珍珠的父亲是个传教士，她从小跟父亲来中国，在江苏镇江长大。她自称是个'中国通',她的小说大都以中国为背景。

"例如那篇获奖小说《大地》,写的就是一个中国农民怎样为土地奋斗了一辈子的故事。只是她始终站在传教士的立场上,思想未免保守。——对了,她还把中国古典小说《水浒传》翻译成了英文呢,书名改为《四海之内皆兄弟》,倒是很能体现小说的意蕴与精神。"

英文版《大地》书影

眼看着美国文学介绍完了,沛沛忽然又想起一部书来。"爷爷,有一部《飘》,好像也是位美国女作家写的。"

"不错。这位美国女作家叫玛格丽特·米切尔(1900—1949),跟赛珍珠是同时代人。她算不上大文学家,一辈子只写了这么一部长篇,却因这部小说出了大名。

"米切尔的父亲是位历史学家,她从小受家庭熏陶,也对历史产生了兴趣。大学毕业后,她便在家研究美国南北战争的历史，以后拿这段历史做背景，创作了《飘》。

"小说的女主人公郝思嘉，是个南方种植园主的女儿。她从小生就一副逞强好胜的脾气，自认为是当地第一美人。

"可是她所爱的男人卫希礼，却喜欢上了别的姑娘。她一生气，便胡乱嫁了人。南北战争中，她家的种植园毁于战火。她爹发了病，丈夫也死了，只剩她一个寡妇，咬着牙把家园整顿起来。

"她亲自跟仆人们下地劳作，为了夺取财产，不惜把妹妹的未婚夫抢过来。她又跟贩卖军火的商人白瑞德打得火热，并索性嫁给了他。可郝思嘉心里放不下旧情人，偷偷跟卫希礼约会。

"白瑞德知道这事，便撇下她走了。到这时她才发现，卫希礼原来是平庸之辈，白瑞德才是她真正的人生伴侣呢。她心高气盛拼了十几年，最后落得孤单一人。——不过她不泄气，盘算着要把白瑞德拉回来。小说到这儿便结束了。

"美国的南北战争解放了广大黑奴，是一件举世称颂的大好

《飘》被拍成电影，取名《乱世佳人》

事。可小说里的郝思嘉却站在南方庄园主的立场上，对北军恨得咬牙切齿。这也反映了作者的立场。

"不过由于米切尔对这段历史十分熟悉，把战争中南方的社会情景刻画得十分逼真，让人读了能对历史有真切的了解，对南方庄园主的思想态度也有客观认识，因而小说也不是毫无意义。

"小说出版的当年，就印行了一百五十万册。以后又被译成三十多种文字，畅行全世界，总印数约在一千万册以上。

"由于故事留了个尾巴，以后很多人都要求作者写出续篇来，可米切尔却因一场车祸不幸去世。——直到近年，才由米切尔的亲属指定作者，写出了《飘》的续集来。

"一部小说不但轰动一时，而且影响绵长，《飘》也算得上一部奇书了。"

拉美文学的「大腕」们

印第安文明盛极一时

"今天咱们说说拉丁美洲文学——为什么叫拉丁美洲呢？原来美国位于美洲北部，美国以南的中美洲和南美洲，历史上长期受西班牙、葡萄牙统治，讲的是西班牙、葡萄牙等拉丁语系的语言，因此被称为'拉丁美洲'。"

听爷爷要介绍拉丁美洲文学，两个孩子都把小板凳往前凑了凑。这段文学他们可不大熟悉。

"其实前几天咱们就说过，在哥伦布发现新大陆之前，美洲早就有着印第安文明存在。最早的印第安文化叫玛雅文化。考古学家在秘鲁一个小山村里，挖掘出一座巍峨的古庙来。庙前两根石头圆柱上，雕刻着威武的雄鹰；在一块大石头上，还刻着星图呢。这可是三千年前的建筑了！

"另有一座一千多年前建造的金字塔，相当于二十多层楼房那么高，是用几万块千斤重的大石头砌起来的。人们几乎怀疑它是外星人的杰作！

"玛雅文明已经有象形文字，它的农业、数学、天文、历法，也都很发达。正因如此，有人把玛雅称作'美洲的希腊'。

"不过如此繁荣的玛雅文明，到了9世纪时却突然断了线。16世纪西班牙人来到美洲，又毁坏了不少印第安文物。就拿书籍来说吧，玛雅象形文字的书籍眼下只剩下三本——那是有关历法、数学和仪典的著作。

"不过在西班牙人中，有些传教士为保存印第安文化，也做了一些好事。他们搜集并整理了一批古印第安人的文学作品。例如有一部《波波尔·乌》，便是美洲大陆上最古老的书，被人看作印第安人的'圣经'。书中包括印第安人创世及人类起源的神话，还有英雄传奇和部落历史等内容。

"印第安传说中的造人神话，跟其他民族都不相同。他们认为造物者最早用泥巴造人，可是造出来的泥人浑身瘫软，遇水就化掉了。于是神又造出木偶人来。木偶人身体里没有血液，很快就干裂了。一场大雨过后，万物都毁灭了。少数木偶逃进山里，变成了猿猴。——最终众神决定用玉米面造人，这下总算是成功了！"

源源问："嘻嘻，这还是头一次听说。——您说玛雅文化是最早的一种印第安文化，是不是还有别种印第安文化呢？"

《奥扬泰》宣扬"和为贵"

有啊。12世纪以后，南北美洲又建起印加和阿兹特克两个印第安帝国。这两个帝国在十五六世纪时发展到了顶峰。这段时间，相当于中国的南宋到明中叶。

阿兹特克文学属于纳瓦特尔语文学，其中包括史诗、抒情诗等。有名有姓的诗人就有好几位，他们的诗歌充满哲理。

印加文学呢，属于克丘亚语系。他们的诗歌大都与音乐、舞蹈密切相关。诗文配上歌舞，便离戏剧不远了。流传至今的印加文学作品，还真有一部戏剧，叫《奥扬泰》。

奥扬泰是个平民出身的将军，爱上了皇帝的女儿柯依约公主。可是照印加帝国的规矩，皇族是不能跟平民通婚的，哪怕战功卓著的勋臣也不行。

哪知这位奥扬泰对待爱情如同打仗一样，只管向前，不肯后退。他冒着杀头的危险偷偷跟公主幽会。皇帝得知消息，便把怀了身孕的公主软禁起来。

奥扬泰求婚不成，就聚集了三万武士，扯起反叛的大旗。皇帝大怒，派了绰号叫"石眼"的将军前去平叛。石眼硬攻失利，便施苦肉计，假意投降奥扬泰，然后趁其不备，打开要塞大门，放进了皇家军队……

就在奥扬泰被解送朝廷的当口，老皇帝病死，新君继位。儿子比老子开明，他不但赦免了奥扬泰的死罪，还把妹妹柯依约公主嫁给了他。

陈旧的礼教一被打破，妻离子散、人头落地的悲剧，立时变作阖家团圆、皆

印加武士

大欢喜的喜剧。全剧也在一片欢笑声中结束。

《奥扬泰》不但有鲜明的主题、曲折的情节，诗句也优美动人。它最初是由一位无名的印第安作者，根据口头流传的故事用克丘亚语写成的，以后一直在民间演出。

18世纪时，有位欧洲传教士用西班牙语把它记录下来，并排练公演。这戏才得以保留，成了印第安文学中的遗珍。

初期殖民地文学：记录血泪与反抗

16世纪以后，拉丁美洲文学受到西班牙、葡萄牙等宗主国的影响。欧洲文坛上的潮流，人文主义啊，启蒙运动啊，都影响了它。

到了18世纪末19世纪初，各殖民地国家纷纷宣告独立，革命造就了一大批新文学家，拉美文学也开始有了自己的民族特色。紧接着19世纪末到20世纪初，又演化出拉丁美洲特有的现代主义。而现实主义、自然主义与魔幻现实主义也接踵而至……

这么说太抽象，还是具体介绍几位作家吧。

先说说初期的殖民地文学。西班牙人哥伦布在15世纪末"发现"了美洲。他曾写信向西班牙王室报告美洲情况，这些信件成了最早的殖民地纪实文学。

信中描画了新大陆的山川景致、风土人情。说是河里全是金沙，用手一淘就是一大把……他还描述印第安人的形象，说他们健美漂亮，头发油光闪亮，不但友善诚实，而且慷慨大方、心灵高尚。——整个美洲简直就是美丽富庶的世外桃源！

以印加帝国灭亡为题材的绘画

可是紧接着，征服者的兽兵踏上这块乐土，天堂变成了地狱！为了抢夺黄金、强占地盘，征服者大批屠杀印第安人，连老人、妇女、孩子也不放过！有个叫卡萨斯（1474—1566）的神父，在《印第安人毁灭简述》里就记录了征服者的暴行。——这位神父却因揭露征服者的恶行，受到西班牙教会的迫害。

也有人在诗文中记述印第安人奋起反抗的悲壮史实。有个叫苏尼加（1533—1594）的西班牙人曾参加了征服者的队伍，他把所见所闻写成长诗《阿劳加纳》。诗中歌颂印第安勇士不屈不挠的反抗精神，写他们为了捍卫自己的土地，如何夫唱妇随、父死子继，写印第安首领如何足智多谋、英勇善战、视死如归！

法国大思想家伏尔泰称赞这部史诗，把它跟《荷马史诗》相提并论。文学史家则称它是"第一部以诗歌形式歌颂美洲的作品"。

"第十位缪斯"克鲁斯

殖民者带来锁链，也把西班牙宫廷典雅、空洞的文风带给了美洲文坛。不过在一大批平庸之作中，也有少数闪光的作品。

有位叫克鲁斯（1651—1695）的女诗人，是在墨西哥出生的白种人。她从小与众不同，六七岁时，打算装扮成男孩到首都去上学，父母没同意。以后她便钻进祖父的藏书室里，自修各种学问。

由于博学多才，她后来一度被邀进宫做了侍从女官。以后她又自愿到修道院去钻研学问，二十八年没离开修道院。——这座圣赫罗尼莫修道院，也因此成了当时墨西哥的文化中心啦。

克鲁斯的代表作是长诗《初梦》。全诗近千行，用的是自由体。诗中把数学、生物、物理等学问同神话传说糅合在一起，富于诗情，又深含哲理。——光明必定战胜黑暗、知识必定战胜愚昧，便是这首长诗的主题。

当时有位主教写信给克鲁斯，劝她多读读《圣经》，少看点儿"闲书"。她回信说，自己发奋读书是为了了解世界、不做愚人。她在信中强调了妇女

克鲁斯

的权利，批评了歧视妇女的偏见，还说女子的智力丝毫不比男人差，妇女完全可以自己教育自己。

她的这封回信被后人看作"美洲最有人情味和最高尚的文学文献"。她本人也被称作"新大陆最伟大的天才之一"。——相传诗歌女神缪斯共有九位，而克鲁斯则被称为"第十位缪斯"！

在克鲁斯之前，墨西哥剧坛上还出了一位戏剧家阿拉尔孔（1581—1639），他的代表作《可疑的真情》，写一个爱撒谎的年轻人欺骗朋友、欺骗爹爹，最终自己吃了苦果。——这戏不但在美洲和西班牙有影响，据说法国的高乃依和莫里哀也从中汲取了营养呢。不过这一时期美洲的小说却没什么像样的作品。

《癞皮鹦鹉》：拉美长篇第一部

拉美小说到了十八九世纪才开始有起色。依然是墨西哥，出了位小说家科萨尔迪（1776—1827），他写出了拉美第一部长篇小说《癞皮鹦鹉》。——这是一部"流浪汉体"的小说，继承的还是西班牙小说《小癞子》的传统呢。

依照流浪汉小说通常的模式，小说是用第一人称叙述的。主人公本是个小康人家的子弟，当娘的一心想让儿子出人头地，把他送进学校读书。由于他身穿绿衣黄裤，又长着一脸疙瘩，同学送他一个外号叫"癞皮鹦鹉"，连老师也常常奚落他。他受不了这一切，便逃到街上，成了流浪儿。

他进过神学院，干过杂役，当过仆人，偷过东西，还冒充大夫，险些把人治死；以后又陷进强盗堆儿里，还差点儿上了绞架……就这么混了大半辈子，他终于醒悟：流浪和冒险只会给自己带来灾难。于是他反躬自责、改邪归正，并把自己一生的教训讲给儿子听。——这便是这部书的由来。

小说追随"癞皮鹦鹉"的行踪，把社会的种种险恶与不平揭露出来，语言辛辣而尖刻。这部小说，被人看作是拉丁美洲小说的开山之作。

埃切维里亚

这以后，阿根廷也出了位小说家，名叫埃切维里亚（1805—1851）。他的小说代表作《屠场》，借着写屠宰牛羊，影射独裁者对人民的血腥镇压。此书被视为拉美浪漫主义文学的经典之作。

埃切维里亚还是诗人，在长诗《女俘》中，他把夕阳下镀金般的安第斯山以及夜幕中大海般苍茫的美洲原野写得美极了。——只有深深爱着这片土地的人，才能写出如此饱含激情的美丽诗篇。

古巴大诗人何塞·马蒂

拉丁美洲另一位享有盛名的诗人，是古巴的何塞·马蒂（1853—1895）。他是诗人，更是民族英雄。

何塞·马蒂出生在哈瓦那一个普通军人家庭。可能是受父亲那军人气质的影响吧，他从小便养就英雄心性。才十六岁，就在《自由祖国》周刊上发表了诗体历史剧《阿布达拉》，显示了艺术才华和爱国激情。

后来他因反对殖民统治被投入牢狱，判了六年苦役，那时他才十七岁。以后他被流放到西班牙，还到过墨西哥和美国，继续写诗写文鼓吹革命，并创立了古巴革命党。1895年，四十二岁的马蒂亲自率领起义军在古巴登陆，同西班牙殖民军英勇作战，不幸壮烈牺牲。

马蒂的诗集有《伊斯马埃利约》《纯朴的诗》《自由的诗》等。他的诗朴实无华，却又从纯朴中透出刚劲之气来。听听这一首：

> 当我长眠在异地
> 没有祖国，但也不是奴隶。
> 只愿我的坟墓上
> 放着一束花、一面旗。

你们看，一首诗，便是一则视死如归的英雄誓言啊！不过英雄不一定就是冷面铁心，他的诗集《伊斯马埃利约》，就是他写给儿子的。——他爱他的儿子，也正是父子深情，给了他勇气和力量。诗集中《我的骑士》一首，描画了他跟儿子嬉戏玩耍的欢乐场面：

> 每天清晨，
> 我的小宝贝儿

用热烈的吻，
将我唤醒。
他叉开双腿，
骑在我前胸，
将我的头发
编作马缰绳。
…………

我的小骑士
笑得多高兴！
他的小脚丫儿
我吻个不停。
虽说有两只，
一次就吻成。

爱亲人、爱生活，才能爱人民、爱祖国。读着这热烈而多情的诗句，想想诗人亲提义军、深入死地的壮烈场面，不由你不感受到诗人人性的伟大！

何塞·马蒂还是拉美现代主义文学浪潮的先驱。——现代主义是

哈瓦那街头的何塞·马蒂塑像

19世纪末20世纪初拉美文坛上兴起的一个新流派。这一派力求摆脱宗主国诗歌的影响，努力创造拉美文学自己的民族风格。

有人把马蒂的诗集《伊斯马埃利约》，看作最早带有现代主义色彩的作品。

"诗圣"鲁文·达里奥

然而，标志现代主义诗歌成熟的作品，则是尼加拉瓜诗人鲁文·达里奥的诗集《蓝》。

鲁文·达里奥（1867—1916）从小是个"神童"，三岁就能作诗，十一岁就在报刊上发表诗歌。由于家里穷，他常到人家婚丧典礼上即席赋诗，挣钱养家。他成了拉美头一位职业诗人。

诗集《蓝》是他二十一岁那年发表的。这部诗集从内容到形式全是新的。集中的诗歌十分注重技巧，充满音乐的韵律美，因而对西班牙诗坛也产生了很大影响。

鲁文·达里奥

读读这首《夜曲》：

你们这些探听夜的心脏的人，
你们在固执的失眠中听见了
一扇门的关闭，一辆遥远的汽车
的回响，一个游荡的回音，一声轻响……

在神秘的安静的那些瞬间，
当被遗忘之物从它们的牢狱中冒出，
在属于死者的时间，在休息的时间，
你们会阅读这些浸满痛苦的诗句吗？

我好像在杯中把我来自遥远回忆
和不幸的厄运的痛苦倒入它们，
还有我渴望花朵的灵魂伤痛的乡愁，
还有我因聚会而伤痛的心脏的哀叹。

还有没有成为我应该成为的人的难过，
那曾为我而存在的王国的丢失，
那个在一瞬间我可以没有出生的想法，
还有我的生命这个从我生下来就开始的梦！

这一切都在深邃的安静中来到，
夜也在其中包裹了尘世的幻觉，
而我感到自己像入侵并震撼了我那颗心脏的
那颗世界的心脏的一个回音。

这是一支夜之歌：白天的喧嚣渐渐远去，在深邃的安静中，诗人的内心却不平静！对往昔的回忆，对痛苦的咀嚼，还有壮志未酬的失意以及对生命的执着与疑惑……"于无声处听惊雷"，诗人内心奏响着黄钟大吕，与整个世界相呼应！

以往是拉美文学受宗主国影响，到达里奥这儿，"把西班牙的大商船掉个头，驶回了西班牙"，这可是值得拉美人民骄傲的事。怪不得拉美人民尊他为"诗圣"，还为他立起了宏伟的纪念碑呢。

加列戈斯："文明"与"野蛮"谁该教育谁

进入20世纪，拉美的小说创作又有了新发展。委内瑞拉小说家加列戈斯（1884—1969）的长篇《堂娜芭芭拉》，就是这一时期的小说经典。

《堂娜芭芭拉》中译本

芭芭拉是个漂亮的混血姑娘，没受过文明教育，一直生活在蛮荒的环境里。她自己受过野蛮的摧残，反过来又野蛮地对待别人，成了恃强凌弱、抢田霸土的女霸主。——然而她到底没斗过代表文明力量的年轻庄园主桑托斯。最终她众叛亲离，孤单一人离开牧场，消失在大草原上。

文明与野蛮的斗争，一度成为拉美小说的热门话题。这类小说强调要对原住民进行文明教育。然而不久，反映印第安人反抗白人压迫的作品又成了主流。最有代表性的，是玻利维亚作家阿格达斯（1879—1946）的小说《青铜的种族》。

青铜的种族自然指的是印第安人。他们遭受压迫，过着痛苦的生活。有个印第安女子上山牧羊，一个正在打猎的白人地主欺负她，又用石头把她砸死。消息传到印第安部落，饱受白人压迫的印第安人举着火把冲进地主庄园，把地主和爪牙们全都打死，还放起冲天大火，把庄园烧作一片空地！

到底谁更野蛮，谁该受文明教育？《堂娜芭芭拉》和《青铜的种族》给出截然相反的回答。后一部对印第安人寄予深切的同情，日后的许多印第安题材小说，都深受它的影响。——从后人的选择中，我们不难得出正确答案。

诗人聂鲁达：举起生命之杯

拉丁美洲的文学家里，有好几位获得过诺贝尔奖。头一位获奖的是智利女诗人米斯特拉尔（1889—1957）。她的诗收在《孤寂》《有刺的树》和《葡萄压榨机》几个集子里。

由于她的诗感情充沛、富于理想，她在1945年被授予诺贝尔文学奖。人们认为，她跟智利另一位诗人巴·聂鲁达及秘鲁诗人巴列霍共同开创了拉美诗歌的新纪元。

巴·聂鲁达（1904—1973）也是诺贝尔文学奖获得者，获奖

巴·聂鲁达

时间是1971年。——他本名叫内夫塔利·里卡多·雷耶斯·巴索阿尔托，后来因仰慕捷克诗人扬·聂鲁达，遂改名巴勃罗·聂鲁达。——这一点，我们在介绍捷克作家时已经说过。

巴·聂鲁达是个铁路工人的儿子，后来成为外交官，在亚洲、欧洲、拉丁美洲的好几个国家当过领事。"二战"时，他在巴黎任领事，从集中营里救出好几千名西班牙共和国战士——他是个有正义感的人。

巴·聂鲁达一生发表过几十部诗集，《漫歌集》是他的代表作，里面收有二百多篇诗歌，内容既有对掠夺者和独裁者的谴责，也有对矿工、农夫、渔民、水手、鞋匠以及民间诗人的赞美。诗的风格跟惠特曼的挺接近。

有一首《马楚·比楚高峰》，是诗人的诗中精品。马楚·比楚峰位于秘鲁境内，那里是印第安人世代栖息的处所。诗人想象着昔日的文明，感到自己跟历史融为了一体。他对深埋地底的古人说：

> 兄弟啊，起来同我一同诞生，
>
> ············

从大地的深处看看我吧，

农夫、织工、沉默的牧人，

骆马卫队的驯服者，

挑衅的脚手架上的泥瓦匠，

安第斯山泪水的挑夫，

压碎手指的宝石匠，

在种子中颤抖的庄稼人，

跟黏土混成--堆的陶工，

把你们古老的被掩埋的悲哀

带给这新的生命之杯吧！

…………

只有和人民同饮生命之杯，他的诗歌才会不朽。

在巴·聂鲁达之前，还有一位获诺贝尔文学奖的拉美作家阿斯图里亚斯（1899—1974）。他是危地马拉人，代表作品是长篇小说《总统先生》。——哪国的"总统先生"？叫什么名字？书里都没写。不过人们一看就明白，这是影射危地马拉军政府独裁者呢。

在这位独裁者的统治下，整个国家被恐怖气氛笼罩着，听到他的名字，"连街头的石子都要发抖"。全国都布满了总统的耳目，政治对手遭到迫害。人们相互猜疑，彼此戒备，社会一片黑暗……

小说不但勇敢抨击社会现实，还在艺术上有所创新。例如小说多次描写梦幻情景，为后来的"魔幻现实主义"开了一条新路。——而这种拉美文坛上独有的创作流派，到哥伦比亚作家马尔克斯那儿，被推向了顶峰。

马尔克斯，《百年孤独》

当代名气最大的拉丁美洲作家，要数哥伦比亚的马尔克斯（1927—2014）了。他八岁以前一直跟外公外婆住在一块儿，小小年纪，便把一部《一千零一夜》读得滚瓜烂熟。以后他到首都波哥大去念书，由于起了内战，大学没读完他就进了报界。他先后到过欧洲、北美，20世纪60年代住在墨西哥，并写出了那部震动美洲、闻名世界的魔幻现实主义巨著《百年孤独》。

小说讲述布恩迪亚家族七代人百年之中的兴衰遭遇。百年前，老布恩迪亚曾杀死一位邻居。从那时起，邻居的鬼魂就不断纠缠着他：他一会儿看见鬼魂在水缸旁边堵伤口，一会儿又瞧见它在浴室里洗脖子上的血……为了躲避死者的纠缠，他只好携家出走，来到一处荒野，开辟了马孔多村。——最终老布恩迪亚没得好结果，年迈时因精神失常，被绑在大树下，默默死去。

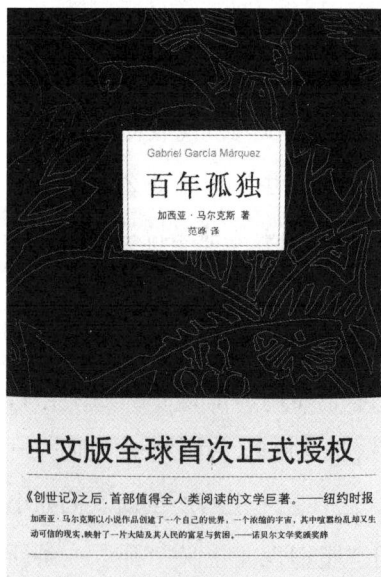

老布恩迪亚的小儿子

Gabriel García Márquez

百年孤独

加西亚·马尔克斯 著

范晔 译

中文版全球首次正式授权

《创世记》之后，首部值得全人类阅读的文学巨著。——纽约时报

加西亚·马尔克斯以小说作品创建了一个自己的宇宙，一个浓缩的宇宙，其中喧嚣纷乱却又生动可信的现实，映射了一片大陆及其人民的富足与贫困。——诺贝尔文学奖颁奖辞

《百年孤独》封面

奥雷良诺则当上了军官。这位上校发动过三十二次武装起义，躲过十四次暗杀和七十三次埋伏，屡遭危险却总能死里逃生。终于有一天，他厌倦了内战，自杀未成，从此回到马孔多过起隐居生活，整天忙着铸造小金鱼，铸了又化，化了又铸……

布恩迪亚的孙子、曾孙们，有的遭枪杀，有的乘飞毯飞去。有个叫霍·阿尔卡蒂奥第二的曾孙，从一列运尸火车上死里逃生，在返回马孔多的路上遇上大雨，那雨一直下了将近五年……他家还有一个孙儿竟跟姑母同居，养下个长着猪尾巴的怪胎来。后来这怪物被蚂蚁拖进蚁穴吃掉了，布恩迪亚家族也就此覆灭。

魔幻现实主义的杰作

沛沛对爷爷说："听您介绍，马尔克斯写这部小说明明用的是浪漫主义手法，怎么又称现实主义呢？"

爷爷说："马尔克斯自己认为，他写的是历史——不是哪个家族的历史，而是拉丁美洲的沧桑史。拉丁美洲近百年来孤独封闭、内战不止。一些落后习俗——像近亲结婚之类，一直延续至今。

"作家在小说中描述这些现象，正是要人们记住这段历史。与'孤独'相对立的是'团结'，拉丁美洲人民如果不团结起来、摆脱孤独，还能有振兴的机会吗？就只能像布恩迪亚这个古老家族一样，被厄运纠缠，在封闭中走向灭亡！

"小说从始至终充满魔幻情节。纠缠不去的冤魂啦，经年不止的大雨啦，腾云驾雾的飞毯啦，穿街过巷、长流不息的血河啦……但作者却是用写实的笔法去描摹这一切，使人觉得这是发

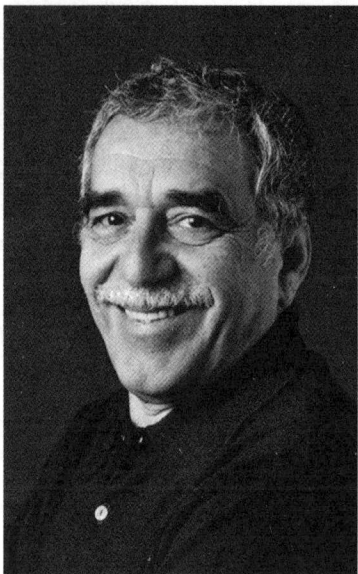

马尔克斯

生在人们身边的现实。——于是有了'魔幻现实主义'的提法。

"在拉丁美洲古老的印第安文化中，本来就有着神秘的魔幻因子，加上作者对东方神话以及《圣经》故事的借鉴，写作时又运用了大量西方现代派的手段，于是熔铸出这样一部独具一格的小说巨著来，也为作者及拉美文学带来极高声誉。

"小说自 1967 年出版，到 1982 年马尔克斯获诺贝尔文学奖，其间印行了一千万册；还被译为三十几种文字，畅销全世界。——智利诗人聂鲁达称马尔克斯为'塞万提斯之后最伟大的语言大师'。有人干脆把《百年孤独》称作'拉丁美洲的《堂吉诃德》'。还有人说这部小说在拉美引起了一场'文学地震'。

"马尔克斯的小说名篇还有《霍乱时期的爱情》《一桩事先张扬的凶杀案》和《苦妓回忆录》等。马尔克斯自己非常谦虚，他身穿哥伦比亚农民的传统服装参加了诺贝尔奖的授奖仪式。他说：'这是通过我，奖励了所有的拉丁美洲作家。'——听听，这才是大文学家的人品与风度呢！"

非洲文坛鼓声急

非洲诸国·
史前—20世纪

哈利寻根到非洲

"爷爷，美洲有许多非洲裔居民，他们当中也有名作家吧？"源源问。

"有哇。无论北美还是南美，都有大批非洲移民的后裔。他们的祖先是开发新大陆时，被殖民者从非洲大陆当作奴隶贩卖来的。他们中间，流传着不少祖祖辈辈口耳相传的非洲民间故事。马尔克斯写《百年孤独》，就从黑人民间故事中汲取了不少素材呢。

"你提到非裔作家，让我想起一位鼎鼎大名的美国作家哈利（1921——　）。他的那部著名小说《根》，可是最典型的黑人文学啦！

"哈利出生在美国纽约州，从小到南方跟祖母一块儿生活。祖母给他讲了许多黑人祖先的传说故事。哈利长大后先是当兵，退伍后又干起记者这一行。到了20世纪60年代，他突然萌生了一个念头：我们这些黑人是怎么到美洲来的？我们的根儿在哪儿？

"这个问题让他着魔。他没事就跑图书馆、钻档案库，又找老一辈的亲戚朋友调查访问。渐渐地，他从大量材料里理出一点儿头绪来，推测他的祖上可能来自非洲西海岸的冈比亚河畔。

"于是他不辞辛劳，坐飞机到非洲做实地考察。经过长达十年的不懈努力，他家的'根'竟被他在一个偏僻的小村子里找到了，这可太让人激动了！——于是他写下了那部轰动美国的《根》。

"小说从他的祖上昆塔写起，写昆塔如何在非洲出

《根》中译本

生，又如何被白人奴隶贩子贩运到美洲。往下一直写到他爹这一代，叙述了这个家族二百年间六代人的辛酸史，气势宏大，真实感人。——由于他依据的全是实打实的材料，以致有些评论者不承认《根》是一部小说，只说它是一部黑人家族史。

"哈利写这部小说的用意，大概是想让黑人通过寻根来认识自己的过去，提高民族自尊吧。——不管怎么说，自从哈利的《根》问世，寻根活动在美国成了一股潮流。"

沛沛想起什么似的，问爷爷："美洲是最'年轻'的大陆，非洲可是最古老的大陆了。我听老师说，最早的人类化石，就是在非洲发现的呢。那么非洲的文学，一定也是历史悠久的了？"

"是啊。你们还记得吧，放假的头一天，咱们就介绍了古埃及的文学情况，那可是人类最早的文学了。今天咱们就来谈谈非洲文学。"

沙漠南北不同文

在非洲这片古老的土地上，生活着许许多多古老的部族，他们全都有自己的文化传统。不少民间传说、诗歌谣曲，就在部族内部代代相传。只是由于没有文字，这些作品没能被记录下来，有的也就自生自灭啦。

大约7世纪的时候，不少阿拉伯人迁徙到非洲来，在非洲的北部和东部定居。那些地方的非洲文化，从此染上阿拉伯文化色彩。

摊开非洲地图就会看到，非洲北部的撒哈拉大沙漠成了天然的分界。沙漠北边和东边的埃及、阿尔及利亚，还有摩洛哥、突尼斯、苏丹等，全是阿拉伯国家。沙漠南边，可就是黑皮肤的非洲人居住的地方了——人们习惯上把沙漠以南称作黑非洲。

不过黑非洲东部的几个国家，如坦桑尼亚、肯尼亚等，受阿拉伯文化影响较深，他们的古代传说里，有着大量阿拉伯、拜占庭的故事内容，一些史诗也是用阿拉伯文写成的，只是说话仍旧是本地的斯瓦希里语。

随着殖民者的入侵，非洲不少国家的近代文学用语，都随了宗主国。例如，安哥拉、莫桑比克、佛得角，用的是葡萄牙语；

科特迪瓦、几内亚、喀麦隆、马里、塞内加尔，还有部分阿拉伯国家，用的是法语；尼日利亚、坦桑尼亚、南非等国用的是英语。——当然也有用本地语言的，像埃塞俄比亚。

巴鲁迪与邵基：呼唤战斗，重释历史

说起非洲的阿拉伯文学，埃及文学可以做它的代表。有位巴鲁迪（1838—1904），是埃及近代诗歌的开路先锋。他不但是诗人，还是政治家。他在世那会儿，埃及先后受着土耳其和英国的控制。巴鲁迪主张阿拉伯人自己当家做主。他于1882年出任埃及首相后，建立起没有外国人参加的内阁。英国人当然不答应，于是入侵埃及，巴鲁迪遭到放逐。

诗歌是巴鲁迪用来鼓舞人民斗志的武器。他写诗号召人民：

> 民众啊，奋起吧，
> 珍惜宝贵的年华，
> …………
> 你们人多势众
> 怎能容忍耻辱？
> 怎能表示无可奈何，
> 重复"我们总归真主"？
> 你们若不是缄默无声的死人，
> 就应该奋起投入战斗，
> 把侮辱、欺压统统铲除，

我呼吁、我号召

只要我们坚持斗争，

必将使敌人灾难临头！

———《鼓动革命》

巴鲁迪在流放中整理编选阿拉伯的古代诗歌，使本已衰微的阿拉伯诗歌传统得以复兴。他的诗继承了古诗那淳朴、简约的风格，承上启下，对后来的阿拉伯诗坛影响很大。

埃及诗人中还有一位艾哈迈德·邵基（1868—1932），名气比巴鲁迪更大些，被人誉为阿拉伯文坛上的"诗圣"。他出身贵族，曾到法国留学，回国后做了宫廷诗人，受到埃及国王的宠幸。

后来英国人废黜埃及国王，邵基也被流放到西班牙。他想念祖国，尤其眷恋那条哺育了埃及人民的神圣大河——尼罗河。他写诗赞美尼罗河：

她永远奔流不息，

乍一看——却像凝然不动，

一望无际的河水倾泻奔流

是如此雄浑，又如此安详；

可是只要稍微激怒，

汹涌的水流便泡沫飞溅，

带着雄狮般的怒吼，

掀起惊涛巨浪。

———《尼罗河》

这条大河，不就是阿拉伯民族的象征吗？

邵基还写过几部诗剧，最有名的是《女王克娄巴特拉》。克娄巴特拉是公元前1世纪末的埃及女王。当时她的国家受到罗马的侵犯，她用自己的美色，诱惑罗马执政官安东尼跟她结婚，并怂恿安东尼跟另一个罗马执政官屋大维作战。后来安东尼吃了败仗，自杀身死。屋大维虽然取胜，可罗马的实力却大受损耗。

屋大维要把女王带回罗马，当作凯旋的象征。女王识破他的用意，便自杀殉国，维护了自己与民族的尊严。——剧终时，埃及大祭司对罗马人说："我发誓，你们没有把埃及人征服，只是替自己掘了坟墓！"

以往的西方历史学家，把克娄巴特拉说成是"妖后"，诗人却为这位历史人物翻了案，把她写成维护民族尊严的女英雄。——诗人是想借历史告诉世人：埃及人民有着维护民族尊严的历史传统，谁想来控制他们，只能是自寻死路！

女王克娄巴特拉之死

邵基的戏剧中还有一出《莱伊拉的痴情汉》，那简直就是阿拉伯的《罗密欧与朱丽叶》。不但剧情感人，诗文也优美动听。——在此之前，阿拉伯文学中没有诗剧这一格。邵基把这种体裁引进来，使阿拉伯文学的天地又拓展了不少。

塔哈·侯赛因：目盲心亮，一代文宗

埃及还有位现代文豪塔哈·侯赛因（1889—1973）。他的主要作品是自传体小说《日子》。书中记述了作者自幼求学的不寻常经历。

求学念书还有什么寻常不寻常吗？——可塔哈·侯赛因读书真的不容易。因为他三岁时害了眼病，被庸医治瞎了双眼。他的学问，全是凭耳听、手摸、脑子记得来的。

在阿拉伯社会，一个盲童唯一的出路就是当个诵经人，在人家婚丧嫁娶的典礼上唱唱《古兰经》。因而塔哈一懂事就被送到村塾里学习《古兰经》。一本经书，很快被他背得滚瓜烂熟。他仍不满足，又让哥哥带他去开罗，进

塔哈·侯赛因

了爱资哈尔大学的预备班。

以后他考入埃及大学，二十五岁那年，成了埃及大学的第一位博士。由于他在博士论文里显示出罕见的才华，大学又派他到法国去留学，专攻希腊、罗马文学，并学习希腊文、拉丁文。——这对健康人都是难以完成的任务，可作为一位盲人，塔哈却凭着聪明与勤奋，取得优异成绩。

回国后，塔哈在埃及大学文学院任教授，一面把西方文学介绍给埃及人民，一面研究古代阿拉伯文化。

他发现有些阿拉伯古诗是后人伪造的，就把这个结论发表出来。——他的观点受到守旧派的攻击，有一段时间，他还被禁止教书。

不过真理总归是真理，他的观点最终被大家接受了。这位双目失明的大学者，在阿拉伯古代文学和现代文学之间、在阿拉伯文学与世界文学之间，架起一座"紫金梁"。——他自己见不到光明，却把人类文化的光明带给了阿拉伯世界！

他的小说除了《日子》，还有《鹧鸪的鸣声》《山鲁佐德之梦》和《苦难树》等。许多欧洲大学都纷纷授予他名誉博士称号，他也被人尊为阿拉伯文学的一代文宗和泰斗。

哈基姆的哲理剧

埃及还有一位几乎与塔哈齐名的文学家，名叫陶菲格·哈基姆（1898—1987），他的代表作是长篇自传体小说《灵魂归来》。

小说写三个年轻人——十五岁的中学生穆哈松和他的两位年

轻叔叔，一同爱上了邻家的漂亮姑娘。以后那姑娘嫁了别人，叔侄三个都陷入失恋的痛苦中。

革命一来，给他们带来新的生命。他们参加游行，散发传单，生活又充满活力。后来他们被英国人抓去坐牢，直到革命胜利才出狱。他们心中再次燃起爱情的火焰，可如今他们热爱着的，却是他们的祖国和人民！

哈基姆还是位戏剧家，创作过六十多个剧本，其中有社会剧，也有哲理剧。就拿《洞中人》来说吧，那是一出典型的哲理剧。剧中写三个基督徒由于逃避多神教国王的迫害，躲到一个山洞里昏睡了三百年。

待他们醒来时，发现四周早已成了基督教的天下。他们反而觉得无事可干，又跟这个新世界格格不入，于是又回到山洞中，最终死在那儿。

哈基姆的哲理剧耐人寻味，有着挖掘不尽的深意；他本人也成了阿拉伯现代哲理戏剧的奠基人。

黑非洲"鼓手"桑戈尔

非洲的阿拉伯文学家就简单介绍这么几位，接下来再说说黑非洲的文学家。

黑非洲著名诗人中，有不少同时又是政治家。像塞内加尔大诗人桑戈尔（1906—2001），就是塞内加尔独立后的第一任总统。

桑戈尔早年离家到法国去留学，以优异成绩从巴黎大学毕业后，留在法国当了中学教师。第二次世界大战爆发，他加入了法国军队，后来成了德国人的俘虏。战后他开始从事政治活动，1960年还当选为塞内加尔总统。

桑戈尔写诗是从上中学开始的，到法国后又结交了几位志同道合的黑人朋友，一起办起了报纸《黑人大学生》。

在报纸的宣言里，他们提出了"黑人性"的理论。——什么叫"黑人性"呢？那是指黑人文化遗产所体现出来的价值和精神。桑戈尔他们主张从非洲传统生活的源泉里汲取文学创作的灵感，把黑人固有的精神力量发扬出来。

桑戈尔

尽管后来有人批评说，人们的眼光应当朝前看，不该老盯着过去、固守着传统，可"黑人性"的理论在非洲人民争取自由独立的年代里，却没少发挥积极作用。

桑戈尔对黑非洲有着深厚的感情。在那首《黑色的妇女》中，他这样写道：

裸着身子的妇女，皮肤黝黑的妇女！
像熟透的饱满的果实，像醉人的黑色的美酒，
你的双唇呀使我的双唇神往；
透明的远方的草原，草原呀，
在东风热烈的抚爱下微微颤动。

雕刻精巧的板鼓，绷得紧紧的板鼓，

战士的手指敲得你达达响。

你的声音深邃而低沉——

这是崇高的爱情的歌声。

这位皮肤黝黑的妇女，就是诗人所热爱着的非洲呀。诗人通过黑非洲那特有的"达达"鼓声，把自己对祖国热烈的爱传达给了每一位读者。

桑戈尔在法国受过教育，他也热爱法兰西，还拿枪保卫过它。不过他厌恶法国的殖民主义政策，在《祈求和平》一诗中，他要求上帝"从法兰西脸上揭掉渺小和仇视的面具"。

桑戈尔的诗看上去比较温和，很有点儿"怨而不怒"的味道，然而却是柔中带刚，并不绵软。

拉贝马南雅拉：政治家也写诗

跟桑戈尔一道从事政治活动的，还有一位马达加斯加诗人拉贝马南雅拉（1913—2005）。他的诗歌风格，比桑戈尔的要健朗得多，这大概与他的政治态度有关。

拉贝马南雅拉跟桑戈尔是朋友，都曾作为本殖民地的代表，被推选为法国国民议会的议员，而他的政治主张更为激烈。后来他因参与了国内武装起义的筹划，被法国人投入监狱，判了死刑。然而他没有丝毫畏惧，长诗《安祭》，就是他在狱中留给祖国人民的遗言：

呵，马达加斯加，

此刻，夜深人静，

我们还是看见了你的蓝空如此深邃浩渺，

机枪的嚎叫把人从睡梦中惊醒，

死神，

在洒满月光的草地上徘徊，

呵，马达加斯加！

我的祖国的伟大的夜，

我从自己痛苦的深渊中向你致意，

海岛啊，我热爱你！

海岛啊，我向你致敬！

吟诵这些诗句，你会被这位铁窗诗人的爱国激情深深打动。——这首诗是在死亡的威胁下写成的，这才是用生命写出来的英雄诗篇！

1960年，马达加斯加独立，拉贝马南雅拉被释放出狱，回国担任部长，仍然不断写诗。他的诗集有《千年来的礼仪》《朗巴》等。他还是位剧作家，写过《马达加斯加的神明》《诸神会宴》等剧本。他还是第一个用法语写剧本的马达加斯加诗人哩。

除上面说到的几位，黑非洲的著名诗人还有不少，像刚果的卢蒙巴（1926—1961）、安哥拉的维克多（1917—1985）、佛得角的巴尔博扎（1902—1972）、科特迪瓦的达季叶（1916—2019）以及尼日利亚的奥萨德贝（1911—1994），等等。

阿契贝：神明之箭射向谁

谈到尼日利亚，不能不专门说一说著名小说家阿契贝（1930—2013），他是非洲最有才华的小说家之一。他的四部长篇：《瓦解》（或译为《生命不能承受之重》）、《动荡》、《神箭》和《人民公仆》，不但闻名非洲，在世界上也有一定影响。

阿契贝的小说多是写殖民时期的乡土生活的，有人把他的小说归于历史风俗小说一类。就说说那部《神箭》吧。

乡村祭司艾尤陆，是当地人民信奉的乌尔乌神的代言人。他说自己是神明手中的一支箭，发言行事，自己做不得主，只凭神的意志。——这就是小说题目的由来。

艾尤陆的职责，只是观察月亮。新月一出来，他就向村民报告，然后对月祭拜，并从神坛上取下一只木薯吃掉。——那神坛上放着十二只木薯，全都吃掉，刚好就是一年，收获的季节也便到了。不过不经艾尤陆宣布，谁也不敢下地收木薯——他可是神明手中的利箭啊。

阿契贝

以后白人来拉拢艾尤陆，又在这位祭司与村民之间制造矛盾，还强迫他替白人做事，把他软禁了两个月。

等艾尤陆再回村子时，木薯已经成熟，他却迟迟不肯宣布收获。

他的理由是：当他不在时，新月已出过两次，却无人祭拜；神坛上如今还有三个木薯，又怎能宣布收获的消息呢？——其实他是怨村民们反抗白人不坚决，因而有心惩罚他们呢。

眼看木薯就要烂在地里了，村民们都怨气冲天。白人传教士乘机宣扬说：只要改信上帝，就不必担心乌尔乌神的惩罚了。

这么一来，不少当地人改信了基督教。此时艾尤陆也因死了儿子，心力交瘁，眼睁睁看着村民们拿了木薯奉献给基督教；乌尔乌神的神坛前，变得冷冷清清啦。

小说一方面揭露了白人殖民者分裂当地人的种种手腕儿，一方面也对部族上层人物提出了批评：老祭司不去团结乡民来共同抵御殖民者的侵渔，反而打出神的招牌来，跟自己的乡亲过不去，结果让白人钻了空子。——他的失败，显然跟他那落后的宗法意识有关。

索因卡戏剧：满纸荒唐言

非洲最著名的戏剧家沃莱·索因卡（1934——　）也是尼日利亚人。他是非洲第一位诺贝尔文学奖获得者。

索因卡出生在尼日利亚西部约鲁巴族一个督学的家庭，曾到英国留学，专攻文学，毕业后就在英国从事戏剧活动。

1960年尼日利亚独立后，他回到祖国，曾到各地旅行，深入了解尼日利亚的民间文艺。以后他把西方的戏剧艺术跟非洲传统的音乐、舞蹈、哑剧等艺术形式结合起来，开创了用英语演出的西非现代戏剧。——此后的非洲青年戏剧家，几乎全都受到他的影响。

索因卡

索因卡是位讽刺大师，他的早期戏剧作品《沼泽地的居民》《裘罗教士的磨难》等，全是风格诙谐的讽刺剧。以后他的戏剧风格起了变化，不但调子转为隐晦低沉，手法上也增添了荒诞的成分。

就拿《大路》来说吧，剧中把道路说成一尊饿神，随时都在吞吃血淋淋的牺牲者。而主人公是个怪老头，白天在汽车站旁摆个摊儿，专门替人伪造个驾驶执照什么的。晚上，他就到教堂后面的坟场上跟鬼魂们瞎混。

一听说哪儿出了车祸，他就特别兴奋，赶紧跑去用放大镜仔细观察死者的尸体，想从破碎的皮肉和飘零的布片儿中找出生死的真谛来！

索因卡的另一部著名荒诞剧是《疯子与专家》。剧中的两位主人公是经历了战争的爷儿俩。儿子战前是外科医生，如今却当上了情报处长。他一回到家乡，就派了四个残疾人——一个害"羊角风"的、一个瞎子、一个缺胳膊的、一个少腿儿的，去监视他的老爹。

而老爹也不正常，到处宣扬他那套吃人肉的谬论，说是吃人肉天经地义，不吃则是浪费……索因卡的戏剧虽然表面看着荒诞无稽，却处处含着对社会现实的讥讽与抨击，在"满纸荒唐言"

的后面，隐藏着十分严肃的主题。

索因卡还是造诣极深的学者，他对黑人文化的了解和研究，是任何西方学者都没法相比的。不但尼日利亚的高等学府聘请他主持教席，美国的著名大学也请他去做客座教授。

1986年他获得诺贝尔文学奖时说："这奖金不是发给我个人的，它是奖给我所代表的文学的。而我是非洲整个文学传统的一部分。"——索因卡的成功，正是由于他把根扎在了非洲传统文化的肥沃黑土地中！

非洲多神话，猴子拍月亮

"黑非洲的古代文学，您似乎讲得不多。"沛沛央求爷爷。

"你是说非洲的传统文化及文学吧？从形式到内容，也都丰富得很。譬如形式上就有诗歌、民间传说，还有戏剧、舞蹈等。

"单拿诗歌和民间传说来说，虽然是口头流传，在各部族中却都有专门的学者和艺人保存和传唱。有些王国还设有歌吏，那职责大约跟咱们中国古代的采风官相仿。

"只是殖民者一来，这些歌吏都流落民间，成了流浪艺人。不过他们通晓古今、博闻多识，在民间是很受尊重的。

"说到内容，传统文学更是丰富多彩。有数不清的神话传说、童话、史诗、民间故事……就拿神话来说，跟咱们中国神话还有类似之处呢。

"中国神话里不是有雷公电母吗？非洲神话里也有闪电之神和响雷之神。又如雨后天空中出现的彩虹，在非洲神话中那是蛇

非洲木雕

神的形象，象征着丰收在望。其实咱们中国的老祖宗也认为虹是一条蛇，名叫'蝃蝀'（dìdōng），并且也与收获有关呢。——看来世界各民族的早期文化，也都有着相通之处呢。

"非洲神话中还说，月亮上的黑影是猴子拍上去的黑手印，这可跟中国嫦娥奔月的美丽传说不同。——在班图族的神话里，还有个关于海浪的美丽传说。说是一个姑娘嫁了人，因为要下地干活，生下孩子没人照看，于是便拜托海浪朋友当保姆。清晨，海浪把孩子轻轻驮到凉快的地方，哄他玩耍，晚上再轻柔地把他送回来。这想象有多美！

"非洲传统诗歌也是一座开掘不尽的宝库。其中既有雄壮豪迈的史诗，也有轻快活泼的伴舞歌曲和荡气回肠的抒情诗歌。那诵诗的场景，一定跟桑戈尔在诗中描绘的一样：当东风吹过草原的时候，鼓手的手指间响起'达达'的鼓声；黑皮肤的少女矫健起舞，歌者和着鼓声的节拍，唱出铿锵的诗句来。——他唱的，一定是黑色巨人觉醒的歌儿吧！"

第 **49** 天

印度大诗人泰戈尔

印度等国·
14—20世纪

《金云翘传》：越南长诗，源自华夏

"今天几号啦？"爷爷在藤椅中一落座，开口问两个孩子。

"8月29号。"俩孩子齐声回答。

爷爷掐指算了算："再有两天就要开学了，这最后两讲，可要留给亚洲了。从哪儿讲起呢？先说说两家近邻——越南跟朝鲜吧。

"其实这两国的传统文化，跟中国有着密不可分的渊源关系。例如咱们中国过春节，越南、朝鲜也都过春节。他们的文字、风俗、姓氏以及种种器物，也深受中国文化的影响。

"说到文学，越南古典文学中有部非常有名的叙事长诗《金云翘传》，还是根据中国明代的同名小说改编的呢。

"这部长诗分十二卷，总共三千二百五十二行，写的是发生在中国明代嘉靖年间的一个爱情故事。女主角叫王翠翘，是北京大名府王员外的千金。一次踏青游春，偶遇贵公子金重。两人一见钟情，于是私订终身。

"不久金重回辽阳奔丧，翠翘家却遭了横祸——王员外被人诬陷，下了大狱。为了筹措银两营救爹爹，翠翘自愿卖身，被山东马监生买去，又被送进了青楼。

　　"以后有个姓束的无锡书生把她赎出火坑，不料束生的妻子宦姐是个泼妇，趁束生不在，把翠翘抢去，罚做奴仆。束生'惧内'，只好忍气吞声，眼瞧着翠翘受苦。

　　"翠翘的坏运道还远没到头。她好不容易逃出宦姐手心儿，又落到一个二流子手里，再次被卖到妓院。这回她遇上了江湖好汉徐海，两人结为风尘知己。

　　"徐海后来起兵造反，来接翠翘，并把马监生、妓院老鸨等统统处死，替翠翘报了仇。但不久徐海造反失败，翠翘又落到一个土官手里。

　　"翠翘不愿再受污辱，便跳江自尽，幸被一位尼姑救起。以后金重中进士做了官，打听到翠翘下落，两人终于破镜重圆。

　　"当年翠翘卖身时，曾嘱咐妹妹翠云代替自己嫁给金重，这

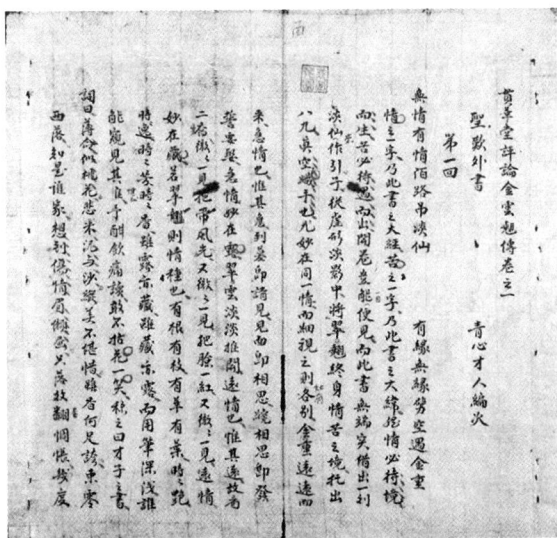

抄本《金云翘传》一页

书的书名是从金重、翠云、翠翘的名字中各取一字，叫'金云翘传'——这也是中国明末小说时兴的取名方式。

"长诗的作者阮攸（1765—1820），字素如，号清轩，是越南河静省人。他出身于世代书香的贵族家庭，曾奉命出使中国。那会儿正是清嘉庆年间，小说《金云翘传》便是他那时读到的。

"据小说改编的长诗，不但保留了原书情节曲折、人物生动的特点，语言也简洁凝练、音调和谐，因而深受越南人民喜爱。

"这部长诗，也便成了越南古典文学的珍宝以及中越文化交流的纪念碑啦。"

《春香传》：朝鲜也有"玉堂春"

我们东邻朝鲜——目前分裂为朝鲜、韩国两个国家，其实是一个民族，历史上也有一部不同凡响的小说名著，叫《春香传》。写的是艺伎之女成春香跟贵族公子李梦龙相互爱恋、终成眷属的曲折故事。

春香年轻貌美，伎艺超群；李梦龙英俊潇洒、才华横溢。跟金重、翠翘相仿，他俩也是在踏青途中一见钟情、私下成婚的。只是两人地位悬殊：梦龙是两班翰林之子，春香的母亲却是地位卑贱的艺伎。不久梦龙的父亲奉调进京，梦龙跟着一同赴部，却不敢带上春香。春香临别无言，只说了一句："恨哉恨哉，尊卑贵贱，委实可恨！"——她不怨恨李梦龙，恨的是拆散他们的等级制。

这以后，有位卞学道到南原府上任。这是个贪赃枉法、花天酒地的滥官。一到任，他就想娶个漂亮姑娘做妾，于是挑中了春香。春香却一口回绝了他。

卞学道恼羞成怒，把春香拷打一顿，押在死囚牢里，只等他做寿那天，杀了解恨！——就在这当口，有个乞丐到女牢里来探监。春香一看，竟是她日思夜盼的李梦龙！姑娘死到临头，想的仍是他人。她叮嘱母亲，千万别因李公子落难，便慢待了他。

其实李梦龙早就中了状元，被朝廷点为全罗御使（相当于巡抚），如今他是来微服私访的。

卞学道做寿这天，梦龙扮作落魄书生也来赴宴。卞学道看不起这个穷书生，对诗时奚落他。梦龙当众题诗一首："金樽美酒千人血，玉盘佳肴万姓膏。烛泪落时民泪落，歌声高处怨声高。"题罢扬长而去。

寿筵上的官员们读了诗，吓得纷纷离席。卞学道却还执迷不悟，依旧饮酒作乐。直到李御史的差役闯上堂来，把他拿下，他才如梦方醒。

古代绘画中的朝鲜民间生活

最终卜学道被罢了官，春香则获释出狱。她随梦龙进京，做了御史夫人，两人忠贞的爱情，终于有了美满的结局。——全剧的情节，跟中国明代小说《玉堂春落难逢夫》颇为近似。

《春香传》对封建尊卑制度提出了抗议，还抨击了统治者盘剥百姓、骄奢淫逸等恶行。作为古典名著，思想境界并不低。——朝鲜人民特别喜爱这部小说，把它搬上戏剧舞台，至今常演不衰。

印度大诗人泰戈尔

转一圈儿回来，又说到了印度。还记得暑假开始时，咱们介绍过印度的史诗戏剧吗？今天要讲的，是印度的现代文学。

首先要提的，就是大文豪泰戈尔（1861—1941），他是东方第一位获得诺贝尔文学奖的作家。他出生在印度加尔各答一个富有的大地主家庭。不过到他父亲这一代，家道已经大不如前。

不过对待子女的教育，父亲却一丝不苟。开头泰戈尔被送到学校里读书，父亲见效果不好，就索性请了老师，在家里教孩子们。

以后泰戈尔又到英国去留学，先在伦敦读法律，又改学文学。可他对英国的教育很失望，只待了一年多就回国了。——其实在这之前，他已经是小有名气的诗人了，写过好几千行诗歌，还有几篇小说问世。

以后他到乡下管理家中田产，接触了底层民众，也看到社会的许多阴暗面。他的创作欲望被激发出来，十年当中写了大量诗歌、小说，出版了诗集《黄金船》《缤纷集》《碎玉集》《梦幻集》《刹那集》以及《故事诗集》等。著名叙事诗《两亩地》便写于这一时期。

穷苦农民巫宾只有两亩地，那是他家七代相传的命根子。王爷呢，拥有万顷良田。可为了把自己的花园搞得方方正正，他竟狠心夺去了巫宾仅有的两亩地。

徐悲鸿绘泰戈尔像

巫宾在外流浪十六年，心里一刻没忘记自己的两亩地。鬼使神差，他又回到家乡，来到自己的两亩地旁。刚好有个熟透了的芒果掉在他脚边。巫宾激动极了：土地啊，你到底认出你的儿子啦！

这时王爷出现了，硬说巫宾偷了他的芒果。——这个世界还有一点儿公道吗："王爷的双手偷去了穷人的所有，唉，在这世界里，谁越贪得无厌谁就越富有！"诗人为"升斗小民"而呼喊，对这个不公平的世界提出了控诉。

《摩诃摩耶》：一幅不可揭开的面纱

泰戈尔的短篇小说里，有不少同情妇女命运、抨击封建陋俗之作。

有这么个短篇，写一个叫乌玛的小女孩，才六岁，就被"嫁"到夫家去，受尽了虐待。她在练习本上给哥哥写信说：我给你跪下了，接我回去吧，我再也不惹你生气了。——这场面比契诃夫笔下的凡卡还要悲惨些。尤其是想到她这个年龄本该拿练习本写作业的，读者心里就更堵得慌。这篇小说的题目，就叫《练习本》。

最著名的短篇《摩诃摩耶》，也是反封建题材的。摩诃摩耶是个漂亮姑娘，她跟本村小伙子罗耆波真心相爱。一次两人幽会，被她哥哥发现了。哥哥二话不说，把她带到一个奄奄一息的老头子家，硬逼着她嫁给这个病鬼。

可第二天老头子就死了。照老辈子传下来的规矩，妻子是要陪葬的。摩诃摩耶被捆住手脚，扔到柴堆上。就在大火冲天的当口，突然来了一阵暴雨。看热闹的人都跑散了，火也被浇灭。姑娘算是死里逃生啦。

姑娘再次找到小伙子时，她的脸上蒙着厚厚的面纱。她答应跟小伙子生活在一块儿，条件却是：永远不准揭起面纱！

这对恋人冒雨离开家乡，在异地建起一个家。

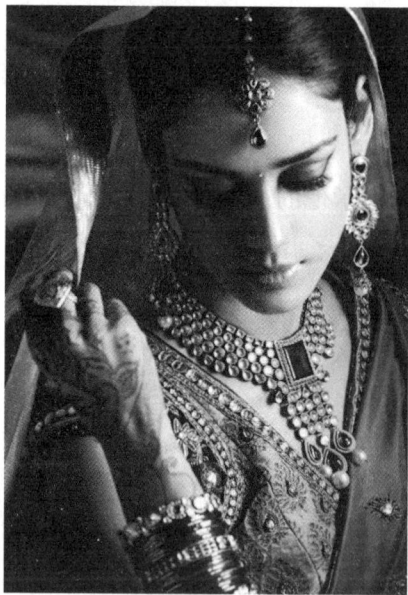
印度新娘

一个月夜，罗耆波来到姑娘的卧室。月光照在睡梦中姑娘的脸上：这哪儿还是昔日那美丽的姑娘啊？烈火把她的容貌彻底毁啦！

小伙子一声惊叫，惊醒了姑娘。她迅速戴上面纱，不顾罗耆波的苦苦哀求，头也不回地出了门。在以后的岁月里，罗耆波再也没能找到她⋯⋯

小说没有过多的心理描写，连人物对话也不多。可是小说的效果却是那么震撼人心，每个读者都会一眼看出封建恶俗的残酷与野蛮！

《沉船》：同时下沉的是女人的命运

泰戈尔三部有名的长篇小说分别是《小沙子》《沉船》和《戈拉》。三部中，倒有两部是妇女题材。

《小沙子》写一位寡妇爱上个有妇之夫，却不能跟他结合，最后只好痛苦地离开，独自到远方去苦修。小说题目为什么叫"小沙子"呢？那意思是：寡妇是人人讨厌的眼中沙！——作者有意用这个刺耳的称呼做题目，他是替寡居妇女的遭遇抱不平呢！

《沉船》是个充满巧合又真实动人的故事。——小说男主角罗西梅是个刚刚毕业的法科大学生。他跟少女汉娜丽妮要好。可爹爹早给他说下了一门亲事，硬逼着他到女家去迎亲。

父命难违，罗西梅来到女家，可在新婚之夜，他看都没看新娘一眼。婚礼过后，他带着新娘乘船回家，却在河上遭遇了暴风雨，整个船队都沉没了。

罗西梅挣扎着爬上岸，月光里，他看见穿红挂绿的新娘就躺在不远的沙滩上。——新娘是得救了，可罗西梅的爹爹却没能救上来。

为爹爹料理丧事，一忙就是三个月。这期间，他跟新娘也一天天亲热起来。可有一天他突然弄明白：这女子根本不是他的新娘，而是船队中另一位新郎的妻子。她叫卡玛娜，是被狠心的舅母打发出嫁的，结婚时连丈夫的名字都不知道；而且直到现在，她还以为罗西梅就是她的丈夫呢。

罗西梅只好先带她去加尔各答，把她送进一所寄宿学校。自己一面开业当律师，一面再想办法。不久他又碰上心上人汉娜丽妮。这番分离，反而使他们的心更加贴近了。

《沉船》中译本

汉娜丽妮的爹爹也挺喜欢这个年轻人。罗西梅觉得反正妻子已经死了，卡玛娜又跟自己没关系，只等结婚前跟汉娜丽妮解释一下就行了。可有个心怀妒忌的人却抢先向汉娜丽妮一家透露说：罗西梅已经有妻子了！

罗西梅百口难辩，只好带着萍水相逢的"妻子"卡玛娜离开了这座城市。

故事没有结局

两人在一位好心人家里安顿下来，罗西梅便写了一封长信，把事情经过原原本本叙说一遍。可信没到汉娜丽妮手里，却被卡玛娜看到了。她这才恍然大悟，明白为什么罗西梅总是对自己淡淡的，原来他根本不是自己的丈夫！

这对于"丈夫就是一切"的印度妇女来说，简直就是晴天霹雳！她谁也没告诉就出了门。事后罗西梅在河边发现了她的钥匙和胸针，大家都以为她寻了短见。

其实她没死，她发誓要回到丈夫身边。她得知丈夫是位医生，名叫纳里纳克夏，于是几经周折来到纳大夫家，做了女仆。

纳大夫的母亲人很和善，但卡玛娜始终不敢说明自己的身份。纳大夫哪里知道家中新来的女仆就是早已"淹死"的结发妻子呢。如今他正跟一位小姐来往密切，那姑娘恰恰就是刚从失恋痛苦中解脱出来的汉娜丽妮。

就在这时，汉娜丽妮接到罗西梅的信，得知了卡玛娜的身世。在汉娜丽妮的鼓励下，卡玛娜向纳大夫透露了自己的真实身份。

纳大夫是个开通的人，他接受了自己的妻子。可老太太会怎么看呢？尽管纳大夫一再安慰妻子：妈妈一生宽恕了许多人的罪恶，她当然会宽恕你的，何况你根本没罪！话是这么说，卡玛娜心里仍然七上八下的。——小说到这儿就结束了。

小说中的卡玛娜是个可怜人。她对一个连名字、模样都不清楚的陌生人，竟那么诚惶诚恐地爱戴遵从，还不是因为她的心头压着礼俗的重担吗？

作者故意给小说留了个尾巴，没写成婆婆宽恕、合家欢欣的圆满结局。那似乎是在向读者暗示：不知还有什么样的命运等着这个无辜女子呢！

在当时的印度，妻子未经丈夫的允许回趟娘家，都会被认为不守妇道，何况是跟别的男人一块儿生活了好几个月呢！

《戈拉》：超越民族与宗教

《戈拉》则是一部反映社会问题的长篇。主人公戈拉是位印度教的年轻领袖，高身量，白皮肤，秉性刚强，思想偏激。他痛恨英国殖民者，四处奔走呼号，宣传传统文化，美化古代的印度。甚至连传统习俗中的糟粕，也被他说成是闪闪发光的金子。他还排斥其他宗教，这无意中削弱了反抗殖民者的力量。

后来他的恋爱与教义起了冲突，他便毅然斩断情丝，准备一世苦行、报效祖国。就在他准备施行忏悔礼的当口，传来爹爹病危的消息。在病榻前，爹爹的临终遗言让他目瞪口呆：原来自己不是印度人，而是英国人！——当年印度人与英军作战，有个怀了孕的英国妇女躲到他家来，生下戈拉就去世了。是他的印度爹娘顶着触犯教规的罪过收养了他。

听说这一切，戈拉像是一下子获得了解脱。以前他对印度教的教义也有过怀疑和困惑，不过自己是印度教徒的后代，又怎么能违背教义呢？如今得知自己不是印度人，那么印度教徒与穆斯林、基督徒的对立显然跟自己没有关系啦。——他觉得自己成了

泰戈尔家的后院，徐悲鸿写生

更广泛意义上的印度人，具有了为全体印度人民谋福利的权利！

泰戈尔有个老师，就是一位"新印度教派"的领袖人物。这个教派反对崇拜西方文明，主张继承民族文化，可是连带着把旧传统中的糟粕也继承下来。

泰戈尔抱着"吾爱吾师、吾更爱真理"的态度，曾写文章批评老师的错误观点。泰戈尔的立场主张，从《戈拉》中就可以看出来。

《吉檀迦利》，享誉世界

说了半天，泰戈尔的抒情诗歌，咱们还没介绍。泰戈尔出过不少诗集，如《吉檀迦利》《新月集》《飞鸟集》《园丁集》等。他在1913年获诺贝尔文学奖，主要是由于他在诗歌上做出的成就。

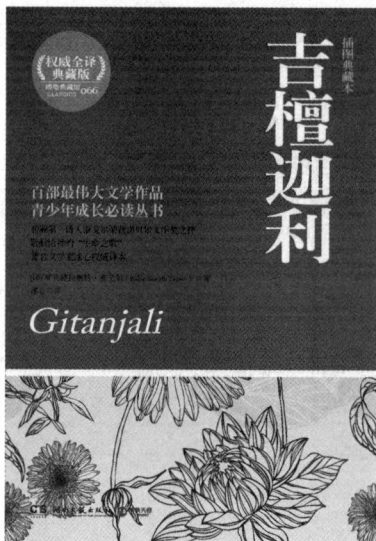

《吉檀迦利》中译本

就说说这部获奖诗集《吉檀迦利》吧。"吉檀迦利"的意思是"献诗"，也就是献给神的诗歌。——那么泰戈尔信奉什么神呢？他信奉的既不是释迦牟尼，也不是耶和华或穆罕默德，他信奉的是自然万物。他的这种信仰，叫作泛神论。

泛神论认为：天空大地、山川草木、鸟兽虫鱼，全都是统一的整体，这个统一的有机体就是"神"。有着此种信仰的人，不但爱他的人类同胞，也爱天地万物及大自然的一切——这是一种多么广博的爱！

当时印度的民族解放运动正处于低潮，诗人找不到出路，感到苦闷与彷徨。《吉檀迦利》就是诗人在迷茫中寻求光明的心声记录。——诗中张口闭口称呼"神明""上帝"，笼罩着一派神秘的宗教气氛，有些诗句也显得朦胧，可是反复吟诵，却能令人进入一个超凡脱俗、和谐幽美的境界。

在诗中，诗人表达了对"神"的无限崇敬：

当你命令我歌唱的时候，
我的心似乎要因着骄傲而炸裂；
我仰望着你的脸，眼泪涌上我的眼眶。

我生命中一切的凝涩与矛盾融化成一片甜柔的谐音。

——我的赞颂像一只欢乐的鸟，

振翼飞越海洋。

——第二首

这位"神"在哪儿啊？

他是在锄着枯地的农夫那里，

在敲石的造路工人那里，

太阳下，阴雨里，

他和他们同在，衣袍上蒙着尘土。

——第十一首

这位神，不就是人民嘛！

诗人还向往着"自由的天国"，那其实就是祖国的理想未来：

在那里，心是无畏的，头也抬得高昂；

在那里，知识是自由的；

在那里，世界还没有被狭小的家园的墙隔成片断；

在那里，话是从真理的深处说出；

在那里，不懈的努力向着完美伸臂；

在那里，理想的清泉没有沉浸在积习的荒漠之中；

在那里，心灵是受你的指引，走向那不断放宽的思想

与行为

——进入那自由的天国，我的父啊，让我的国家觉醒起来吧。

——第三十五首

1912年，诗人带着《吉檀迦利》的手稿到英国去，有位英国诗人读了非常赞赏，建议他把诗读给欧洲的诗人们听。

那天晚上，许多欧洲的大诗人都来参加朗诵会。诗读完了，大家就那么默默无言地散了。泰戈尔后悔听了那个英国诗人的建议。

可第二天，他接连收到大师们热情赞誉的信。原来头天晚上，大师们都激动得说不出话来，一时找不到赞美的字眼儿啦！——就这样，一位东方诗人的名字，一夜间在西方传扬开来。

泰戈尔获得诺贝尔文学奖，整个印度都沸腾了！成千上万人涌上街头，向诗人欢呼。泰戈尔则把奖金全都捐给了教育事业。

后来泰戈尔再度访问欧洲，各国都用国礼接待他，人们还为他举行提灯游园会。英国女王则授予他爵士称号——不过七年以后，为了抗议英国人杀害他的同胞，他毅然放弃了爵士称号。

这位享誉世界的哲人，决不是一点点世俗的荣耀就可以笼络得了的！

泰戈尔与中国

在反对殖民主义的斗争中，泰戈尔的态度十分鲜明。1905年，英国颁布分裂孟加拉省的法令，印度全国掀起抗议浪潮。泰戈尔也亲赴加尔各答，组织集会游行，还慷慨陈词发表演说，并亲自作词谱曲，创作了不少爱国歌曲。——今天印度的国歌，就是他谱的曲子呢！

泰戈尔还创办了《宝库》月刊，发表反殖民统治的文章。只是他不同意用暴力反抗暴力，觉得要拯救印度，先得消灭贫困、发展教育。

抱着发展教育的想法，泰戈尔四十岁那年离开自家庄园，在圣蒂尼克坦那地方办起一座森林学校。他要让孩子们在大自然中自由自在地受熏陶、学知识。

学校刚开办时连间像样的教室也没有，泰戈尔既是校长又是教师，学生也只有十二个。可是到了泰戈尔晚年，这所学校已经发展成闻名世界的"国际大学"，其中还包括一座"中国学院"呢。为了这座学校，泰戈尔倾注了毕生的心血！

1924年，泰戈尔六十多岁时，曾到中国访问。一踏上中国国土，他就宣布：我来中国，就像一个进香的人，是对中国古文化来行膜拜礼的！——对了，你们

泰戈尔访问中国，徐志摩、林徽因陪同游览

看过泰戈尔晚年的肖像吗？这位银须老人身穿一领洁白的长衫，在藤萝架下安详地坐着，镜片后的眼睛闪着智慧的光。这画便是诗人访华时中国大画家徐悲鸿为他画的。

泰戈尔兴致勃勃地在中国访问了五十天，临别时留恋地说：我把心落在中国啦。——他本来还要第二次访华，可不久便爆发了日本侵华战争。这位大诗人坚决站在中国人民一边，严厉斥责日本侵略者。以后他在病中还留心中国人民的抗战消息。

可惜没等到抗战胜利的一天，老人就与世长辞了。在世界文坛上，一颗光芒闪烁的明星陨落了！

普列姆昌德的《裹尸布》

普列姆昌德（1880—1936）也是印度著名的文学家。他出生在贝拿勒斯附近的村庄。爸爸是个邮局小职员，在他十几岁时就去世了。普列姆昌德咬紧牙关，担起全家的生活重担，一面给人当家庭教师挣钱养家，一面拼命读书，靠着自学获得了学士学位。

以后他由公立学校的教师，一直做到督学。当时印度民族领袖"圣雄"甘地号召人民对殖民者采取不合作态度。普列姆昌德便毅然放弃公职，到一所私立学校去任教。

以后他还当过编辑，办过出版社，参加进步的文学活动、培养文学青年……与此同时，他写了十二部长篇小说、三百来篇短篇小说，还有大量散文、评论、剧本……终因积劳成疾，五十六岁时就去世了。

普列姆昌德的短篇小说，大多收在题为《圣湖》的八个集子里。其中不少是反映农民生活的。有一篇题为《裹尸布》的短篇，算是把农民的贫困写到家了。有那么爷儿俩，是出名的懒汉。家里穷得只剩下三两个瓦盆瓦罐、几件破烂衣裳。饿急了，就到人家地里刨几个土豆，烧了充饥。儿媳妇生孩子，疼得在屋里直喊，爷儿俩怕土豆被对方独吞，谁也不肯进去看一眼。

普列姆昌德短篇小说的中译本

第二天，儿媳死了。爷儿俩到村子里挨门苦求，好不容易凑了五个卢比。——人死了，怎么也得有条裹尸布呀。可两人在集市上转了一圈儿，也没相中足够便宜的。最后两人来到酒铺，要了酒和煎饼，把买裹尸布的钱都吃光喝净。两人撒着酒疯，醉倒在地上。

乍一看，这两个人物真是太丑陋啦。可是透过人物对话和作者的议论，你却能悟出更深一层的道理：是谁把他们变成懒汉的？还不是这不合理的世道、没指望的生活！

女人的死，也让他们想到习俗的不合理：人活着连块破布都没有，死了反而要用崭新的白布包裹；难道没有裹尸布就不能升天吗？她若升不了天，倒是那些坏事干尽，再到恒河中去沐浴洗罪、到寺院里顶香献礼的大腹便便的人能升天吗？——这些醉话，顶得上半篇社会学论文呢！

《戈丹》：当一只脚踩上我身

《戈丹》是普列姆昌德的长篇代表作，写的也是农民的悲惨生活。有个名叫何利的农民，为人淳朴善良，能干活、肯吃苦，却有些胆小怕事。他有句"名言"——别人把脚踩在你身上，你最好只用手搔搔他的脚底板！

何利有个多年夙愿，就是买一头母牛拴在大门口：一来孩子们有牛奶喝，二来也可以给家门增光。

后来他真的赊账买回一头母牛来。不过钱还没还上，牛就让心怀忌妒的弟弟毒死了。警察来调查，何利怕"家丑外扬"，反而借了钱贿赂巡官，替逃亡在外的弟弟隐瞒罪过。

接着何利的儿子又领回个出身低贱的寡妇来。村里的长老认为这是伤风败俗的事，便开除了何利的教籍。何利又不得不出钱赎"罪"，他家祖传的老屋和全年的收成，也就交了出去。——以前他是自耕农，如今落到了给人家当雇工的地步。

为了嫁闺女，他又背了新债，眼看田也要被地主抽回去了。没办法，他忍痛把女儿嫁给一个老头子。接过女儿的卖身钱，他手都颤抖了。

何利背着一身债，还想为小孙子买一头母牛。他白天做苦工，夜里搓草绳，心血都耗尽了。在一个热浪逼人的酷暑中，他终于倒下了。临死前，按习俗要行"戈丹"礼，也就是献牛仪式。家里只好把辛苦积攒下来的买牛钱都给了祭司——何利到底没有买成母牛！

把何利跟《裹尸布》里的爷儿俩一对比就明白了：勤劳辛苦

一辈子的何利，下场比那对懒汉又好到哪儿去了？相反，《戈丹》中不劳而获的地主老爷、婆罗门长老，哪一个不比懒汉更懒？他们把脚踩在农民身上，榨去农民的每一个铜板，才不在乎被人"搔脚板"呢。——普列姆昌德就是这样用他的笔揭露了现实社会的不平，同时也为印度的现实主义文学奠定了基础。

德钦哥都迈："缅甸的泰戈尔和鲁迅"

源源说："爷爷，听您介绍《戈丹》，让我想起老舍先生的《骆驼祥子》来。何利做的是买牛梦，祥子做的是买车梦，结果谁的梦也没做成。两人真可以说是难兄难弟了。"

爷爷说："你这个比较倒很有意思。《骆驼祥子》是老舍先生1936年前后写的，《戈丹》大约要早一两年。两部作品几乎是同时问世的。——中国、印度在近代有着相似的命运，因此我们读印度的文学作品，并不感到陌生。

"其实亚洲国家的命运也都差不多。像缅甸吧，也经历过封建社会和殖民统治时期，缅甸的近代诗人德钦哥都迈（1875—1964），也跟泰戈尔、普列姆昌德相

德钦哥都迈

似，是反抗殖民者的爱国文人。他原名吴龙，后来参加了以争取国家独立为目标的德钦党，于是改名为德钦哥都迈——'德钦'就是'主人'的意思。

"德钦出生在一个农民之家，很小就进寺院当了小沙弥。以后他为养家糊口而还俗，在仰光当了一名排字工人。因为聪明好学，很快升为校对、编辑。他的写作生涯便是从这时开始的。

"以后他创办了《太阳报》，想通过宣传，唤醒缅甸人民的民族意识。他在报上发表了许多诗歌，抨击殖民者的政策，歌颂有民族气节的人。有位缅甸律师出席英国人的授勋大会，昂昂然穿着缅甸的民族服装。德钦写诗赞颂道：

殖民授勋大会上，身着纱笼民族装。
威武不屈气节在，既是尊严又堂皇。

"德钦还写了不少'注'体诗文，如《洋大人注》《孔雀注》《猴注》《狗注》等。——怎么叫'注'呢？原来这是一种专门用来注释佛经的文章体裁。德钦大胆借用，把它当成文学武器。

"他的《猴注》《狗注》，并不是真的写猴写狗，那是托物讽喻、指桑骂槐呢。例如《狗注》就是一篇讽刺卖国者的妙文。文章从佛学、历史、文学、医学等种种角度对狗做了注释，指出要当伪政权的大官儿，就先得变狗；因为狗性就是投主子所好、奴性十足。他还要人们严防疯狗咬人、吠狗扰人。他把卖国求荣的政客们挖苦到家啦！

"而《孔雀注》则把祖国比喻成色彩绚丽的孔雀。他在注中歌颂了一百多位历史上的仁人志士。后人评价说，这是激发缅甸人民民族意识的最成功的作品。

"英国人拿德钦没办法，就想出收买的招数来。可是无论金钱还是恫吓，都没法子改变诗人的立场。英国人请他到仰光大学去当教授，他却宁愿到培养民族人才的国民学院去任教，尽管那里的薪金要低得多！

"缅甸独立后，德钦哥都迈被缅甸政府授予'诗学大师'荣誉称号。有位缅甸作家说得好：德钦哥都迈就是缅甸的泰戈尔和鲁迅！"

第 **50** 天

富士山下的
文学巡礼

日本·19—
20世纪

二叶亭四迷：老师也称他"先生"

"爷爷，我常听人用'一衣带水'形容日本和中国的关系，那到底是什么意思呀？"沛沛问爷爷。

"衣服上的带子够窄的吧？两家人隔着一条衣带那么窄的水流，这个邻居该有多近！这是用来形容中国和日本的近邻关系呢。——还记得吗，古代日本有哪些文学名著？"

"有《源氏物语》。"沛沛说。

"还有《古事记》和《万叶集》。"源源补充道。

"不错。"爷爷点点头，两个学生都没让他失望，"今天咱们再看看近代日本文学，先说一位日本近代文学的开创者二叶亭四迷（1864—1909）吧。

"其实他本名叫长谷川辰之助，而'二叶亭四迷'这个'雅号'，日本读音竟是'该死'！——原来他的头一部小说《浮云》写成后，书商嫌他名气小，不肯给他出版。后来还是借了一位作家的大名，书才印出来。

"长谷川一气之下，在书的封面题了这么个怪名字。——他后来解释说：理想与现实的矛盾，常让人进也不是、退也不是。

极端苦闷中，我只有大骂
'该死'了!

《浮云》写的就是这么
个'进也不是、退也不是'
的苦闷人的故事。有个小伙
子叫内海文三，爹爹死了，
十五岁的他投奔了东京的叔
叔家。

"婶娘挺势利，看着这
个穷侄子总不顺眼。文三读
书成绩优异，毕业后在部里
谋了个好差使。婶娘的脸上

二叶亭四迷的《浮云》，署的别人名字

这才挂起笑容，堂妹阿势也朝他送秋波。婶娘还暗示要把阿势嫁
给他。文三心里美滋滋的。

"可是这一切像是过眼烟云。由于文三性情耿直，不肯奉承
上司，不久就被撤了职。婶娘的脸又阴沉下来，阿势也冷淡多
了，转而跟他的一位同事打得火热。文三呢，待下去，看不了婶
娘的白眼；离开吧，又舍不得阿势。就这么优柔寡断、无所作为
地打发日子。——他成了日本文学里的'多余人'啦。"

"'多余人'不是俄国文学里的形象吗?"沛沛问。

"不错，二叶亭四迷的创作深受俄国文学影响。作家出生在
江户（后来的东京）一个小官吏家庭，十七岁时考进东京外语学
校，专学俄语。他的老师，全是知识渊深的俄国学者，受沙皇的
迫害逃出来的。

二叶亭四迷堪称著作等身

"在老师的教导下，二叶亭四迷的俄语很快入了门。四五年中，他把俄国文学名著差不多都读遍了。他的翻译和写作两科，让老师赞叹不止。以致老师叫他的名字时，总要加上'先生'两字，这在学校里可是独一份儿！

"二叶亭四迷写《浮云》时只有二十三岁。可从那以后，他倾尽全力翻译、介绍俄国文学。直到二十年后，才又动笔创作了《面影》和《平凡》两部长篇小说。两部书所反映的，依然是下层知识分子的苦闷。——他的这三部长篇和大量译著，为日本现实主义文学奠定了基础。

"1908年，朝日新闻社派他到俄国采访新闻，那本来是他朝思暮想的地方，可一到俄国他就病倒了，不得不回国治病；没进国门，他就病死在了船上。——这一年他才四十五岁。有人惋惜地称他是'未铸成的巨人'！"

夏目漱石《我是猫》：猫眼看人低

日本更有名的近代作家是夏目漱石（1867—1916）。他出身于江户一个小官吏家庭——江户就是后来的东京。

他毕业于东京帝国大学英文科，以后当了一阵子中学教师。三十三岁那年，他考取了英国官费留学。他在英国待了三年，读了大量文学原著，还写了不少论文。在留学的日了里，他看清了资本主义的冷漠、虚伪和势利，产生了批判"文明社会"的想法。

《我是猫》中译本

回国后他一面在大学里教书，一面开始写小说。他的第一部长篇小说《我是猫》一问世，就受到了热烈欢迎。

《我是猫》，这题目有多怪！原来小说是借猫的眼睛来观察人类社会，用的却是第一人称——其实应该说第一"猫称"。作品里没有首尾贯通的完整故事，只是由一只猫来讲述它在穷教师苦沙弥家所看到的生活场景。

苦沙弥是文人中常见的那一类。他爱读书，可捧起书没翻几页就打起瞌睡来。他兴趣广泛，什么写诗作文、画画拉琴，样样皆会，又样样稀松。

他还好吃果酱、爱买书，全不管家里的日子怎么过，弄得女主人老是唉声叹气的。他可是懒得管这些生活琐事。——他是清高的人，没事便跟迷亭、寒月、东风、独仙等几个朋友说古道今、嘲弄世俗、相互吹捧。

有一天，本地大资本家金田的老婆不邀自来，向苦沙弥打听他朋友寒月的情况：问寒月能不能当上博士，是否有意做她家的女婿。苦沙弥本来就看不上浑身铜臭的金田，又觉得他老婆问得可笑，就把她冷嘲热讽了一顿。这样一来，他算是得罪了金田家。

这以后，先是一些不相干的人受了金田的指使，到苦沙弥门前起哄骂街；接着金田又派苦沙弥的熟人来劝苦沙弥改变态度。一群中学生也跑到他家门前玩耍吵闹，搅得他不得清静。苦沙弥也唯有动肝火、生闷气而已。

后来苦沙弥的一个学生经不住诱惑，跟金田家的千金结了婚，还请老师去参加婚宴，被苦沙弥一口回绝。黄昏时分，客人散去，屋子里一片沉寂，连猫也觉得沉闷，便偷喝了主人剩下的啤酒，结果在飘飘然的感觉中跌进水缸里淹死了。

这部小说抨击了资本家的仗势欺人、全社会的拜金风气，对正直、善良、自命清高又软弱无力的苦沙弥也做了嘲讽。小说从猫的视角来观察社会、评论人事，这可是前无古人。

以《我是猫》为主题的漫画

例如猫初次看见人类时，感到万分惊奇，因为那张本应有毛的脸，却光溜溜的像只开水壶。又如人们讨厌猫身上的跳蚤，一见猫就拎住它的脖子扔出好远。猫抱怨说：人的态度真是"翻手为云、覆手为雨"，为这一两个小虫子，竟表现得这样自私而冷酷！据说人类社会流行的爱的法则，第一条就是"对自己有利时，必须对人表示爱"！——这几句话，真把"人"挖苦坏啦。

《心》：内心惶惑一代人

以后夏目漱石还写了《哥儿》等中短篇小说以及《三四郎》《其后》和《门》等几部长篇小说。小说也多是抒发知识分子追求理想却又无力反抗的苦闷心情。

在《其后》中，作者借主人公之口激烈批评社会说：日本连一寸见方的光明之处也看不到！——生活中的夏目漱石曾说过："没有坐牢的准备，就当不了文学家。"他还在小说里提出"打倒文明野兽，消灭金钱势力"的尖锐口号。

不过随着统治者舆论控制的加强，加上作者年龄渐

夏目漱石

长，夏目漱石作品中的棱角渐渐不那么尖利了，风格也转向心理剖析的模式。他的后期小说《过了春分时节》《行人》《心》《道草》等，就都以心理描写见长。

就说说这部《心》吧。主人公是位高层知识分子，小说里又称他为"先生"。先生很有学问，受人尊重，还有着稳定的职业、贤惠的妻子。可他总是闷闷不乐，而且每个月都要为一位死去的朋友上坟扫墓。——他最终死于自杀，临终前他把心中的苦闷写成一封长信，寄给他的一个学生。

原来先生十几岁就成了孤儿，叔叔侵吞了他爹的全部遗产。小小年纪，他就饱尝了世情的冷暖，性格也变得孤僻多疑。

以后他到小石川去求学，在一位寡妇家租了一间房子。房东有个女儿又漂亮又大方。娘儿俩待他和和气气，让他感到了人情的温暖。他跟小姐之间渐渐产生了感情。

先生有个同乡K，家里很穷，为了读书，不得不业余教书挣几个学费。先生见他很苦闷，就拉他一块儿来住，资助他金钱，还暗地嘱托房东娘儿俩多陪他聊聊。

可是一来二去的，先生发现K对小姐也产生了感情。有一次，K还忍不住把对小姐的爱慕之情说给先生听。先生这下子坐卧不安啦。他抢先向小姐求婚——其实房东娘儿俩早就乐意，所以事情一说就定了。

K可是受不了这打击，几天后就自杀了。但在遗书里，他一句抱怨的话都没说，只说自己对前途失去了信心。——他越是这么说，先生越觉得对不住他。

以后先生虽然跟小姐成了家，可总摆脱不了良心的责备。从前他自以为很高尚，可今后他还能这么说吗？——心中的痛苦既不能向妻子倾诉，又不能在读书中获得解脱，只好靠着在亡友坟前忏悔，来减轻一点儿负疚感。

以后日本政局发生了变化，明治天皇死了，乃木大将也因打了败仗而自杀。受了时代气氛的感染，先生也下了一死的决心……

小说里的"先生"，属于受明治维新影响极深的那一代知识分子。明治时代是个"充满自由、独立和自我"的时代。可是一个人如果无止境地扩充自我，以至于伤害了别人，紧接着就只能是毁掉自己。——夏目漱石看到明治时代的局限，他笔下的人物，也因而随着那个时代的结束走上了绝路。

夏目漱石还有一部长篇小说《明暗》，被誉为日本近代心理小说的典范。可惜只写了一半，作者就下世了。他死时还不到五十岁。

由于他的作品启人深思，日本人民称他是"伟大的人生导师"。世界各国人民也都熟悉他的名字，知道这位日本文学家写过一部别具一格的小说——《我是猫》。

芥川小说自不同

夏目漱石的门下，培养出许多文学家来。有个叫芥川龙之介的，就是他的得意门生。

芥川龙之介（1892—1927）出生不久，就因为母亲精神失常，被送给舅舅抚养。舅舅家很有艺术氛围，芥川读了许多日本的、中国的古典文学，还喜欢舅舅收藏的绘画和古玩。上中学后，又读了不少欧美文学名著。以后他在东京大学英文科读书时，接连发表了好几篇小说，受到夏目漱石的赏识。

芥川是写短篇小说的能手。他的创作生涯只有短短的十一年，却写了一百四十多篇短篇小说。他的小说讲究技巧，又擅长心理刻画，作品中常常带着一种神秘、恐怖的气氛。

就说说那篇早期小说《罗生门》吧。罗生门是一座城门，在战乱年代，人们常把没主儿的尸首扔到这城门的门楼里，搞得这地方总是阴森森的。

一天，有个被主人遣散的家将来这儿避雨。天晚了，他没处去，决定到门楼上去睡一宿。可他登上梯子，却见楼上有昏黄的灯光。——原来在横七竖八堆放的死尸中间，有个白发老太婆蹲在那儿，正拔一具女尸的头发呢。

芥介龙之介小说已有多种中译本

家将一见大怒，拔刀挡住老太婆的逃路。老太婆战战兢兢地向他解释说：她是拔了死人头发做成假发卖钱的。她还辩解说：就是这死去的女人，生前还不是把蛇切成段晒成干儿，当干鱼去卖吗？因为不想被饿死，所以也不觉得是在做恶事。

家将像是从她的话里

得到启示，他扑上去强剥了老太婆的衣裳，向茫茫夜色中逃去。——不难看出，作者写的虽然是古代题材，反映的却是弱肉强食的资本主义现实。借古讽今，正是芥川常用的手法。

《鼻子》是作者又一篇有名的短篇小说。——有个五十多岁的老和尚，长着一个半尺多长的大鼻子，就像是悬在脸中央的一根香肠。吃饭的时候，得叫弟子帮着把鼻子掀起来，否则就垂到碗里去啦。

老和尚为这鼻子没少犯愁。后来他的弟子从中国大夫那儿讨了个偏方，竟把师傅的鼻子治好了。没想到别人见了他那恢复正常的鼻子，反而忍不住要笑出声来。老和尚为此不知发了多少脾气，渐渐地，他竟后悔自己多事了。

也许是天从人愿吧，有一天老和尚一觉醒来，发现自己的鼻子又变长了。他心里仿佛一块石头落了地，感到说不出的舒畅。

芥川在小说里剖析说，人类内心总有着相互矛盾的两种感情：看着人家倒霉，固然同情；等人家摆脱了不幸，却又觉得不舒服，甚至抱着敌意。——作者的笔扫荡的，正是人性的这些龌龊的角落。

《地狱图》：人生比地狱还地狱

芥川还有篇小说《地狱图》（又译为《地狱变》），写的是一出带有神秘色彩的惨烈悲剧。——有个叫良秀的画师，长得又矮又瘦，其貌不扬。老爷府里的人给他起了个外号叫"猴秀"。良秀外貌让人嫌弃，脾气也不招人待见，可画技却是第一流的。这一回，他奉老爷之命，要在屏风上画一幅地狱图。

为了画好地狱图，他费尽了心思。画不出来时，他就倒头大睡；弟子看见他大汗淋漓，还挣扎着说梦话——他是在睡梦中下了地狱啦。

等醒来时，他就发疯似的挥笔画起来，地狱的图景被他画得毛骨悚然。有时他还把弟子用铁链捆起来，让猫头鹰扑打他，观察他那痛苦恐怖的神态。

画到一半，他画不下去了。在他的构思中有这么个场面：一辆载着贵妇人的车子从天而降，掉进火海里。可他怎么也画不出来。他请求老爷烧一辆车子给他看。老爷想了想，怪笑一声，答应了。

几天以后的一个深夜，良秀在老爷府中真的看到一辆华美的车子被点燃。借着火光，良秀看见车子里绑着个女子——那不是在府里当使女的女儿吗！女儿因为屡次抗拒老爷的欺侮，竟遭了毒手！

芥川龙之介

良秀跳起来，满脸惊恐与悲哀，就要冲上去了！可刹那间，他停住了，脸上浮现出销魂般的光辉，看着那冲天的火柱和在火中痛苦挣扎的姑娘，竟像是欣赏什么美景似的……老爷此时反倒脸色铁青、口吐白沫，简直要垮掉啦！

地狱屏风终于画好了，画面上那辆跌入火海的车子尤其令人惊心动魄。连一向不动声色的老爷，也大为震惊。可良秀在画好后的第二天就上了吊——他一旦完成艺术追求，便去追随他那最疼爱的独生女儿去了！

芥川借这篇小说，表达了艺术高于一切的观点。良秀献身艺术的精神，被刻画得那么神圣。不过他最终自缢身死，说明他那"艺术至上"的道路是行不通的。——他身后留下的地狱图，却又正是这地狱般的现实社会的写照呢。

才华横溢的芥川龙之介只活了三十五个年头，他是服安眠药自杀的。——"人生比地狱还要地狱"，这就是他临死前对社会的认识。

人们惋惜这位英年早逝的天才作家，称他是"时代的牺牲品"。

川端康成：名起《伊豆的舞女》

日本还有一位大作家，也是自杀而死的，他就是川端康成（1899—1972）。他出生在大阪市一个医生家里，生下不久父母就去世了。十几岁时，祖父、祖母和姐姐也相继死去。这一切，给他留下深深的心灵创伤。以后他上了东京帝国大学，专攻日本文学。一篇《伊豆的舞女》，让他一夜成名。

小说写作为大学预科生的"我"独自到伊豆那地方去旅行，途中跟一伙巡回演出的艺人结伴而行。那伙艺人是一家子：母

川端康成在《伊豆的舞女》拍摄现场

亲、女儿、女婿，还有个十四岁的小妹妹。

艺人在当时的日本社会地位低微，最让人看不起。可"我"并不嫌弃他们，一路同他们一块儿聊天、赶路、打尖住店。甚至艺人们误了行期，"我"也特意推迟行期等他们同行。

小妹妹还完全是个孩子，她很依恋"我"这位"学生哥"。两人一起聊天、下棋，"我"还读书给她听。这一切是那么和谐、融洽。——在伊豆山区秋日风光的映衬下，在这带着浪漫色彩的巡回卖艺旅途中，"我"陶醉在这青春气息中……

当"我"花光了旅费，不得不返城时，小妹妹起大早来送行。她脸上隔宿化的妆还没洗净，神情天真而忧伤。直到"我"上船，她一句话也没说。船离岸很远了，她才开始挥动白色的手帕……

《伊豆的舞女》就是这么一篇情节简单的小说，可里面却有着一种人性之美，那么纯净、那么清新。——受过这纯真情感的洗礼，"我"只觉得"一切的一切都融为一体了"。

《雪国》里的爱恋与幽情

川端康成一生写了一百多篇小说，差不多全是中短篇。其中《雪国》《千只鹤》和《古都》最有名，这三部小说全是抒写爱情的——就说说这篇《雪国》吧。

有个叫岛村的男子，是个舞蹈家，靠着爹爹留下的大笔遗产，过着阔绰悠闲的生活。他到北方的雪国去旅游，在那儿遇上了美丽热情的姑娘驹子。

在谈话中岛村得知，驹子曾在东京当过"女招待"，后来赎身回乡，跟着一位民间舞蹈师傅学日本舞，准备将来也当个舞蹈教师。——两人越谈越投机，渐渐产生了感情。

第二年，岛村又一次来到雪国，却发现驹子穿上了拖地长裙——她当了艺伎啦。后来才知道，驹子当艺伎，完全是一种牺牲。当初师傅有意撮合驹子跟自己的儿子成亲，可师傅的儿子在东京已经有了情人。以后这年轻人得了重病，由情人叶子陪着回到故乡来。照理说，驹子完全可以不受这桩婚事的约束了，可是为了报答死去的师傅，多挣些钱给"未婚夫"看病，她毅然当了艺伎。

不过驹子对"未婚夫"并没有感情，她执着地爱着的只有岛村一个。她每晚都要陪客人们喝酒调笑，为他们弹琴跳舞，闹到大半夜。可她的心却只在岛村身上。有时夜深了，她还要到岛村房间里来，全不怕人家说闲话。——这个"风尘女子"，对纯真的爱情有着多么强烈的渴望啊！

岛村呢，他深知驹子的爱是徒劳的，因为他自己是有妻室的人，不可能给驹子带来幸福。可是受着情欲的诱惑，他仍年复一

川端康成

年地跑到雪国来跟驹子幽会……

叶子也是个令人同情的姑娘。她对心上人一往情深。心上人死后，她每天都要到坟上去"陪"他。她没爹没娘，在这里靠着驹子生活，却又不能不忍受驹子的妒意。她一心想离开这儿，到东京去谋生，可到底没有走成。

一次蚕房里放电影时失火，叶子被烧死在里面。驹子闻讯赶来，冲上前抱起垂死的叶子，发狂似的叫喊着："这孩子疯了，她疯了呀！"——岛村看着驹子，觉得她"仿佛是抱着自己的牺牲和罪孽似的"。小说到这儿便结束了。

川端康成的不少作品，都是描写女艺人或女侍者的，写她们的悲酸生活和纯真爱情，作品中也总离不开一种淡淡的悲哀。——这种"幽情"，正是日本文学中的传统情调。

他的创作虽然深受西方文学影响，还借鉴了意识流等创作手法，然而他把文学之根扎在了日本传统文学中。他说过："艺术家并不是在一代中突然产生的。我的成就，不过是我祖先的血液经过几代之后，开出的一朵花罢了。"

川端康成因为在《雪国》等三篇小说中显示出的艺术成就，荣获了1968年诺贝尔文学奖。他能获奖，也正是由于他以非凡的敏锐表现了日本民族的精神实质。

只是他的另一些作品又显出一种颓唐的情绪——他最终自杀，大约也跟他的悲观思想有关吧。

小林多喜二：他的书仍未过时

那么日本近代文学中有没有积极奋发的作品呢？有。小林多喜二的小说，就表现出截然不同的精神面貌。

小林多喜二（1903—1933）出生在日本秋田县一个贫苦农民家庭。四岁那年，他全家到北海道去投靠开杂货铺的伯父。以后伯父供他读商业学校，毕业后他在一家银行做了职员。

可不久他因为在一部小说里揭露了银行的黑幕，被银行开除了。不过这倒逼着他走上了职业作家的道路。以后他移居东京，并加入了日本共产党，成了一名坚定的革命者。

小林多喜二的作品。大多反映了尖锐的社会矛盾以及无产者进行的不懈斗争。有一部《蟹工船》，是他的小说代表作。

蟹工船是指捕蟹兼带制造蟹罐头的远海船。一到捕蟹季节，监工们就招收失业

漫画版

〔日〕小林多喜二 著
〔日〕藤生刚 绘
秦刚 应杰 译

蟹工船

我们每天那么忙，为什么还这么穷？
"穷忙族"（Working Poor）必读经典之作

《蟹工船》漫画版

工人、穷苦农民以及失学的学生到船上当苦力。几百名渔工都睡在又脏又臭的大舱里，吃的是糙米饭、臭咸鱼和又苦又咸的豆瓣汤。

渔工们一天要干十几个钟点，还要挨皮鞭、受训斥。更残酷的是，有一艘蟹工船遇难求救，监工竟坐视不救，眼看着船上的四百名渔工葬身大海。——那船早就破旧不堪了，沉了反而会给老板带来一大笔保险金呢。

工人们再也忍受不下去了，他们喊着"不愿受宰割的人联合起来"，在船上举行了罢工。这时候，日本驱逐舰开来了。军官们上了船，骂渔工们是破坏分子，是学"老毛子"（对俄国人的蔑称）的卖国贼。

有了军队的刺刀撑腰，监工们更凶了。可工人们没被吓倒。船还没到港，他们已经准备着"再来一次"了。——在今天看来，《蟹工船》这类作品，似乎有点儿"过时"；然而进入21世纪，日本读者对这部书的兴趣被重新点燃，据说累计销量已经达到百万册！

小林多二喜的作品还有《泷子及其他》《牢房》《在外地主》等。——作者不但用笔唤醒民众，还亲自投身到革命活动中。一次他跟党内同志秘密接头时不幸被捕，当晚就被野蛮的警察打死在看守所里。这一年他才三十岁！

井上靖《天平之甍》：中日交流谱新篇

对了，日本现代作家中还有一位井上靖（1907—1991），跟咱们中国关系密切。井上靖是位多产作家，诗歌、戏剧、小说、文学评论、美术评论写过不少。单是1974年出版的《井上靖小说集》，就有三十二卷之多呢。

井上靖最擅长写历史小说，大部分是中日文化交流的内容——《天平之甍（méng）》就是其中一部。小说写的是日本天平年间（729—748）派出遣唐使到中国学习汉唐文化的历史故事，还讲述了唐代高僧鉴真东渡日本的感人事迹。

日本使者多是僧人，其中有一位叫业行的，留唐二十几年，终日伏案抄写经文。但乘船回日本时，船被大风吹到了安南，也就是今天的越南。他本人和他耗尽心血抄写的大批经文，全都沉入了大海！

扬州高僧鉴真的事迹就更悲壮。他立志东渡日本弘扬佛法，传播大唐文化。十年之间，他六次启程，五次失败。由于受尽磨难，他的两眼都瞎了，可东渡的念头却丝毫没有动摇。终于在六十六岁那年，随日本使者登上了东瀛的土地。

鉴真在日本传授戒律，传播文化，还修建了唐招提寺。在招提寺的屋顶上，安置着一个由唐土带来的甍，那是一种专门安放在屋顶上的装饰物。由于那是日本天平年间的事，小说便以"天平之甍"做了题目——而天平之甍，也便成了中日文化交流的象征啦。

井上靖对中国文化有着很深的感情。他的另外几部历史小说《楼兰》《敦煌》《苍狼》等，也都是以中国历史为题材的。井上靖还多次来中国访问，他可算得上是现代日本的"遣唐使"啦。

唐招提寺大殿

咱们从四大文明古国说起，到五千年世界文坛中巡游了一番，如今又随着日本遣唐船回到中国。我们的外国文学讲座，也该就此打住啦！

大槐树下传笑声

尽管早知道今天是最后一讲，沛沛和源源还是有点儿黯然。——不过沛沛对假期的收获很满足，他说："今后再听人谈什么《荷马史诗》、莎士比亚，不会插不上嘴啦。"

爷爷听了，收起笑容说："世界那么大，各国的文学遗产又那么丰富，咱们所讲的，只是走马观花而已。又像是读一本厚书，只翻了翻前面的目录。如果不去读原著，只满足于一知半解，还要夸夸其谈，那可是要不得。"

源源赶紧解释说:"其实我跟沛沛早就商量好了,照您讲过的内容开一张书单,在中学阶段读上十几部。将来上了大学,还要读外文原著呢。"

"真的。"沛沛使劲点点头,生怕爷爷不相信似的。

看着他们认真的样子,爷爷不禁笑了。沛沛和源源也笑了。

一阵轻风掠过,头上的树叶发出沙沙的声响,大槐树好像也在悄悄地笑呢!

苏尼加（1533—1594），西班牙诗人。曾赴美洲参加征服印第安人的战争，回国后撰写长诗《阿劳加纳》，歌颂印第安人的不屈精神，该诗被称为"第一部以诗歌形式歌颂美洲的作品"。

阿拉尔孔（1581—1639），西班牙诗人、剧作家。出生于墨西哥。戏剧代表作有《塞哥维亚的织布匠》《可疑的真情》《隔墙有耳》等。

克鲁斯（1651—1695），墨西哥女诗人。有长诗《初梦》及《神圣的纳尔西索》。主要剧作有《家庭的责任》《爱情是个大迷宫》等。其散文《答菲洛特亚·德·拉·克鲁斯修女》具有传记价值。

科萨尔迪（1776—1827），墨西哥作家、政论家。曾创办杂志《墨西哥思想家》，撰写诗歌、散文、小说。有戏剧《敏感的黑人》等，诗集《欢乐的时刻》。小说代表作《癞皮鹦鹉》（即《佩里基略·萨尼恩托》）是拉丁美洲第一部长篇小说。

密茨凯维奇（1798—1855），波兰诗人。有诗歌《青春颂》《十四行诗集》、长诗《格拉席娜》。长诗《杜塔施先生》和诗剧《先人祭》是其代表作。

霍桑（1804—1864），美国小说家。撰有小说《范肖》《小伙子布朗》《教长的黑纱》《拉伯西尼医生的女儿》《通天的铁路》

《石面人像》《带有七个尖角阁的房子》《福谷传奇》《玉石雕像》，代表作为长篇小说《红字》。

安徒生（1805—1875），丹麦作家。有游记《1828和1829年从霍尔门运河至阿迈厄岛东角步行记》《一个诗人的市场》《瑞典风光》《西班牙纪行》《访问葡萄牙》等，并写有自传。撰有诗剧《埃格内特和美人鱼》、长篇小说《即兴诗人》。他以童话蜚声世界，最早的一部童话集为《讲给孩子们听的故事集》，包括《打火匣》《小克劳斯和大克劳斯》《豌豆上的公主》《小意达的花儿》等。以后又陆续创作了《卖火柴的小女孩》《丑小鸭》《看门人的儿子》《皇帝的新装》《夜莺》《坚定的锡兵》《拇指姑娘》《人鱼公主》《白雪皇后》《笨汉汉斯》等。

埃切维里亚（1805—1851），阿根廷诗人、作家、社会活动家。有长诗《埃尔维拉》（又名《拉普拉塔河的新娘》）及《女俘》等。小说代表作为《屠场》。

爱伦·坡（1809—1849），美国诗人、小说家。有诗集《帖木儿》《艾尔·阿拉夫》《诗集》等，诗歌代表作为《乌鸦》。短篇小说有《厄舍古厦的倒塌》《红色死亡假面舞会》《莉盖亚》《黑猫》《阿芒提拉多的酒桶》《莫格街谋杀案》《被窃的信件》《马里·罗盖特的秘密》《你是那人》《金甲虫》《瓶中手稿》等，多收在《述异集》《莫格街谋杀案》和《故事集》中。另有文学批评论著《创作哲学》《诗歌原理》等。

斯托夫人（1811—1896），美国女作家。有小说《德雷德，阴暗的大沼地的故事》《奥尔岛上的明珠》《老镇上的人们》等。代表作为长篇小说《汤姆叔叔的小屋》，作者还为此写了《〈汤姆叔叔的小屋〉题解》。

麦尔维尔（1819—1891），美国小说家。撰有游记《泰皮》《欧穆》《玛地》等。小说有《皮埃尔》《伊斯雷尔·波特》及小说集《广场的故事》，代表作为《白鲸》。另有诗集《战事集》《约翰·玛尔和其他水手》及《梯摩里昂》。

惠特曼（1819—1892），美国诗人。有诗集《草叶集》，第九版时收诗三百八十三首。收入《自己之歌》《给一个遭到挫败的欧洲革命者》《一路摆过布鲁克林渡口》《斧头之歌》《我歌唱带电的肉体》《给你》《我俩，被愚弄了这么久》《从永不休止地摆动着的摇篮里》《民主之歌》《亚当的子孙》《芦笛》《从鲍玛诺克开始》《通向印度之路》《啊，法兰西的明星》《啊，船长啊，我的船长！》等。又有散文《在蓝色的安大略湖畔》（《草叶集》序言）及散文集《典型的日子》等。

裴多菲（1823—1849），匈牙利诗人。有诗歌《谷子成熟了》《树上的樱桃千万颗》《傍晚》《反对国王》《贵族》《镣铐》《仙梦》《云》《希拉伊·彼斯达》《萨尔沟城堡》《我的歌》《自由与爱情》《民族之歌》《老旗手》《投入神圣的战争》等，又有长篇叙事诗《农村的大锤》《勇敢的约翰》《使徒》等。

易卜生（1828—1906），挪威戏剧家、诗人。有诗歌《觉醒吧，斯堪的纳维亚人》等，论文《勇士歌及其对于艺术的意义》等，自传性作品《建筑师》和《当我们死而复醒时》。创作的剧本有《卡提利那》《仲夏之夜》《勇士之墓》《索尔豪格的宴会》《奥拉夫·利列克朗》《海尔格兰的海盗》《爱的喜剧》《觊觎王位的人》《布兰德》《培尔·金特》《皇帝与加利利人》等。其社会问题剧成就最高，有《社会支柱》《玩偶之家》《群鬼》《人民公敌》，影响甚大。

托尔斯泰（1828—1910），全称列夫·尼古拉耶维奇·托尔斯泰，俄国作家。撰有小说《童年》《少年》《青年》《袭击》《伐林》《塞瓦斯托波尔故事》《一个地主的早晨》《家庭幸福》《哥萨克》《两个骠骑兵》《阿尔别特》《琉森》《三死》《波里库什卡》《伊凡·伊里奇之死》《克莱采奏鸣曲》《魔鬼》《谢尔盖神父》《舞会之后》《霍尔斯托密尔》《伪息券》《哈泽·穆拉特》《为什么？》《柯尔涅依·瓦西里涅夫》《民间故事》《一个人需要很多土地吗》《两个老头》《蜡烛》《战争与和平》《安娜·卡列尼娜》《复活》，散文《忏悔录》《我的信仰是什么？》《在俄罗斯文学爱好者协会上的讲话》《莫泊桑文集序》《什么是艺术？》《论莎士比亚及其戏剧》《论饥荒》《致沙皇及其助手们》《我不能沉默》《启蒙读本》《教条神学研究》《教会和政府》《那么我们该怎么办》《天国在您心中》《当代的奴隶制》《可怕的问题》《饥荒抑或不是饥荒》《论俄国的社会运动》《深重的罪孽》《致农民的论土地的信》《关于莫斯科的调查》《唯一的手段》《论俄国革命的意义》等，戏剧《一个受传染的家庭》《黑暗的势力》《教育的果实》《活尸》《光在黑暗中发亮》等。

扬·聂鲁达（1834—1891），捷克诗人、小说家。有诗集《墓地的花朵》《诗集》《宇宙之歌》《故事诗和叙事诗》《平凡的主题》《星期五之歌》。有短篇小说集《短篇集》《小城故事》，中篇小说《流浪汉》。

马克·吐温（1835—1910），本名萨缪尔·兰亨·克莱门斯，美国作家。中短篇小说有《卡拉韦拉斯县驰名的跳蛙》《傻子国外旅行记》《败坏了哈德莱堡的人》《竞选州长》《百万英镑》《傻瓜威尔逊》等，长篇小说有《镀金时代》《汤姆·索亚历险记》《哈克贝利·费恩历险记》《亚瑟王朝廷上的康涅狄格州美国人》《王子与贫儿》等，传记及散文有《密西西比河上》《艰苦岁月》《贞德传》《赤道旅行记》《给在黑暗中的人》《为芬斯顿将军辩护》《莱奥波尔德国王的独白》《沙皇的独白》《私刑合众国》《战争祈祷文》《人是怎么回事？》《自传》等。

巴鲁迪（1838—1904），埃及诗人。有诗集《巴鲁迪诗集》，代表作为《哪里去了，我欢乐和青春的岁月》《咏棉》等，并编有《古代诗选》。

显克维奇（1846—1916），波兰作家。有小说《徒劳无益》《炭笔素描》《音乐迷杨科》《天使》《家庭教师的回忆》《胜利者巴尔泰克》《为了面包》《灯塔看守人》《酋长》《奥尔索》等。其长篇小说有《毫无规则》《波瓦涅茨基一家》《十字军骑士》及三部曲《火与剑》《洪流》《伏沃迪约夫斯基先生》等。其长篇代表作为《你往何处去》，作者由此获得1905年诺贝尔文学奖。

伐佐夫（1850—1921），保加利亚作家、诗人、戏剧家。有诗歌《松树》《帕纳久里什台起义者》《被遗忘者的史诗》《石丘》《扎果尔》等，出版诗集《旗与琴》《保加利亚的悲哀》《拯救》《琴》《田野和森林》《意大利》《胜利的雷声》《新的反响》等，剧本《鲍里斯拉夫》《走向深渊》《伊瓦伊洛》等。小说作品有中短篇《米特罗凡和陶尔米道尔斯基》《流亡者》

《叔叔伯伯们》《伊万·亚历山大》《战争中的威尔珂》《村妇》等，长篇小说有《新的大地》《卡扎拉尔的女皇》等，代表作为《轭下》。

何塞·马蒂（1853—1895），古巴诗人、作家、政治活动家。有诗集《伊斯马埃利约》《自由的诗》《纯朴的诗》等，剧本《阿布达拉》《爱情只能用爱情来报答》。又有小说《不祥的友情》，评论及散文《纽约来信——美国即景》《古巴的政治流放者》等。

契诃夫（1860—1904），俄国小说家、戏剧家。撰有中短篇小说《在钉子上》《小公务员之死》《胜利者的胜利》《英国女子》《变色龙》《普里希别叶夫中士》《凡卡》《苦恼》《渴睡》《草原》《命名日》《公爵夫人》《没意思的故事》《库页岛》《在流放中》《黑衣教士》《第六病室》《农民》《在峡谷里》《女人的王国》《三年》《出诊》《带狗的女人》《带阁楼的房子》《我的一生》《套中人》《醋栗》《姚内奇》《新娘》，剧本《结婚》《蠢货》《求婚》《一个不由自主的悲剧角色》《纪念日》《婚礼》《大路上》《天鹅之歌》《熊》《没有父亲的人》《伊凡诺夫》《海鸥》《三姊妹》《万尼亚舅舅》《樱桃园》等。

泰戈尔（1861—1941），印度诗人、作家、艺术家。有诗集《帕努辛赫诗抄》《暮歌》《晨歌》《画与歌》《刚与柔》《心中的向往》《黄金船》《缤纷集》《收获集》《梦幻集》《刹那集》《微思集》《故事诗集》《园丁集》《回忆》《儿童》《渡船》《奉献集》《歌之花环》《颂歌》《白鹤》《逃避》《再一次》《边缘集》《新月集》《飞鸟集》等，代表作为诗集《吉檀迦利》；戏剧《蚁垤仙人的天才》《大自然的报复》《国王与王后》《牺牲》《国王》《邮局》《顽固堡垒》《摩克多塔拉》《红夹竹桃》《时代的车轮》《纸牌王国》等；短篇小说《还债》《素芭》《摩诃摩耶》《练习本》《是活着，还是死了？》《乌云和太阳》《四个人》等；长篇小说《王后的市场》《圣哲国王》《小沙子》《沉船》《戈拉》《家庭与世界》《纠纷》《两姐妹》《花圃》《四章》等。

欧·亨利（1862—1910），原名威廉·雪德尼·波特，美国短篇小说家。有短篇小说集《白菜与国王》《四百万》《西部之心》《城市之声》《滚石》《善良的骗子》《命运之路》《乱七八糟》等，代表作品有《爱的牺牲》《麦琪的礼物》《警察与赞美诗》《最后一片叶子》《没有完的故事》《带家具出租的房间》《黄雀在后》等。

绥拉菲莫维奇（1863—1949），原姓波波夫，俄苏作家。有短篇小说《在冰块上》《扳道工》《冰雪荒漠》《送葬曲》《街上的尸体》《炸弹》《耗子王国》《加尔卡》等，长篇小说《草原上的城市》《铁流》《集体农庄的土地》。

二叶亭四迷（1864—1909），原名长谷川辰之助，日本小说家、翻译家。有文学评论《小说总论》，长篇小说《浮云》《面影》《平凡》，并翻译俄国文学作品若干。

夏目漱石（1867—1916），原名夏目金之助，日本作家。有中篇小说《哥儿》《旅宿》等，长篇小说《我是猫》《三四郎》《其后》《门》《过了春分时节》《行人》《心》《道草》《明暗》（未完）等。

鲁文·达里奥（1867—1916），尼加拉瓜诗人。有诗集《牛旁》《蓝》《奇异》《亵渎的散文》《生命与希望之歌》《流浪之歌》，诗歌名篇有《哥伦布》《献给阿根廷的歌》《献给光荣的智利的史诗般的歌》《献给解放者博利瓦尔》《中美洲联盟》《一个乐观主义的敬礼》《和平》等。有散文集《当代西班牙》《国外游记》《旅行队正在走过去》《太阳的土地》《巴黎女人》《尼加拉瓜之行》《秋天的歌》《鲁文·达里奥的一生》及短篇小说《蓝色的鸟》等。

艾哈迈德·邵基（1868—1932），埃及诗人。有诗歌《狮身人面兽》《在金字塔下》《大马士革的灾难》《叙利亚的独立》等，有《邵基诗集》。又有剧本《女王克娄巴特拉》《莱伊拉的痴情汉》。

高尔基（1868—1936），原名阿列克塞·马克西莫维奇·彼什科夫，俄苏作家。有中短篇小说《马卡尔·楚德拉》《伊则吉尔老婆子》《切尔卡什》《柯诺瓦洛夫》《沦落的人们》《夏天》《没用人的一生》《奥古洛夫镇》《马特维·柯热米特金的一生》《俄罗斯童话》《意大利童话》等，长篇小说《福玛·高尔杰耶夫》《三人》《母亲》《忏悔》《阿尔塔莫诺夫家的事业》《克里姆·萨姆金的一生》及自传体小说《童年》《在人间》《我的大学》三部曲，戏剧《小市民》《底层》《人》《避暑客》《太阳的孩子们》《野蛮人》《敌人》《最后一代》《瓦萨·日烈兹诺娃》《耶戈尔·布雷乔夫等人》《陀斯契加耶夫等人》等，论文、散文《谈谈小市民习气》《论犬儒主义》《个人的毁灭》《再论"卡拉马佐夫气质"》《俄国文学史》《我的访问记》《在美国》《列夫·托尔斯泰》《列宁》《苏联游记》《论剧本》《苏联的文学》《鹰之歌》

《海燕之歌》等。

德莱塞（1871—1945），美国小说家。有长篇小说《嘉莉妹妹》、《珍妮姑娘》、"欲望三部曲"（《金融家》《巨人》《禁欲者》）、《天才》《美国的悲剧》、《堡垒》等，另有《自然和超自然戏剧集》、剧本《陶工之手》、短篇小说集《自由及其他》《十二个人》《锁链》《妇女群像》，散文论文集《敲吧，鼓儿》《关于我自己的书》《悲剧的美国》《美国是值得拯救的》《黎明》等。

德钦哥都迈（1875—1964），缅甸诗人。写有体裁特殊的文学作品《洋大人注》《孔雀注》《猴子注》《狗注》《鲲鹏注》《德钦注》等，又有长篇小说《嘱咐》，还有多部取材佛本生故事的剧本。

杰克·伦敦（1876—1916），美国作家。有短篇小说《荒野的呼唤》《白牙》《德布斯之梦》《墨西哥人》《强者的力量》、短篇小说集《狼的儿子》，长篇小说《海狼》《铁蹄》《马丁·伊登》《天大亮》《月谷》等。另有论文集《阶级的斗争》和《革命》等。

阿格达斯（1879—1946），玻利维亚作家。有小说《瓦塔·瓦拉》《克里奥约生活》，代表作为《青铜的种族》。又有论文集《病态的民族》，历史著作《玻利维亚通史——文明的考迪罗和野蛮的考迪罗》。

普列姆昌德（1880—1936），印度印第语小说家。有短篇小说《裹尸布》《半斤小麦》《冬夜》《沙伦塔夫人》《解脱》《神庙》《害人是天职》《老婶娘》《棋友》《开斋节的会礼地》《咒语》《彩票》等，收在《热爱祖国》《进军》《圣湖》等小说集中。又有长篇小说《服务院》《博爱新村》《妮摩拉》《舞台》《圣洁的土地》《戈丹》等。

茨威格（1881—1942），奥地利作家。有诗集《银弦》《往日的花环》，剧本《耶雷米亚》《伏勒波尼》《沉默的女人》，传记文学《三位大师》（即巴尔扎克、狄更斯、陀思妥耶夫斯基传记）、《罗曼·罗兰》、《同精灵的斗争》（即荷尔德林、克莱斯特、尼采传记）、《三个描摹自己生活的诗人》（即托尔斯泰、司汤达、卡萨诺瓦传记）、《精神疗法》（即梅斯默尔、玛丽·贝克-艾迪、弗洛伊德传记）、《玛丽亚·斯图亚特》、《鹿特丹人埃拉斯穆斯的成败》、《昨日的世界》等。其主要的中短篇小说集有《最初的经历》《马来狂人》《恐惧》《感觉的混乱》《人的命运转折点》等，代表作有《一个女人一生中的二十四小时》《一个陌生女人的来信》《看不见的珍藏》《象棋的故事》等。另有长篇小说《焦躁的心》。

阿·托尔斯泰（1882—1945），全称阿列克谢·尼古拉耶维奇·托尔斯泰，俄苏作家。有诗集《抒情诗》《蓝色河流后面》，童话集《喜鹊的故事》，剧本《燕子》《魔鬼》《苦命的花》，中短篇小说《美丽的夫人》《尼基塔的童年》《海市蜃楼》《五人同盟》《粮食》等，小说集《伏尔加河左岸》，长篇小说《怪人》《跛老爷》《涅夫佐罗夫的奇遇或伊比库斯》《加林工程师的双曲线体》《蓝色的城》《彼得大帝》《伊凡雷帝》以及《苦难的历程》三部曲（包括《两姊妹》《一九一八年》《阴暗的早晨》）。又有政论文《我们在保卫什么》《祖国》《人民的血》等。

哈谢克（1883—1923），捷克作家。有短篇小说《女仆安娜的纪念日》《得救》《巴拉顿湖畔》等。代表作为长篇小说《好兵帅克》（全称《好兵帅克在第一次世界大战中的遭遇》）。

卡夫卡（1883—1924），奥地利小说家。有长篇小说《美国》《审判》《城堡》（均未完）。短篇小说有《乡村婚事》《判决》《变形记》《司炉》《在苦役营》《乡村医生》《致科学院的报告》《猎人格拉克斯》《地洞》《中国长城的建造》等。另有《致父亲的信》。

加列戈斯（1884—1969），委内瑞拉小说家。有中短篇小说《冒险家们》《贫苦的黑人》《异乡人》《在同一块土地上》《暴动及其他故事》《风中草屑》《生活中的地位》《少女和最后一个爱国者》等。有长篇小说《雷纳尔多·索拉尔》《爬藤》，代表作为《堂娜芭芭拉》。

米斯特拉尔（1889—1957），原名卢西拉·戈多伊·阿尔卡亚加，智利女诗人。有诗歌《死的十四行诗》等，诗集《孤寂》《有刺的树》《葡萄压榨机》等，论文《艺术十条原则》。

塔哈·侯赛因（1889—1973），埃及作家、文艺评论家。早年失明。有论文论著《纪念阿布·阿拉》《伊本·赫勒敦及其社会哲学》《论贾希利叶时代的诗歌》《星期四谈话》《哈菲兹与邵基》《谈诗和散文》《关于我们的现代文学》，有自传体作品《日子》及中长篇小说《鹂鸽的鸣声》《一个文人》《苦难树》《先知外传》《真实的诺言》等，短篇小说集《大地受难者》，散文集《来自远方》《巴黎之声》。

芥川龙之介（1892—1927），本姓新原，号柳川隆之介、澄江堂主人、寿陵余子，俳号我鬼，日本小说家。有小说《罗生门》《鼻子》《芋粥》《手绢》《地狱图》《烟草和魔鬼》《信徒之死》《戏作三昧》《众神的微笑》《某一天的大石内藏助》《舞会》《女体》《黄粱梦》《英雄器》《杜子春》《秋山图》《橘子》《秋》《手推车》《一块地》《将军》《猴子》《三个宝》《玄鹤山房》《海市蜃楼》《河童》《齿轮》《某傻子的一生》等。有散文《上海游记》《给一个旧友的手记》等。

赛珍珠（1892—1973），原名珀尔·西登斯特里克·布克，美国女作家。出生于美国，在中国长大。有长篇小说《大地上的房子》三部曲（《大地》《儿子们》《分家》），作者因《大地》一书获1932年普利策奖及1938年诺贝尔文学奖。

马雅可夫斯基（1893—1930），俄苏诗人。有诗歌《穿裤子的云》《战争与世界》《革命》《给我们回答》《向左进行曲》《高兴得过早》《一亿五千万》《开会谜》《关于这个》《列宁》《好！》《放开喉咙歌唱》《不准干涉中国》《最好的诗》等，剧本《臭虫》《澡堂》等，并有俄国未来派宣言《给社会趣味一记耳光》。

福克纳（1897—1962），美国小说家。有中短篇小说《老人》《熊》等，长篇小说《士兵的报酬》、《蚊群》、《萨托里斯》、《喧哗与骚动》（又译《声音与疯狂》）、《我弥留之际》、《八月之光》、《押沙龙，押沙龙》及《村子》《小镇》《大宅》（三书被称为"斯诺普斯三部曲"）、《寓言》等。于1949年获诺贝尔文学奖。

陶菲格·哈基姆（1898—1987），埃及小说家、戏剧家。编有剧本《讨厌的客人》《新女性》《阿里巴巴》《洞中人》《山鲁佐德》《皮格马利翁》《奥狄浦斯王》《伊西斯》《为了美好的生活》《渴望杀人》《可尊敬的女议员》《交易》等，又有长篇小说《灵魂归来》《乡村检察官手记》《来自东方的小鸟》等。

海明威（1899—1961），美国小说家。有短篇作品集《三个短篇和十首诗》、《在我们的时代》（包括短篇小说《印第安帐篷》《某件事的终结》《大二心河》等）、《没有女人的男人》（包括短篇小说《打不败的人》《五万大洋》《杀人者》等）、《胜者无所得》，短篇小说《乞力马扎罗的雪》，长篇小说《春潮》、《太阳照常升起》、《永别了，武器》（又译《战地春梦》）、《有的和没有的》、《丧钟为谁而鸣》、《过河入林》、《老人与海》、《海流中的岛屿》等。另有剧本《第五纵队》，散文作品《死在午后》《非洲的青山》《不散的筵席》等。

川端康成（1899—1972），日本小说家。有短篇小说《招魂祭一景》《伊豆的舞女》《母亲的初恋》《千只鹤》《山之音》《睡美人》《雪国》《古都》等。于1968年获诺贝尔文学奖。

阿斯图里亚斯（1899—1974），危地马拉小说家。代表作为长篇小说《总统先生》。于1967年获诺贝尔文学奖。

玛格丽特·米切尔（1900—1949），美国女作家。有小说代表作《飘》。

法捷耶夫（1901—1956），俄苏作家。有中短篇小说《逆流》《泛滥》，长篇小说《毁灭》《青年近卫军》《最后一个乌兑格人》《黑色冶金》；有特写及论文集《在封锁日子里的列宁格勒》《三十年间》等。

小林多喜二（1903—1933），日本小说家。有小说《在外地主》《泷子及其他》《牢房》《一九二八年三月十五日》《东俱知安行》《组织者》《安子》《转折时期的人们》《沼尾村》《为党生活》《地区的人们》等，代表作为《蟹工船》。

伏契克（1903—1943），捷克文艺评论家、作家。有长篇特写《绞刑架下的报告》。

尼古拉·奥斯特洛夫斯基（1904—1936），俄苏作家。有长篇小说《钢铁是怎样炼成的》《暴风雨所诞生的》。

巴·聂鲁达（1904—1973），原名内夫塔利·里卡多·雷耶斯·巴索阿尔托，智利诗人。有诗歌《节日之歌》《二十首情诗和一支绝望的歌》《西班牙在心中》《在马克丘·皮克丘之巅》《伐木者醒来吧》《葡萄和风》《新要素之歌》《一百首爱情十四行诗》《英雄事业的赞歌》等，诗集《霞光》《地球上的居所》等。另有回忆录《我承认，我生活过》《我命该出世》。

肖洛霍夫（1905—1984），俄苏作家。有短篇小说《胎记》《看瓜田的人》《野小鬼》《道路》《共和国革命军事委员会主席》《一个人的遭遇》等，有小说集《顿河故事》《浅蓝的原野》，有长篇小说《静静的顿河》《被开垦的处女地》《他们为祖国而战》（未完）。于1965年获诺贝尔文学奖。

桑戈尔（1906—2001），塞内加尔诗人、文艺理论家、政治家。有诗集《阴影之歌》《黑色的祭品》《埃塞俄比亚诗集》《夜歌集》《热带雨季的信札》等，有论文集《黑人性和人道主义》等。

井上靖（1907—1991），日本小说家。有小说《流转》《斗

牛》《比良山的石楠花》《一个冒名画家的生涯》《射程》《冰壁》
《夜声》《榉树》《方舟》等，历史小说有《天平之甍》《楼兰》
《异域人》《敦煌》《苍狼》《风涛》《杨贵妃传》等，另有自传体
小说《夏草冬涛》《北海》。

拉贝马南雅拉（1913—2005），马达加斯加诗人、剧作家。
有长诗《祖国》，诗集《千年来的礼仪》《朗巴》《解毒剂》《神意
裁判》等，有剧本《诸神会宴》。

马尔克斯（1927—2014），哥伦比亚作家，有短篇小说《蓝
宝石般的眼睛》《格蓝德大妈的葬礼》等，中篇小说《枯枝败叶》
《恶时辰》《没有人给他写信的上校》《一桩事先张扬的凶杀案》
《苦妓回忆录》等，长篇小说《百年孤独》《家长的没落》《霍乱
时期的爱情》等，电影剧本《绑架》，文学谈话录《番石榴飘香》
及报告文学集《一个海难幸存者的故事》。于1982年获诺贝尔文
学奖。

艾特玛托夫（1928—2008），吉尔吉斯作家。有中篇小说
《面对面》《查密莉雅》《永别了，古利萨雷！》《白轮船》《早仙
鹤》《花狗崖》，短篇小说集《草原和群山的故事》，长篇小说
《一日长于百年》等。

米兰·昆德拉（1929—2023），捷克裔法国作家。有长篇小
说《玩笑》《不能承受的生命之轻》《笑忘录》《不朽》《缓慢》
《本体》等，有文集《小说的艺术》《被背叛的遗嘱》等。

阿契贝（1930—2013），尼日利亚作家。有长篇小说《瓦解》
《动荡》《神箭》《人民公仆》等，诗集《当心啊，我的心灵的兄
弟》和短篇小说集《战地姑娘及其他》、儿童故事《契克的河》

及论文集《创世日的黎明》。

　　沃莱·索因卡（1934—　　），尼日利亚作家、诗人。有剧本《沼泽地的居民》《雄狮和宝石》《裘罗教士的磨难》《孔其的收获》《大路》《疯子与专家》等。于1986年获诺贝尔文学奖。